LIBROS DEL CENTRO DE INVESTIGACIÓN DE INTERÉS RELACIONADO

EL ZÓHAR del Rabí Shimón bar Yojai (24 tomos), original en arameo con traducción al hebreo y comentarios por el Rabino Yehudá Ashlag

En castellano:
EL PODER DEL ALEF BET tomos I y II, por el Rabino Philip S. Berg
EL PODER DEL UNO por el Rabino Philip S. Berg
INICIACIÓN A LA CABALÁ tomos I y II por el Rabino Philip S. Berg
LA CONEXIÓN ASTRAL: LA CIENCIA DE LA ASTROLOGÍA JUDAICA por el Rabino Philip S. Berg
LA CONEXIÓN CABALÍSTICA por el Rabino Philip S. Berg
LAS ZONAS DEL TIEMPO por el Rabino Philip S. Berg
REENCARNACIÓN: LAS RUEDAS DE UN ALMA por el Rabino Philip S. Berg
UNA ENTRADA AL ÁRBOL DE LA VIDA por el Rabino Yehudá Ashlag
ZÓHAR: PARASHÁT PÍNJAS, tomos I y II versión castellana de la traducción del Rabino Philip S. Berg

En inglés:
AN ENTRANCE TO THE ZOHAR recopilado por el Rabino Philip S. Berg
AN ENTRANCE TO THE TREE OF LIFE recopilado por el Rabino P. S. Berg
GENERAL PRINCIPLES OF KABBALAH por el Rabino Moshe Luzatto
GIFT OF THE BIBLE por el Rabino Yehudá Ashlag
KABBALAH FOR THE LAYMAN tomos I, II, y III por el Rabino P. S. Berg
LIGHT OF REDEMPTION por el Rabino Levi Krakovsky
POWER OF THE ALEPH BETH tomos I y II, por el Rabino Philip S.
REINCARNATION: WHEELS OF A SOUL por el Rabino Philip S. Berg
TEN LUMINOUS EMANATIONS tomos I y II (de los escritos del Rabino Isaac Luria) recopilado por el Rabino Philip S. Berg
THE KABBALAH CONNECTION por el Rabino Philip S. Berg
THE STAR CONNECTION: THE SCIENCE OF JUDAIC ASTROLOGY por el Rabino Philip S. Berg
TIME ZONES: YOUR KEY TO CONTROL por el Rabino Philip S. Berg
TO THE POWER OF ONE por el Rabino Philip S. Berg
ZOHAR: PARASHAT PINHAS tomos I, II y III, traducido y recopilado por el Rabino Philip S. Berg

LIBROS EN PRENSA

KABBALISTIC MEDITATION (versiones en hebreo, castellano e inglés) por el Rabino Philip S. Berg
TEN LUMINOUS EMANATIONS tomos III y IV (en inglés, de los escritos del Rabino Isaac Luria) recopilado por el Rabino Philip S. Berg
UN DON DE LA BIBLIA (en castellano) por el Rabino Yehudá Ashlag
ZÓHAR: PARASHÁT PÍNJAS, tomo III, versión castellana de la traducción al inglés del Rabino Philip S. Berg

Iniciación a la Cabalá

Tomo III

CABALÁ

Iniciación
a la
Cabalá

TOMO III

UNA GUÍA A LA CONCIENCIA CÓSMICA

UNA ABERTURA A LOS PORTALES
DEL MISTICISMO JUDÍO

CENTRO DE INVESTIGACIÓN DE LA CABALÁ
JERUSALÉN - NUEVA YORK

RABINO PHILIP S. BERG

Título original en inglés: Kabbalah for the Layman, Vol. III
Versión castellana: Manuel Núñez Nava

Copyright © 1988 by Philip S. Berg
Todos los derechos reservados

NINGUNA PARTE DE ESTA PUBLICACIÓN PUEDE SER REPRODUCIDA O TRANSMITIDA EN CUALQUIER FORMA QUE FUERE Y POR CUALQUIER MEDIO, ELECTRÓNICO O MECÁNICO, INCLUYENDO FOTOCOPIAS, GRABACIONES O EMPLEANDO SISTEMAS DE ALMACENAMIENTO Y RECUPERACIÓN DE INFORMACIÓN, SIN PERMISO OTORGADO POR ESCRITO POR PARTE DEL EDITOR, EXCEPCIÓN HECHA DE AQUEL CRÍTICO QUE DESEE CITAR BREVES PASAJES EN RELACIÓN CON UN JUICIO EVALUADOR DE LA OBRA PARA SER INCLUIDOS EN UNA REVISTA, PERIÓDICO O EMISIÓN RADIAL O TELEVISIVA.

PRIMERA EDICIÓN EN INGLÉS
Marzo de 1988

PRIMERA EDICIÓN EN CASTELLANO
Septiembre de 1992

DISEÑO DE LA PORTADA:
CONCEPTUALIZACIÓN: IAN MIRLIN
REALIZACIÓN: DIANNE EASTMAN / PHILIPPA WHITE
FOTOGRAFÍA: VINCE NOGUCHI

ISBN 0-924457-24-4 (pasta dura)
ISBN 0-924457-25-2 (pasta blanda)

Para obtener información adicional diríjase a:

RESEARCH CENTRE OF KABBALAH
521 FIFTH AVENUE, 17TH FLOOR
NEW YORK, N.Y. 10175

— o —

CENTRO DE INVESTIGACIÓN DE LA CABALÁ
P.O.B. 14168
CIUDAD VIEJA, JERUSALÉN

IMPRESO EN EEUU

1992

Through the merit of this book
may there be a change of world
consciousness to return to the oneness
and goodness
that can always be revealed in our lives.

To my husband
Yossef

And my daughters
Lauren and Jennifer

A blessing that they may always be surrounded
by the Light of HaShem.

For
The Rav and Karen

May you continue to guide us into the Light
until Mashiach will come.

From
Devorah Marcus bat Avraham

Para mi esposa

Karen

En la inmensidad del espacio cósmico
y
en la infinidad de encarnaciones,
es mi dicha compartir contigo,
mi alma gemela, la Era de Acuario

Perfil del Rabino Philip S. Berg

El Rabino Philip S. Berg es Decano y Director actual del Centro Internacional de la Investigación de la Cabalá. Nació en Nueva York, en el seno de una familia de linaje rabínico y recibió su *Smija* en el renombrado seminario Torat VaDaat. Al viajar a Israel en 1962 tuvo ocasión de encontrarse con su maestro Cabalístico, Rabí Yehudá Z. Brandwein, que era entonces el Decano del Centro de Investigación de la Cabalá. Durante aquel período el Centro amplió considerablemente sus actividades con el establecimiento de una filial en los Estados Unidos en 1965, a través de la cual divulga y distribuye sus publicaciones. Bajo los auspicios de su amado maestro, el Rabino Brandwein Z"L, el Rabino Berg realizó una incesante labor de investigación y escribió varios libros sobre las orígenes de la Cabalá, la Creación, la consciencia cósmica, energía y los mitos de la velocidad y la barrera de la luz. Al fallecer su maestro en 1969 el Rabino Berg asumió el cargo de Decano del Centro y desarrolló aún más la publicación del caudal valioso de fuentes originales traducidos al inglés, español y otros idiomas. El Rabino Berg se radicó con su dedicada esposa Karen en Israel en 1971, donde abrieron las puertas del Centro a todos los que buscaban su propia identidad, estableciendo centros en las principales ciudades del país, y al mismo tiempo disertando sobre el tema en la Universidad de Tel Aviv. El matrimonio Berg regresó a los Estados Unidos en 1981. Además de haber publicado artículos científicos y de carácter popular, el Rabino Berg es autor, traductor o editor de más de 18 obras sobre la Cabalá, de las cuales ocho son ya traducidos al español. Figura entre ellas: *Iniciación a la Cabalá*, tomos I, II y III; *Reincarnación: Las Ruedas de un Alma*; *El Poder del Alef Bet*, tomos I y II; y *Las Zonas del Tiempo*.

El Sefer haZóhar

El Zóhar, la fuente básica de la Cabalá fue escrito por el Rabí Shimón bar Yojai mientras se escondía de los romanos en una cueva en Pe'quín durante 13 años. Más tarde, en España, el Zóhar, ocultado por los siglos, salió a la luz gracias al Rabí Moisés de León. Posteriormente, el Zóhar fue revelado aún más por los cabalistas de Safed por medio del sistema lurianico de la Cabalá.

Los programas del Centro de Investigación de la Cabalá fueron establecidos con el fin de proporcionar la oportunidad de estudiar, enseñar, investigar y demostrar el conocimiento especializado de la antigua sabiduría del Zóhar y los sabios judíos. Durante mucho tiempo se mantuvo fuera del alcance de las mayorías, sin embargo hoy en día este conocimiento debe compartirse con todos los que buscan comprender el significado más profundo de nuestra herencia judaica y una comprensión más honda del significado de la vida misma. La ciencia moderna apénas comienza a descubrir lo que nuestros sabios velaron con simbolismo. Este conocimiento es de una naturaleza práctica y puede ser aplicado en nuestra vida cotidiana para nuestro beneficio personal y para la humanidad entera.

Nuestros cursos y materiales tratan la comprensión zohárica de cada porción semanal de la Torá. Cada faceta de la vida judía se estudia, y aún otras dimensiones antes desconocidas nos proveen con una conexión más profunda a una Realidad superior. Tres cursos importantes para principiantes cubren temas tales como: tiempo, espacio y movimiento; la reencarnación; el matrimonio; el divorcio; la meditación cabalística; la limitación de los cinco sentidos; ilusión y realidad; las Cuatro Fases; hombre y mujer; la muerte; sueños; alimentación —¡qué es kasher y por qué?; la circuncisión y redención del primogénito; shatnés y Shabát.

La obscuridad no puede prevalecer en la presencia de la Luz. Un cuarto obscuro debe responder aún a la luz de una vela. Mientras compartimos este momento juntos empezamos a atestiguar, de hecho, incluso participamos en la revolución de las mayorías hacia la iluminación. Las nubes obscuras de lucha y conflicto serán percibidas sólo en cuanto la Luz Eterna se mantiene oculta.

El Zóhar nos queda como una solución última, si bien no la única, para infundir al cosmos con la Luz revelada de la Fuerza. El Zóhar no es un libro acerca de la religión. Mas bien, el Zóhar se ocupa con la relación que existe entre las fuerzas invisibles del cosmos, la Fuerza, y su impacto en el Hombre.

El Zóhar promete que, con la entrada de la Edad de Acuario, el cosmos se volverá accesible a la comprensión humana. Nos dice que en los días del Mesías ya no habrá necesidad de pedir uno al otro "enséñame la sabiduría" (Zóhar III,p.58a). "Un día, ya no enseñará cada quien a su hermano, diciendo —¡conozca al Eterno!— pues todos Me conocerán, desde el más pequeño, hasta el más anciano" (Jeramías 31:34).

Podemos y debemos rescatar el control sobre nuestras vidas y nuestro medioambiente. Para alcanzar este objetivo, el Zóhar nos proporciona la oportunidad para trascender al peso abrumador de la negatividad universal.

La lectura diaria del Zóhar, aún sin algún intento de traducir o "comprender", llenará nuestras conciencias con la Luz para así mejorar nuestro bienestar e influenciar nuestro ambiente con actitudes positivas. Este mismo resultado será logrado aún cuando aquellos que desconocen el Alef Bet escudriñen el texto del Zóhar.

La conexión que establecimos por medio de la lectura del Zóhar es una conexión con la Unidad de la Luz de D—s. Las letras, aun cuando no conocemos de manera consciente los idiomas hebreo y arameo, son los canales por medio de los cuales se establece la conexión. Esto puede asemejarse al marcar un número telefonico, o teclear los códigos correctos para correr un programa en la computadora. La conexión que se establece en el nivel metafísico de nuestro ser irradia en nuestro plano físico de existencia ... sin embargo, es necesario la "corrección" en el nivel metafísico. Debemos, de manera consciente, por medio de los pensamientos y acciones positivas, permitir que el inmenso poder del Zóhar irradia amor, armonía y paz en nuestras vidas para entonces compartir con toda la humanidad y el universo entero.

En los años venideros, el Zóhar seguirá siendo un libro para las mayorías, haciendo resonancia en los corazones y mentes de todos aquellos que ansien la paz, la verdad, y el alivio del sufrimiento. Viviendo como lo hacemos en un mundo lleno de crisis y conflictos, el Zóhar tiene la habilidad de resolver las aflicciones y agonías humanas al restaurar la relación individual de cada ser humano con la Fuerza.

Agradecimientos

Deseo expresar mi gratitud a Robert L. Fisher por compilar, revisar y editar el manuscrito original. También deseo expresar mi aprecio cordial a Osnat Youdkevitch por su trabajo de arte y el hermoso diseño interior.

De manera especial, quisiera expresar mi gratitud a Manuel Núñez Nava por la traducción de esta obra a lengua castellana

Nota al Lector de la Versión Castellana

En la versión al castellano se ha optado por la transcripción literal a este idioma de los nombres hebreos, en base a la pronunciación moderna usual en Israel, a no ser que se trate de nombres propios de personajes concidos de otro modo. Asimismo, se ha estimado emplear el vocablo "Kabalá" en la forma como lo escribe la Real Academia, *Cabalá*, aunque con la sílaba tónica aguda y no esdrújula, por considerar que es la más acertada.* Finalmente, en la transcripción de nombres hebreos se ha preferido la pronunciación propia de España y no la de algunos países latinoamericanos, escribiéndose por ejemplo "Yojai" y no "Iojai" "Yair" y no "Iair" o "Yehudá" en lugar de "Iehudá". Además, y con el fin de facilitar la pronunciación correcta de los vocablos hebreos, la acentuación se ha señalado de manera explícita. Se estima que al recurrirse a esa modalidad se ofrece la transcripción fonética más literal y exacta de los vocablos hebreos, para la pluralidad de los lectores hispanoparlantes.

---

* Al respecto se ha tomado en cuenta también la docta opinión del reputado estudioso argentino Lázaro Schallman, quien en su excelente obra "Diccionario de Hebraísmos y Voces Afines", publicado por el Editorial Israel de Buenos Aires, escribe: "La Academia Española esdrujuliza indebidamente esta voz (cábala) que en hebreo es aguda".

ÍNDICE

Nota al lector de la versión castellana   xii
Introducción   xvii

PRIMERA PARTE: LA NUEVA ERA DE LA REALIDAD

Capítulo 1: Volver al Futuro   3
El tiempo y el infinito; el espacio y el tiempo; el ciclo lunar; verdad y fantasía; partículas subatómicas; principios de unificación.

Capítulo 2: La Nueva Era   9
La Era de Acuario; pensamientos acerca de la creación; conciencia y revelación; la Luz y su gloria; el pan de la vergüenza; cambios corporales; la paz infinita; la infatigable Energía de la Luz; la condenación eterna y el Mesías; el códico cósmico de la Biblia.

Capítulo 3: Mente sobre Materia   19
La mecánica cuántica; la física Newtoniana; La realidad; el paradigma cartesiano; mente sobre materia; el Creador; el libre albedrío; caminar sobre fuego; el infinito.

Capítulo 4: Estados Alterados   29
Las drogas y sus efectos; las primeras culturas; la actividad humana negativa; Or En Sof; los rostros del mal; el deseo de recivir para sí mismo; las inclinaciones al mal.

Capítulo 5: La Velocidad de la Luz   45
El cuántum de Einstein; la velocidad de la Luz; el viaje y la velocidad de la luz; grandes descubrimientos; el radio; el deseo de recibir; el concepto de compartir.

Capítulo 6: Esta Era Moderna   51
El miedo de volar; la vida finita; la guerra de las galaxias; las emanaciones de la Luz. complaciencia; las

siete sefirót inferiores y el cuerpo; las vasijas circundantes; el mundo ilusorio; el ascetismo sensual; los justos; contentamiento transitorio.

Capítulo 7: Dar y Recibir   59
Los ricachones; el círculo del infinito; racionalidad; felicidad.

SEGUNDA PARTE: EL PROCESO CREATIVO

Capítulo 8: La Substancia Espiritual   67
La Existencia eterna de la Luz; Círculos dentro de círculos; el Tzimtzúm; la substancia espiritual no desaparece; la Luz de la Misericordia; espacio y dimención; diez emanaciones luminosas.

Capítulo 9: Espejos de Rendención   75
Dos formas de resistencia; obscuridad espiritual; el nacimiento del deseo; el vacio; la cortina y el pan de la vergüenza.

Capítulo 10: Keter, Jojmá, Biná, Tiféret y Maljút   81
Ilustración de una ilusión óptica; Jojmá (Sabiduría); ¿Quién es sabio? ¿Qué es la corazonada?; Biná (Inteligencia); el despertamiento de la vasija; la Luz de la Creación; Inferioridad; el nivel del Reino; transformación; la Luz de la Sabiduría; Tiféret (Belleza); el pequeño rostro; los niveles de conciencia, superior e inferior; ascenso y descenso; Maljút (Reino); el espacio; reflexión y acción; el punto medio; privación.

Capítulo 11: ¿Keter o Maljút?   99
Las cuatro fases; el segundo esfuerao; los emanados.

Capítulo 12: La Conexión con el Espacio Exterior   105
El saber y la conexión metafísica; el espacio exterior; los realistas; diez, no nueve.

Tercera parte: La expansión de la conciencia

Capítulo 13: La Línea 113
La capacidad de la Luz; las luces de la viada y el espíritu; la luz de Nefesh; la Línea conecta a los círculos; la sefirá circular; la gravedad de la tierra; aquí y ahora, Or En Sof.

Capítulo 14: Restaurando la Luz a los Círculos 125
Después del Tzimtzúm; Bendiciones positivas; la Luz necesita a la Obscuridad; la ilusión de las Sefirót Inferiores; la proximidad del Infinito.

Capítulo 15: Activando la Columna Central 131
Las operaciones del universo; la restricción como energía; la Luz Retornante; la resistencia; la Luz Reflejada; la física newtoniana; acoplamiento por choque; la lógica y el sentido común; el filamento; los circuitos; la Luz Circundante; la Luz Recta; la revelación; el proceso de compartir; ejemplos de situaciones en la vida; libre albedrío o determinismo; las rocas no tienen libre albedrío.

Capítulo 16: La Buena Lucha 141
Justificación de la violencia; nuestros amados ancestros; la corrección kármica; la aldea global; coexistencia pacífica; la realidad y la cuarta fase de la existencia; el alma y la vida eterna.

Capítulo 17: El Tikún, el Tzadík, Cerrando el Círculo 149
Nuevos canales de experiencia; la bienaventuranza como Luz; la madre de la invención; la acción inicia resultados; el crecimiento; la semilla y la raíz; el Infinito es anterior al Tzimtzúm; resistencia del Tzadík a las delicias del cuerpo; las klipót; las primeras sefirót; la percepción cósmica de la restricción; cerrando el círculo; los circuitos espirituales; las polaridades negativa y positiva; la ilusión de carencia; un mundo de diferencia; los niveles

más puros; la existencia y el libre albedrío; la aspiración de la Luz.

Cuarta Parte: El arte de vivir

Capítulo 18: La Solución del Uno Por Ciento — 165
Noventa y nueve por ciento puro; porqué somos ciegos a la realidad; el mal como una ilusión; la Era Mesiánica; la distancia más corta entre dos puntos; éxito y fracaso; la creación de la afinidad; el remanente permanente y el remanente temporal; la naturaleza finita de las cosas; el cononocimiento y la energía; la corrección espiritual; la eliminación del pan de la vergüenza; toda vibración es música; el sonido como un canal; el desapego creativo; acerca de la muerte y del morir; ¿murió Moisés? la muerte física; dos puntos de vista; las vasijas circundantes.

Capítulo 19: El Hacedor de Velas — 183
Cera o diamantes

Capítulo 20: Crimen y Castigo — 191
¿El crimen paga? plenitud por rechazo; una fábula de dos hermanos; caminos difíciles; una golpiza a un hombre justo.

Capítulo 21: Víctima de las Circunstancias — 211
Vivir al día; la valía de un hombre; ¿qué es amor? ¿ué es carencia? amnesia; limitación; el vacío; acerca del hecho de volverse irrazonable

Posdata: Tomaré el Camino Elevado... — 222
Dos fuerzas; el camino elevado y el camino bajo; el sendero al triunvirato sefirótico.

Terminología Cabalística — 224
Índice Alfabético — 227

Introducción

EN FRANCO DESAFÍO A UNA DE LAS GRANDES CERTIDUMBRES de los tiempos modernos —que nada puede viajar más rápido que la luz—, el Rabino Isaac Luria adelantó una nueva comprensión de nuestro universo y de la velocidad de la luz. Sin duda, únicamente dentro de la ilusoria realidad física de nuestro universo nos vemos confrontados con teorías corruptas relacionadas con la luz.

la Luz verdadera, como lo señaló el Cabalista, era inmóvil y eterna. Todas las formas físicas de la luz eran meras manifestaciones limitadas de la verdadera naturaleza de la luz. La conexión con la luz permitía que se diera un sistema telegráfico intergaláctico práctico e instantáneo. Esto indicaba que las energías-inteligencia del pensamineto viajan a una velocidad mayor que la de la luz.

No se podía esperar que una definición razonable de la realidad de la luz permitiese mensajes o pensamientos más rápidos que la luz. No obstante, Josué detuvo el movimiento del sol mediante la comunicación galáctica instantánea.

Probablemente, la historia más original e increíble de milagros cósmicos es la que marcó la carrera del sucesor de Moisés, Josué ben Nun. Mientras perseguía a los amorreos en Bet-Horón, él mandó al Sol y a la Luna que se detuvieran, y éstos se detuvieron, se nos dice, durante todo un día, con el fin de que los israelitas aseguraran su victoria. (Josué, 10:14).

Así pues, ¿debemos suponer, con base en el Libro de Josué, que en algún momento durante la mitad del segundo milenio la rotación de la Tierra alrededor del Sol fue interrumpida por la orden de un mortal? Josué, hablándole al Señor, imploró esta asombrosa alteración cósmica ante los ojos de Israel. Y estos cuerpos celestiales, cuya

DNA cósmico de energía les dicta que deben moverse a lo largo de sus rutas orbitales precisas y predeterminadas, obedecieron como si esta misma interrupción estuviese cósmicamente presente en su programa computarizado desde el momento de su creación, y sin duda lo estaba. El hecho de que Josué detuviera al Sol y a la Luna no es diferente de lo que hizo Moisés al dividir el Mar Rojo.

Ciertamente, la historia está más allá de la credulidad de incluso los más piadosos en el mundo de hoy. Todos nosotros hemos experimentado el año solar, que consiste de 365 días, durante el cual la luna gira alrededor de la Tierra y ésta gira alrededor del sol. Por lo tanto, que el sol y la luna puedan llegar a una pausa total es un evento cósmico simplemente incomprensible, a menos que podamos enfrentar el hecho de que las inteligencias celestiales, de otro modo conocidas como fuerzas de la energía cósmica celestial interna, pueden se dirigidas —y lo son— por el hombre en su estado alterado de conciencia.

Si podemos aceptar esta revolucionaria manera de pensar podemos proceder a investigar y, en última instancia, comprender cómo puede existir la posibilidad del movimiento y la comunicación a una velocidad mayor que la de la luz. La mayoría de los físicos consideran que las implicaciones filosóficas de estas teorías son incompatibles con su comprensión del espacio y el tiempo.

Si tomamos en cuenta la distancia de 93,000,000 millas entre la Tierra y el sol, el mandato de Josué al sol, viajando a la velocidad de la luz, habría tomado ocho minutos y medio en llegar. La Escritura indica que esta orden hizo contacto inmediato con el sol. Se trata de una posibilidad absurda y exasperante que, sin embargo, la Escritura afirma que tuvo lugar.

Consecuentemente, cuando el Rabino Isaac Luria presentó su doctrina de la Luz atemporal e inmóvil, en esencia adelantó la teoría de que la Luz era el elemento constante y omnipenetrante del Todo unificado y omniabarcante. Por lo tanto, el entonarse y conectarse con

Introducción

este sistema de comunicación intergaláctico e integrado proporcionó una conciencia instantánea de la totalidad del universo.

Muy recientemente, los físicos se han obsesionado con la idea de unificar o de encontrar alguna conexión entre las fuerzas fundamentales de la naturaleza conocidas. Ya el Rabino Isaac Luria había promulgado la enseñanza de una teoría de la gran unificación. La Cabalá enseñó que las diez *Sefirót* o diez fuerzas de la energía-inteligencia expresaron e hicieron manifiesta la fuerza unificada omniabarcante conocida como la Luz. Todas las manifestaciones físicas posteriores fueron y son el resultado directo de un universo que comenzó con diez dimensiones.

Desafortunadamente, los físicos aún temen a las enseñanzas esotéricas o metafísicas. En mi opinión, ellos ciertamente tienen mucho que temer en la Cabalá. Los billones sobre billones de dólares que habrán de invertirse en las nuevas máquinas aceleradoras Génesis no producirán más que una visión fragmentaria de nuestro universo. Hoy en día, algunos científicos se quejan incluso de que los teóricos se han aventurado en un ámbito tan alejado de lo que se puede verificar, que la ciencia se encuentra en peligro de revertirse a algo así como el misticismo cabalístico o a dimensiones invisibles.

El Cabalista siempre ha sabido quiénes somos, cómo llegamos aquí y adónde vamos. Sus enseñanzas tienen una ventaja decisiva sobre las enseñanzas de la ciencia. Mientras que en la física y en otras áreas de la ciencia el lego siempre ha quedado a la zaga en sus revelaciones, la Cabalá con todas sus verdades habrá de estar al alcance de todos los habitantes de la Tierra.

Desafortunadamente, dado el desarrollo actual de la comunidad científica, su particular visión del universo —incluyendo su super-limitación— la fosiliza de manera creciente. No es posible seguir creando fórmulas e introducir el aspecto de la incertidumbre y, al mismo tiempo, presentar una visión fragmentaria. Esto comienza a limitar nuestro crecimiento y aumenta la especialización, que amenaza el sentido de la totalidad. El propósito de nuestro ser también ha sido severamente fragmentado por egos individuales, que vienen a convertir el imperio científico en una base de poder individual creada por los propietarios del conocimiento científico que ellos mismos han creado.

Cuando la mayoría de la gente se encuentra más allá de la comprensión del conocimiento verdadero, entonces nos encontramos de verdad aguardando la Era Mesiánica o de Acuario, en la que el conocimiento estará al alcance de todos y no sólo de unos cuantos escogidos.

La propia Cabalá ha sido un secreto celosamente guardado, pero ha llegado el tiempo de que alcance a las masas con su sencillez porque, en el análisis final, el conocimiento verdadero es el conocimiento sencillo.

Como se afirma en Jeremías 31:33, —Y no enseñará más ninguno a su hermano, diciendo: Conoce al Eterno, porque todos Me conocerán, desde el más pequeño hasta el más viejo.

Primera Parte

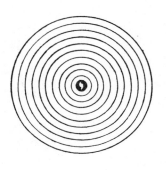

La Nueva Era de la Realidad

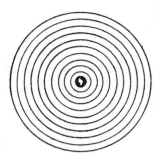

1

Volver al Futuro

EL LECTOR YA ESTÁ CONSCIENTE DE QUE LA FILOSOFÍA DE LA Cabalá se opone firmemente a muchas teorías científicas y a las creencias más comunes. Un ejemplo de esto es la insistencia del Cabalista en que la luz no viaja; otro es la creencia del Cabalista de que los opuestos no se atraen, y otro es la aún más sorprendente afirmación de que el espacio es algo ilusorio. Así pues, no debe sorprender que la comprensión del tiempo que tiene el Cabalista sea también contraria a la interpretación general. El tiempo, desde un marco de referencia cabalístico, es un aspecto del proceso creativo, la Línea, y como tal, junto con todo lo que se encuentra conectado a las siete inferiores y a este mundo de la limitación, se le debe considerar ilusorio.

Desde la perspectiva del aspecto Infinito de la existencia —las Tres Primeras Superiores—, el continuum espacio-tiempo es una ilusión. El tiempo como nosotros lo conocemos, la separación del continuum espacio-tiempo en incrementos metronómicos, puede ser una conveniencia e incluso una necesidad en las siete inferiores, el mundo de la ilusión; pero no tiene mérito o utilidad alguna en términos de las Tres Superiores del Infinito.

En cuanto a la naturaleza ilusoria del tiempo, la Cabalá, en este raro caso, encuentra evidencia que la confirma en los más recientes descubrimientos científicos. Los físicos nos dicen ahora que el tiempo no se puede separar del espacio y que el espacio no se puede separar del tiempo, que la gravedad influye en el tiempo, que los relojes funcionan más lentamente a nivel de la tierra que en lo alto de la atmósfera, que la velocidad de un reloj es mayor cuando se vuela en una dirección alrededor de la tierra que cuando se vuela en la otra, que el tiempo se detiene a la orilla de un agujero negro y que también, hipotéticamente, llega a un punto muerto a la velocidad de la luz. Estos descubrimientos científicos, aunque ciertamente están reñidos con lo que comúnmente se conoce como lógica y sentido común, están en armonía con la afirmación largamente sostenida por el Cabalista de que la suposición general de que el tiempo se adhiere a un cierto ritmo universal, vasto e infalible, es una falacia total. Si el tiempo marcha, lo hace para diez trillones —más o menos— de diferentes agentes.

El espacio-tiempo existe únicamente en las siete inferiores, en la dimensión de la Línea. Únicamente en la Línea encontramos corazones que laten, ciclos lunares, bioritmos, segundos, minutos y horas, planetas que se mueven en órbita alrededor de estrellas en ciclos que tienen la regularidad y la precisión de un mecanismo de relojería, pulsares que palpitan con extraña exactitud y electrones que giran alrededor de protones de acuerdo a itinerarios rígidamente definidos. De hecho, la totalidad del universo visible y una gran parte de lo que es invisible opera en una manera obviamente cíclica y medida. Así pues, desde nuestra limitada perspectiva —aquí, en las siete inferiores-, es natural que veamos solamente al mundo de la fragmentación, el ilusorio mundo de tiempo, espacio y movimiento, como el "todo" y el "único fin" de la existencia. Nos sentimos tan cómodos con el concepto del tiempo como un absoluto lineal que nunca varía, que el solo hecho de considerar otras posibilidades requiere un estado mental en apariencia ilógico.

Así pues, no es ninguna sorpresa que cuando el Cabalista trata de decirnos que el tiempo existe como un aspecto integral de un plano infinitamente dimensional (o carente de dimensión) e inalterable, que el pasado, el presente y el futuro están todos presentes en el mismo tiempo-espacio al mismo espacio-tiempo, podemos, desde nuestra limitada perspectiva, considerarlo (a él o a ella) como el candidato perfecto para ingresar a una institución para enfermos mentales. La idea de que el pasado, el presente y el futuro forman parte de algún espectro de espacio-tiempo inalterable es una imposibilidad lógica, que pertenece a la ciencia ficción y no a la ciencia, a la fantasía y no a los hechos reales. Sin embargo, el propio Einstein admitió que si algo pudiese viajar más rápido que la luz también cabría la posibilidad de sobrepasar la velocidad de la luz y retroceder en el tiempo, debido a que si el tiempo permanece inmóvil a la velocidad de la luz presumiblemente comenzaría a retroceder después de alcanzar tal velocidad. Esto jamás ocurriría en la visión de Einstein, porque nada podría nunca exceder la velocidad de la luz. Sin embargo, en años recientes, muchas partículas subatómicas que exceden la velocidad de la luz han ingresado al léxico científico, aunque en justicia se debería tener en cuenta que la existencia o no-existencia de estas partículas o tendencias subatómicas aún no ha quedado establecida como un hecho.

Al Cabalista no le preocupa excesivamente si el conocimiento de la Cabalá será o no validado científicamente alguna vez, excepto por el hecho de que si las enseñanzas de la Cabalá fuesen comprobadas científicamente, más gente sería atraída y se beneficiaría con las recompensas mentales, emocionales y espirituales que se obtienen a través del estudio y la práctica de la Cabalá. Sin embargo, a los Cabalistas ciertamente no les corta la respiración esta posible verificación científica, por la simple razón de que ellos poseen amplias pruebas personales de que las enseñanzas de la Cabalá son incuestionablemente válidas.

La Cabalá enseña que la trama de nuestras vidas está inalterablemente entretejida con la totalidad del Infinito y que nosotros tenemos la capacidad de rastrear esa línea hacia adelante o hacia atrás, recorriendo el tiempo y el espacio, yendo de una edad, de una vida, a la siguiente, a la velocidad del pensamiento. Para el Cabalista, el pasado, el presente y el futuro son aspectos indistinguibles del gran continuum del Infinito. El mundo verdadero está unificado. Hay un aspecto de unificación en la atmósfera, en nosotros mismos, en todo lo que existe en este mundo. Esta condición Circular está indicada en el nivel físico por los planetas cuya forma es aproximadamente esférica, el átomo, las burbujas de aire y los círculos concéntricos que se forman alrededor de una piedra que cae en el agua, así como por la cabeza, la cara y el ojo humanos. La paradoja es que el mundo verdadero, como ha quedado ya bien establecido, debe permanecer oculto.

Las energías-inteligencia trascienden el espacio, el tiempo y el movimiento. Únicamente nuestros aspectos finitos quedan atrapados en el cenagal de la ilusión. Nuestro aspecto Circular, las Primeras Tres, está conectado al gran Círculo del Infinito. Solamente las siete inferiores son susceptibles a la fricción y a las trampas de la existencia finita. La comunicación entre las energías-inteligencia es instantánea, y trasciende tanto el tiempo como el espacio. Al cubrir la brecha entre las tres y las siete se logra un circuito de unificación mediante el cual el Cabalista se sensibiliza a la totalidad del espectro espacio-tiempo.

Así como la semilla contiene el pasado, el presente y el futuro del árbol, también nosotros encarnamos todo el espectro de la humanidad desde nuestros comienzos primordiales y más antiguos hasta el último fallecimiento físico de la raza humana. El mundo verdadero está unificado. A través de la actitud y la práctica de la resistencia consciente se hace fácilmente posible lograr un estado alterado de conciencia, mediante el cual el continuum espacio-tiempo puede ser trascendido por completo, lo que hace que la telepatía, el viaje astral y la "regresión" a vidas pasadas no sean meras posibilidades sino realidades fácilmente disponibles.

Desde nuestra limitada perspectiva finita, el tiempo parece ser absoluto. Estamos tan acostumbrados a medir nuestras percepciones de acuerdo al tic-tac del reloj y a la aparentemente rígida secuencia de nacimiento, vida y muerte, que aceptamos la tiranía del mundo de la resistencia como un resultado inevitable. El Cabalista nos pide que recordemos que el Infinito se encuentra más allá de la jurisdicción de lo finito y que, al conectarnos con nuestro propio aspecto infinito, podemos abrir las puertas del Infinito.

La Cabalá nos enseña la manera de retirarnos del ciclo de la negatividad, la lucha, el fracaso y la derrota última —la muerte, según la consideran quienes se encuentran cómodamente ubicados en la conciencia de la limitación—, ciclo por demás empobrecedor, y nos conduce a un estado mental en el cual nos conectamos con el continuum Infinito, donde el tiempo, el espacio y el movimiento están entrelazados, donde todos los seres y todas las cosas están interconectados, donde aquí es ahí y entonces es ahora.

Así pues, manténganse en estado de alerta y sean siempre cautelosos con la ilusión que se hace pasar por realidad en esta fase negativa. Se trata de una trampa, acaso capaz de embaucar a un desventurado animal, pero no a un ser humano sensible y pensante. Es una prisión, pero, como de cualquier prisión, siempre habrá algunos que podrán escapar de ella, aunque se trate solamente de unos cuantos. Es un muro de cien metros de espesor y mil metros de altura, pero cuando uno lo ve más de cerca se da cuenta de que sus ladrillos están hechos de ilusión. Es una casa de espejos que tal vez en ocasiones se puede recorrer mejor con los ojos cerrados y el corazón abierto.

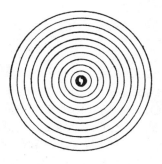

2

LA NUEVA ERA

¿QUÉ LE OCURRIÓ A LA TAN TRAÍDA Y LLEVADA ERA DE Acuario con su promesa de armonía y comprensión, de simpatía y amor en abundancia? ¿Dónde están los Rey David, las Juana de Arco, los Caballeros de la Mesa Redonda, que sostenían en alto los pendones de la paz, la justicia y el altruísmo? ¿Qué fue de los jóvenes rebeldes que crearon el gran cataclismo social de los años sesenta? ¿Es cierto, como nos quieren hacer creer los medios de comunicación, que todos ellos han cambiado su arcoiris de sueños por galones de estambre azul marino y plástico?

Cierto, superficialmente podría parecer que el fervor que alimentó el fuego del cataclismo social en el pasado ha sido devorado por la maquinaria engendrada por el ego, misma que impulsa a la "Generación del Mí". Si hemos de creer lo que nos dicen los iconos culturales, esta es una era de rocas y lugares ásperos, de caídas en pique y de acciones del mercado de valores. Las duras realidades económicas gobiernan este mundo, y no algunos tontos sueños de paz mundial. Quienes siguen las modas nos dicen que formamos parte de la Generación del Ahora, y que esta es la era de los automóviles veloces, de la comida instantánea y de la diversión inmediata. Hay que vivir al día, es su consejo. Toma lo que puedas, y luego toma otro poco. Los fanáticos del evangelio nos pintan otro panorama, un cuadro sangriento y sombrío de muerte, pestilencia y castigo divino para todos los que no se adhieren a la línea fundamentalista.

¿A quién debemos creerle?

La Cabalá nos enseña que nada desaparece en la Substancia Espiritual. Todo lo que es, todo lo que alguna vez fue y todo lo que habrá de ser estaba presente en el En Sof, antes del Pensamiento de la Creación —por ello, también todo debe estar aquí, aunque sin revelar. La Luz, el aspecto eterno de la existencia, no está sujeta a cambios sin aviso, no aparece ni se desvanece según la hora del día o el cambio de estaciones. Lo mismo es cierto de los grandes cataclismos sociales que parecen ser tan efímeros. En verdad, los cambios importantes en el tejido sociológico no desaparecen, sino que permanecen indeleblemente grabados en la conciencia colectiva. Como la Luz, que penetra cada partícula de la realidad material, esos cambios en el macrocosmos social solamente están obscurecidos, ocultos tras la miríada de disfraces que enmascaran el rostro Infinito de la realidad.

La Nueva Era está aquí. Estamos comenzando a atestiguar y, ciertamente, algunos de nosotros ya estamos participando en una revolución popular de la iluminación. Esta insurrección espiritual será posible como resultado de los esfuerzos de muchos individuos que están dedicados a producir una comprensión metafísica del cosmos y de la relación y el lugar del hombre dentro de él.

El profeta Jeremías previó este abandono de la ignorancia y su reemplazo por una sorprendente comprensión visceral de la naturaleza misma de la existencia.

Y no enseñará más ninguno a su prójimo, ni ninguno a su hermano, diciendo: "Conoce al Señor, porque todos Me conocerán, desde el más pequeño de ellos hasta el más grande" (Jeremías, 31:34).

La conciencia es una cuestión de revelación, una cuestión de simplemente salir de la obscuridad hacia la Luz. La Nueva Era nació con el Pensamiento de la Creación y, como toda la creación, estará aquí hasta que se haya consumado el ciclo de corrección. Acaso el hombre puede cambiar con sus pensamientos y acciones posteriores algunas de las notas a pie de página de la historia; tal vez, también, puede disminuir o acelerar el proceso de corrección, pero como cualquier existencia finita, la vida de la especie humana por necesidad tiene que tener un principio, una parte media y un final. Por lo tanto, nosotros, como especie, debemos abandonar un día nuestra apariencia física y unirnos de nueva cuenta con el Infinito.

El Rey David se ha convertido en un sinónimo del advenimiento de la Era de Acuario y del Mesías. "En los días del Mesías, ya no habrá necesidad de que nadie le pida a su prójimo, —Enséñame sabiduría—, como está escrito, —Y un día no enseñará más ninguno a su prójimo, ni ninguno a su hermano, diciendo: Conoce al Eterno—, porque todos Me conocerán, desde el más joven de ellos hasta el más viejo," afirma el Zóhar.

No importa con cuánta tenacidad algunas personas, cómodamente instaladas en el Deseo de Recibir para Uno Mismo, se aferren a marcos de conciencia caducos, violentos, machistas y abrumados por el ego, el hecho es que no se puede evitar la Nueva Era. Está grabada en la impresión cósmica, el mapa, el DNA de la conciencia que nació con el Pensamiento de la Creación y que no desaparecerá hasta que el ciclo de corrección haya llegado a su fin. Como cualquier entidad viviente, la conciencia colectiva del hombre está destinada a experimentar una transformación antes de pasar al Más Allá. La única diferencia entre la Era de la Obscuridad en que vivimos y la Era de la Luz que está por venir es que en la Era de la Iluminación todas las entidades y energías-inteligencia tendrán un conocimiento total de su parte en una eterna unidad.

A manera de ilustración, tal vez podría ser útil imaginar una situación en la que naves espaciales extranjeras de pronto amenazaran con exterminar toda la vida en la tierra. De inmediato, todas las disputas y pequeñas diferencias serían olvidadas y la santidad e integridad de la raza humana saldrían a la superficie de la conciencia de cada individuo. Otra posible comparación podría darse entre la Nueva Era de la humanidad y los momentos de suprema lucidez que a menudo preceden la muerte física de un individuo.

La Luz se encuentra aquí con toda su gloria; la unidad inmóvil, atemporal, pacífica e infinita está presente incluso en este mundo de la avaricia y de los cataclismos violentos, pero como todas las cosas verdaderas debe permanecer oculta, con el fin de brindarnos la oportunidad de eliminar el Pan de la Vergüenza. Por lo tanto, los cabalistas no se acobardan ante el Apocalipsis venidero, pues oran y esperan poder encontrarse entre los pocos elegidos que habrán de prosperar en la Nueva Era que está por llegar. Después de todo, no hace falta ver hacia el futuro en busca de algo que ya está aquí. Los cabalistas no escudriñan el futuro en espera del comienzo de la Era de la Iluminación, más bien miran hacia adentro de sí mismos. La Nueva Era está aquí hoy, como lo está el Apocalipsis, como lo está la pestilencia, como lo está la enmienda final.

Todas las cosas físicas tienen sus raíces en lo metafísico. La Conciencia —no la ciencia, ni la religión o la opinión pública- es la precursora de lo que habrá de venir. No hay desaparición en la Substancia Espiritual. Nada de valor desaparece. Cambian las formas, las apariencias; cambia el cuerpo, pero la energía-inteligencia jamás disminuye. La ilusión cambia constantemente, pero la verdad debajo de la ilusión es constante e inalterable. Cada etapa de la evolución biológica, social y cultural está impresa en la conciencia colectiva. De manera similar, cada persona recuerda sus importantes lecciones mentales y emocionales a lo largo de cada vida, y cumple (él o ella) con sus lecciones espirituales determinantes de vida en vida. Nada se pierde. Las grandes verdades no caen irrecuperablemente entre las grietas de la existencia, los grandes crímenes no quedan sin castigo.

De acuerdo con la sabiduría cabalística, el mundo físico es tan sólo un bache en la pantalla infinita de la realidad, una alteración estática temporal, una perturbación menor de la paz Infinita, un patrón de interferencia que ha existido únicamente durante el destello del instante que hemos vivido como entidades físicas, y que solamente estará aquí hasta el final del proceso de corrección, cuando el universo logre sintonizarse finamente a sí mismo fuera de la existencia.

¿Qué prueba puede ofrecer el Cabalista a favor de sus aparentemente atroces afirmaciones, a la luz del hecho de que no parecemos estar más cerca de la solución para nuestros problemas de lo que estuvieron nuestros ancestros cuando por primera vez comenzaron a contemplar el Gran Misterio? Ciertamente, la situación parece haber empeorado. Nunca antes había estado tan seriamente amenazado el equilibrio ecológico. Nunca habíamos estado tan al borde del desastre nuclear. ¿Cómo puede el Cabalista conservar intactos su fe y su optimismo cuando los espectros de la guerra, el genocidio, el terrorismo y la proliferación nuclear se ciernen como negros nubarrones en el horizonte de la conciencia humana?

La Cabalá nos enseña que jamás debemos confiar en las apariencias, porque las cosas en este mundo físico nunca son lo que parecen. Ahora, como siempre, el universo físico da toda la impresión de encontrarse en un estado de obscuridad y caos perpetuos. La Luz está aquí, pero tan obscurecida por los adornos negativos de la existencia finita que se requiere un ojo sensible y un alma compasiva para percibirla. El Cabalista constantemente explora el horizonte humano en busca de las señales de la Infinita luminosidad de la Luz. El La ve en la tendencia a la miniaturización. Donde previamente un cable transportaba cuatrocientas conversaciones, un ramal de fibra óptica puede transportar cuatrocientas mil. El La ve en la computadora que una vez requirió un enorme cuarto pero que ahora se guarda en un empaque que se puede levantar cómodamente con una mano. Y también La ve en el redescubrimiento cuántico de los físicos del llamado "estado de campo sin características", que corresponde muy de cerca a la antigua aseveración cabalística de que la verdadera naturaleza de la realidad es perfectamente inmóvil e inalterable.

El Cabalista ve la lucha de la ciencia para lograr más con menos como un reflejo de los esfuerzos del hombre para despojarse de sus vestiduras de obscuridad y una vez más avanzar hacia la luz. Así pues, cuando estos nuevos acontecimientos se aprecian desde una perspectiva cabalística revelan la tendencia innata del hombre a quitarse los sofocantes ropajes del mundo físico y abrazar el Infinito —lo cual, después de todo, es lo que todos estamos destinados a hacer cuando se complete el ciclo de la corrección y estemos liberados de la áspera ilusión que se disfraza como la realidad física.

La Luz nunca descansa. Siempre nos obliga a avanzar hacia la culminación del proceso cósmico, la enmienda final, la re-revelación de la verdadera Realidad, el *Or En Sof.* Incesantemente nos impulsa hacia ese elevado estado de conciencia que habrá de permitirnos eliminar las *Klipót* y acabar para siempre con la necesidad del Pan de la Vergüenza. Entre más grande es la revelación de la Luz, mayor es la presión que se ejerce sobre nosotros para que La revelemos. Lo que el Cabalista ve hoy en día es un incremento en la presión, un apresuramiento del proceso correctivo que augura el comienzo del fin de un largo y arduo proceso de ajuste y rectificación espiritual, y la alborada, para muchos individuos, de una Nueva Era.

La Cabalá. como el lector ya se habrá dado cuenta, describe a lo físico como ilusorio, y únicamente a lo eterno y por siempre inalterable como verdadero. Incluso hoy, el observador astuto puede detectar tendencias en la cultura occidental que parecen indicar un alejamiento de la ilusión corporal. Las teorías de Einstein de la relatividad general y especial provocaron la re-evaluación y, finalmente, el abandono de los rígidos conceptos clásicos relacionados con la energía y la materia, el tiempo y el espacio. Las exploraciones en el mundo subatómico revelan la interacción dinámica dentro de la ininterrumpida unidad cósmica.

Desde la perspectiva cabalística, la importancia fundamental de estos nuevos descubrimientos científicos es que proporcionan un marco de referencia conceptual, un punto de partida, si lo prefieren, para comprender los estados alterados de conciencia, a través de los cuales todas las manifestaciones separadas se pueden experimentar como componentes de un continuum vasto, íntimo e integrado. Por su parte, la Cabalá proporciona el aparato mental y emocional mediante el cual se puede alcanzar una elevada percepción de la interconexión del pasado, el presente y el futuro, del espacio, el tiempo y el movimiento.

¡Dignos de alabanza quienes vivan en ese tiempo!, afirma el Zóhar, y ¡Ay de aquellos!

Un tema común de la literatura apocalíptica es el de la Nueva Era que pertenece a quienes se preparan para ella. Algunos de los que predican el Día del Juicio Final afirman que solamente quienes se hayan purificado florecerán en la Nueva Era, y que el resto, en el mejor de los casos, sufrirá las agonías de la condenación eterna. Cuando se examina esta misma situación desde una perspectiva cabalística, se ve que no solamente tiene uno sino varios significados.

El Cabalista se cuida siempre de las interpretaciones literales de los antiguos textos esotéricos, y pone especial atención al interpretar las escrituras bíblicas. Con esto no quiero sugerir que una interpretación literal de la Biblia no sea una buena lectura, claro que lo es. Y ciertamente no se puede negar que la Biblia proporciona un valiosísimo registro histórico. Más bien, el hecho de que el Cabalista escudriñe bajo la superficie de la interpretación bíblica es el resultado de la inalterable convicción de que el verdadero significado de la Biblia no se encuentra en el "ropaje exterior", en las historias mismas. El significado de la Biblia, como la Luz, debe permanecer oculto.

La Biblia, de acuerdo con la sabiduría cabalística, es un código cósmico que tiene que ser descifrado. Cada palabra, cada línea, cada pasaje, guardan un sublime significado oculto. Así pues, extraer de la Biblia ciertos pasajes del Libro del Apocalipsis e interpretarlos literalmente, desde la perspectiva del Cabalista, es entregarse a un ejercicio inútil.

Quienes se purifican han cosechado siempre las recompensas de una Nueva Era, de una nueva vida, de un nuevo nivel de conciencia, así como aquellos que se envuelven en las sombras de la negatividad siempre han tenido que sufrir. Desde la perspectiva cabalística, la Era de la Iluminación no es la visión lejana —como la olla de oro bajo el arcoiris— de un nuevo y mejor mañana. La Nueva Era está aquí, hoy. Y comienza en el momento en que cada individuo elige a la luz sobre la obscuridad, al bien sobre el mal, a la vida sobre la muerte.

En cuanto al fuego infernal y a las pestilencias predichas por los evangelistas salvadores de almas, pues sí, eso también está con nosotros. Quienes eligen vivir en la obscuridad han sufrido siempre una condenación que, para la manera de pensar del Cabalista, es tan insidiosa como la imaginan los fundamentalistas aporreadores de Biblias. El Apocalipsis ocurre cuando uno ha llegado al fondo de roca, cuando la vida de uno está en ruinas, cuando un error que se ha cometido debe ser corregido. El equivalente metafísico del fuego infernal y del azufre consume la mente, los pensamientos y la conciencia de quienes han elegido caminar por el sendero de las tinieblas. El mundo está cubierto por las víctimas de quienes se odian a sí mismos, de quienes han perecido como resultado de su atrofiada conciencia, de los siniestros individuos que cosechan el odio que ellos mismos sembraron. Sin duda, la Nueva Era pertenece a quienes se preparan para ella, pero no en el sentido que los evangelistas quisieran que creyésemos. Ciertamente, quienes no trabajan para purificarse sufren los espasmos de la auto-condenación. Quienes se aferran a valores y puntos de vista materiales y anticuados de línea dura, los promotores de la guerra, los materialistas de hueso colorado que erróneamente se tienen a sí mismos como realistas, los mercaderes del poder, los selectos y egoístas "agitadores" del medio ambiente físico, no podrán —sin grandes ajustes en su modus operandi espiritual— cosechar las recompensas de la conciencia espiritual. Eso, para el Cabalista, es suficiente castigo.

Tal es el orden de las cosas, tan antiguo como el tiempo, como era, como es, como será.

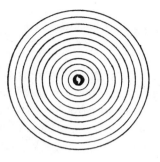

3

MENTE SOBRE MATERIA

UN NEGRO NUBARRÓN SE CIERNE SOBRE EL HORIZONTE DEL pensamiento y la teoría de los científicos clásicos. Su nombre es Mecánica Cuántica. Nuevos descubrimientos en el campo de la mecánica cuántica desafían al método científico y amenazan con evaporar el espejismo que durante siglos ha sido aceptado generalmente como realidad. Los físicos nos dicen ahora que además del paradigma cartesiano —fundamento de la ciencia moderna, que únicamente reconoce como verdadero lo que está sujeto a la verificación científica— debemos considerar un nivel subatómico de existencia en el cual el método científico no es efectivo, un mundo en el cual la conciencia de quien experimenta no se puede separar de su experimento, un mundo del que algunos dicen que en realidad es formado y posiblemente iniciado por el poder del pensamiento.

Las físicas newtoniana y einsteiniana, a la luz de los descubrimientos cuánticos, deben ahora confrontar la proposición de que no existe tal cosa como la verdadera objetividad, de no ser en un limitado marco de referencia. Casi no hace falta decir que esto hiere profundamente el corazón del paradigma cartesiano, para no mencionar el ego de los físicos conservadores de cualquier país. La objetividad es posible únicamente cuando uno puede permanecer a una distancia segura de aquello que está siendo objetivizado. Sin embargo, cuando se trata del espectro subatómico, el experimento y el experimentador operan como una sola entidad (proceso). Y no es posible separar el uno del otro. El experimento se convierte en una extensión del experimentador, y los resultados del experimento dependen extrañamente de los pensamientos del experimentador. Por lo tanto, nos encontramos en una situación en la que el modus operandi normal de la ciencia es inválido.

El Cabalista ha sabido desde hace mucho tiempo que el pensamiento da forma a lo que percibimos como "realidad", de la misma manera que esa "realidad" le da forma al pensamiento. Somos lo que pensamos. Más que un simple medio para percibir la realidad, el pensamiento tiene la capacidad de crear la realidad que percibimos. Somos más que observadores de la realidad, más incluso que participantes en nuestra concepción terrenal de lo que es "real". El pensamiento, de acuerdo a la sabiduría cabalística, no sólo determina la naturaleza de la realidad terrenal que elegimos crear, sino que también moldea la manera en que elegimos interactuar con ella. Esa realidad auto-creada, tácitamente convenida, es el campo en el que transcurre nuestro ciclo de corrección. Sin embargo, y siempre de acuerdo con la Cabalá, además de esta tumultuosa "realidad" física, hay otra Realidad atemporal y sin espacio que opera de acuerdo a una serie infinita de criterios, más allá de las maquinaciones del mundo físico. Esta es la Realidad a la que aspira el Cabalista.

La teoría cuántica ha resistido tan bien la prueba crítica del tiempo que se le han prodigado toda clase de elogios, uno de los cuales ha ido tan lejos que la describe como la teoría más perfecta jamás ideada por el hombre. El problema es que la teoría cuántica desafía lo que durante los tres últimos siglos ha sido el modo dominante de la conciencia occidental: el paradigma cartesiano. Bautizado así en honor de su progenitor, el filósofo francés René Descartes (1596-1650), el paradigma cartesiano acepta como miembro de su exclusivo club, llamado "realidad", únicamente aquello que está sujeto a verificación por el método científico, pero la realidad del cuántum no lo está.

Por supuesto, este giro de los acontecimientos deja al clásico físico newtoniano y einsteiniano, cuyo trabajo tiene sus raíces en el paradigma cartesiano, en una situación muy embarazosa, ya sea que pretenda ignorar la teoría del cuántum y suponer que el espectro subatómico y las reglas que lo gobiernan (la mecánica cuántica) no son reales —lo cual, en vista de la montaña de evidencia a favor de los descubrimientos del cuántum, es una imposibilidad práctica— o que se le obligue a admitir que el marco de referencia en el cual ha basado su trabajo no es, como se ha creído durante tanto tiempo, infalible. Así pues, no soprende que muchos físicos tradicionales quieran ver esta situación como algo a favor de sus intereses, para descuidar, perorar, rechazar, repudiar y desacreditar a la mecánica cuántica, con la esperanza de que ésta habrá de marchitarse y deshojarse como una flor muerta, cosa que —afortunada o desafortunadamente, dependiendo de su punto de vista— la física cuántica está muy lejos de hacer.

Incapaz de explicarse la eficacia de la mecánica cuántica, e incluso de descartarla con razonamientos válidos, el científico tradicional se enfrenta a la inquietante posibilidad de que haya dos realidades, una que opera "arriba", en el nivel atómico, el cual puede ser explicado de acuerdo al criterio cartesiano, y otra que opera "abajo", en el ámbito subatómico, gobernada por una serie separada de dictados subatómicos. Poco a poco, el científico está siendo obligado a aceptar el hecho de que las leyes de la ciencia no son aplicables al ámbito metafísico, y lo que acaso es más importante, se le está llevando a abandonar su apreciado concepto de una realidad objetiva, tan arduamente perpetuado —porque la realidad cartesiana no es más real ni más convincente que la realidad del cuántum. Cada una es válida en su respectivo marco de referencia, cada una es verdadera por su propio derecho.

El científico de la corriente principal es como alguien que se tambalea al borde de un hoyo negro. Si cae hacia atrás —a la realidad, la comodidad y la seguridad cartesianas, nunca sabrá qué milagros lo esperaban en el otro lado; pero si se sumerge en la desconocida realidad del cuántum podría verse obligado a renunciar para siempre a la lógica y la racionalidad y a todo lo que considera valioso. Ahí titubea, en la cuerda floja entre dos mundos, entre dos realidades, una racional y otra no-racional, una en la que el método científico es válido, y otra que parece estar gobernada por el pensamiento. Ya no puede aferrarse al concepto erróneo de que él es un frío e imparcial observador de la naturaleza. La teoría del cuántum nos dice que el adentro y el afuera, la naturaleza y el hombre, son una y la misma cosa. Ya no puede sostener una actitud reservada ante el mundo, como si estuviera "más-allá-del-bien-y-del-mal". Hacer eso le significaría tener que asumir la misma actitud hacia sí mismo. Pero, ¿quién puede ser imparcial acerca de sí mismo? Ahora, a la luz de los descubrimientos del cuántum, la física clásica debe abandonar su torre de marfil, revalorar el marco de referencia sobre el cual está basado su pensamiento, adaptarse a una nueva serie de variables, sortear y reunir toda la nueva información y, finalmente, intentar moldearla en un paradigma viable y vivible.

El Cabalista no tiene que enfrentar ese problema. El aprecia los descubrimientos del cuántum e incluso los celebra. Ciertamente, para el observador cuidadoso, los fenómenos del cuántum parecen ser o representan una tendencia al retorno a los valores metafísicos, y de muchas maneras parecen presagiar el rompimiento de las cadenas de muerte con que la ciencia ha dominado durante siglos a su propio inventor, el hombre. Sin embargo, a menos que el lector se quede con la impresión errónea de que el cabalista contempla arrobado el descubrimiento del físico acerca del cuántum, de que el pensamiento moldea, altera y, en última instancia, crea la realidad, se debe observar que los metafísicos han conocido este sorprendente descubrimiento de "la orilla principal" desde hace veinte centurias. El Cabalista siempre se ha ocupado de lo que popularmente ha sido llamado "el poder de la mente sobre la materia", pero, como ya se dijo, el Cabalista lleva el concepto un paso más allá que el físico cuántico al sugerir que -más que un mero participante en el esquema metafísico (cuántico)- el hombre, utilizando el poder del pensamiento, puede actuar como un factor determinante tanto de la actividad física como de la metafísica.

La concepción cabalística de mente-sobre-materia, no obstante, no necesariamente corresponde o está por completo de acuerdo con la connotación popular del asunto. Por ejemplo, la telequinesia, el movimiento físico de objetos mediante el solo poder del pensamiento, el hecho de doblar llaves y de detener y accionar relojes descompuestos, aunque ciertamente se encuentran dentro del ámbito de la posibilidad práctica, no son, para la manera de pensar del Cabalista, algo que valga la pena, puesto que ocuparse en actividades tales tiene como propósito, por decirlo así, jugar con el paradigma cartesiano. Después de todo, ¿qué caso tiene doblar llaves o adivinar signos en un naipe, sino el propio "engrandecimiento", o "probarle" a algún supuesto observador "objetivo" (que ahora encontramos que es objetivo exclusivamente dentro de un marco de referencia físico, limitado), el poder de la mente sobre la materia? Una utilización mucho más productiva de la energía del pensamiento, de acuerdo con el Cabalista, es poner en marcha el mecanismo mediante el cual uno se acopla con la realidad Infinita, anteriormente mencionada, porque al hacerlo uno se vuelve impermeable al ámbito físico y sus maquinaciones.

Cuando el Cabalista habla de mente sobre materia, (él o ella) alude al hecho de experimentar una alteración de la conciencia, una transformación de la mente, del modo lógico--racional al modo "cósmico", no-racional, que permite a la conciencia trascender las limitaciones físicas. El pensamiento puede atravesar grandes distancias, puede afectar a la gente y a los objetos y, sin duda, es un factor tangible en el mundo que nos rodea. El hecho de que la ciencia tradicional no pueda reconocer esto no es una falla de la Cabalá.

El Zóhar, el antiguo texto esotérico, da expresión y defiende al concepto de mente-sobre-materia en un importante pasaje que se ocupa de las influencias astrales. Cuando Abraham, el primer astrólogo, miró las estrellas, el previó que no tendría hijos. El Creador le dijo a Abraham que ya no mirase la sabiduría de las estrellas, porque tendría un hijo si se sujetaba al ámbito superior y no a las estrellas. Abraham, que conocía la sabiduría de la astrología, reconoció la naturaleza incitante de la influencia de las estrellas y los planetas sobre el hombre. Usando su conocimiento, él dedujo que estaba destinado a no tener un hijo, pero el Creador le reveló una paradoja acerca de la existencia del hombre en este mundo. Aunque en el hombre influyen fuerzas externas, él también posee un elemento de libre albedrío. Las estrellas inducen, pero no obligan.

Es posible aislarse de la influencia inductora de los cuerpos celestiales, e incluso trascender por completo las limitaciones externas. Todas las cosas, físicas y metafísicas, incluyendo a la humanidad, poseen dos aspectos, uno finito y otro Infinito. La tarea del Cabalista es elevarse por encima de la conciencia normal, racional, lo que significa retirarse de los confines del mundo físico, de las siete inferiores finitas, a fin de conectarse con las Primeras Tres Infinitas.

El aspecto finito de la humanidad, que podría describirse como carne y huesos, está sujeto a las reglas cartesianas; el otro aspecto, la característica Infinita, opera más allá de la limitada jurisdicción física. Unicamente el primero está sujeto al dolor, al malestar y a la muerte. El segundo aspecto forma parte del Infinito. Y mientras que el primero tiene sus raíces en el mundo físico, el segundo, siendo parte del Infinito, puede fundirse a voluntad con Él. Al conectarnos conscientemente con nuestro propio aspecto Infinito —lo cual se logra rindiendo un constante homenaje al acto original de la creación, la restricción—, es posible trascender en la práctica el espacio, el tiempo y la materia, con lo cual se llega potencialmente a la capacidad de presentir, al viaje astral y al alivio instantáneo del dolor y el sufrimiento, tanto físicos como mentales.

Legiones de personas de todas las edades, de todos los senderos de la vida, han reportado experiencias extra-corporales. De hecho, todos nosotros hemos practicado la proyección astral, ya sea que recordemos o no nuestras estancias en los ámbitos etéreos. Sin embargo, la ciencia de ninguna manera puede validar la proyección astral o cualquier otra de las así llamadas experiencias místicas, porque el fenómeno del viaje extra-corporal, como la realidad cuántica, no puede ser percibido mediante la utilización del método científico. Por lo tanto, el científico, debido a la heredada rigidez de su conciencia, se ve obligado a deducir que la proyección astral no existe. No obstante, para cualquiera de los miles de personas que han experimentado la proyección astral no hay duda de que la realidad astral es tan verdadera en cada uno de sus detalles como lo es la realidad que experimentamos en nuestra vida cotidiana.

Espero que el lector habrá de permitirme una ligera disgresión con el fin de aclarar por qué el método científico es incapaz de revelar los fenómenos astrales, metafísicos y cuánticos. El método científico, a pesar de su notable éxito al exponer ciertos aspectos del mundo físico, como lo ha demostrado la física cuántica, ha demostrado que es incapaz de evaluar lo metafísico. La sencilla razón de esto se puede encontrar al examinar un principio fundamental del paradigma cartesiano, el cual se basa en la errónea creencia de que a la naturaleza se le puede dominar, por así decirlo, al revelar sus secretos a través de un método de acoso a voluntad. En otras palabras, el científico newtoniano mueve, sacude y de otra manera interfiere con lo que (él o ella) está experimentando, y luego mide la reacción. Ciertos granjeros que producen fruta a gran escala utilizan una técnica similar, pues emplean voluminosas máquinas sacudidoras para que los frutos maduros caigan de los árboles. Así pues, encontramos que aunque es práctico en el mundo que está por arriba del nivel atómico, el método científico ha demostrado que es ineficaz cuando se ocupa del mundo subatómico (o del cuántum). La razón es que el acto mismo de incitar a las partículas subatómicas causa una transformación fundamental en el fenómeno que los científicos intentan medir. Por ejemplo, para determinar la posición de un electrón, sería necesario iluminarlo usando luz de la longitud de onda más corta que se conoce, es decir, un rayo gamma, pero éste, al impactar al electrón, lo puede lanzar fuera de su órbita, lo que hace imposible verificar la posición del electrón.

¿Demuestra esto de alguna manera que el mundo subatómico es inexistente? Ni por un instante. Tal es el caso con todos los fenómenos metafísicos. El solo hecho de que tal vez no pueden ser verificados utilizando el método científico no significa que no existen. Todo lo que esto prueba es que el método científico es imperfecto. Por el mismo motivo, como se sugirió anteriormente, la verificación científica reviste poca importancia para quienes han estado en el extremo receptor de una experiencia mística. Los encuentros astrales y no-racionales no requieren validación científica. Por lo general, quienes se han proyectado astralmente no necesitan que nadie les asegure que lo que han visto o experimentado es real. Quienes han visto a alguien caminar serenamente sobre fuego, pisando brasas al rojo blanco sin sufrir quemadura alguna, no necesitan que se les compruebe empíricamente que la mente puede ejercer su poder sobre la materia, como ciertamente también es el caso de aquellos que han sufrido operaciones quirúrgicas indoloras y sin derramamiento de sangre sin otro anestésico que un trance hipnótico.

Por supuesto, no todo el mundo tiene oportunidad de examinar los pies de alguien que camina sobre fuego, ni ha sufrido una operación quirúrgica bajo la influencia de la hipnosis, ni tampoco recuerda (él o ella) con claridad cada una de sus liberadoras y sublimes experiencias extra-corporales. Así pues, resulta muy natural que esas personas no estén convencidas de la capacidad de la mente para eludir temporalmente las relaciones de causa y efecto y conectarse con niveles superiores de conciencia. A quienes no han tenido —o simplemente no recuerdan haber tenido— ninguna experiencia directa con las regiones inexploradas de la conciencia, se les sugiere que la verificación tangible del poder de la mente sobre la materia se puede hacer sencillamente dirigiendo nuestra plena atención a la parte posterior del cuello de una persona. Casi invariablemente el sujeto reaccionará al instante y a menudo volteará para ubicar la planta de energía donde se originó ese rayo de pensamiento.

La Sabiduría cabalística sostiene que tenemos dos aspectos, el finito y el Infinito. El aspecto finito, que es sinónimo del cuerpo, está sujeto a las leyes de la ciencia cartesiana; el aspecto Infinito opera más allá de las leyes de la ciencia y, por lo tanto, se puede comparar en algunos aspectos al ámbito subatómico. Físicamente, somos creaturas de la tierra; espiritualmente estamos conectados de manera perpetua al Infinito. Nuestra parte finita está sujeta al cambio, a la confusión, al dolor y al sufrimiento. El otro aspecto, el superior, se encuentra más allá del ámbito de lo físico. A través de la actitud cabalística de la resitencia positiva se puede establecer un contacto mediante el cual, por así decirlo, el ser Infinito se ilumina. Al adherirse al aspecto Infinito tiene lugar una transformación de la conciencia que permite que uno se eleve temporalmente por encima del continuum tiempo-espacio, más allá del dolor y del malestar físico, por encima de las maquinaciones del mundo físico.

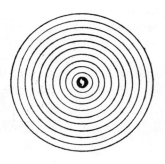

4

Estados Alterados

EL PROBLEMA DE LA DROGADICCIÓN AFECTA A TODO EL espectro socio-económico. Doctores, abogados, atletas, grandes ejecutivos, obreros, estudiantes, amas de casa —jóvenes y viejos, ricos y pobres, blancos y negros. Nadie, según parece, es inmune a esta amenaza omnipenetrante. Cantidades impresionantes de personas de todos los estratos de la vida son fármaco-dependientes: estimulantes, depresores, valiums, qualudes, píldoras para dormir, inhibidores del apetito, etc. Millones fuman mariguana o consumen cocaína todos los días. El alcoholismo sigue siendo una desgracia internacional. Aproximadamente 365,000 personas mueren cada año tan sólo en los Estados Unidos de Norteamérica por enfermedades relacionadas con el tabaquismo. Y al menos una cantidad igual se engancha con drogas distribuidas en el mercado negro: heroína, crack, polvo de ángel, anfetaminas, barbitúricos —diga usted qué veneno prefiere. M.D.A., P.C.P., L.S.D., S.T.P. Los "pushers" callejeros le proporcionarán de la A a la Z de la corrupción química.

Hay escolares que mueren con agujas en sus brazos, drogadictos irredentos que roban y asesinan para sostener vicios que cuestan cien dólares al día, madres que venden a sus bebés... Incidentes de esta clase son lugares tan comunes que hablar de ellos ya no impresiona a nadie.

Y por si los problemas no fuesen lo suficientemente graves, el mercado negro está siendo inundado por una nueva amenaza, las así llamadas "drogas de diseño". Confeccionadas por químicos aficionados, con ingredientes disponibles en cualquier farmacia local, estas drogas son químicamente comparables a la anestesia, la hipnosis o la psicodelia ilegales, pero alteradas de tal manera que parezcan legales. Así, mientras que la ley que prohibe la venta de narcóticos como la heroína puede señalar una condena de prisión perpetua, la pena por distribuir una droga de diseño muy parecida a la heroína, con efectos directos y colaterales igualmente peligrosos, equivale a un ligero manazo, o peor aún, estos delitos no están penalizados. Los representantes de la ley y los agentes judiciales están muy presionados en su lucha por cuanto menos identificar estas nuevas substancias, altamente adictivas y a menudo letales, y bastante menos para legislar en su contra.

Así pues, no sorprende que la histeria que acompaña a la epidemia de la droga haya alcanzado proporciones epidémicas. Todo el mundo, desde el presidente de los Estados Unidos hasta el hombre de la calle, se está sumando a la causa en la "Guerra Contra las Drogas", ¡y ay de aquellos que no tengan la voluntad de hacerlo! Los debates están a la orden del día en la Colina del Capitolio. Violentos congresistas y senadores, autoconvencidos de su propia rectitud, se exigen unos a otros someterse a análisis de orina. Los comentaristas de la televisión censuran la vergüenza del crimen relacionado con las drogas. Las cartas a los editores están a favor de la pena de muerte como castigo para los narcotraficantes. Las feministas juran "Quitarles la Noche" a los consumidores, a los ladrones y a los distribuidores. Los "expertos" expresan opiniones en conflicto, Y parece que difícilmente pasa una semana sin que los encabezados de los periódicos proclamen "El mayor golpe al narcotráfico de la Historia". La retórica fluye como agua en una presa que revienta. Mientras tanto, la compra-venta de drogas se incrementa como nunca antes, más y más dinero cambia de manos y más y más vidas se desperdician.

Desde los primeros años del Siglo XX —y probablemente desde mucho antes—, los políticos han venido prometiendo que le apretarán los tornillos al narcotráfico, al vicio y a otras plagas que afectan al paisaje humano. Los jefes de policía han proclamado que realizarán nuevas campañas y que los policías serán más duros. Los jueces de la Suprema Corte han aprobado leyes diseñadas para contrarrestar el narcotráfico o para promover la moralidad. Tal vez el ejemplo más notable sea el del fiasco conocido como Prohibición. Pero los servicios combinados de las agencias gubernamentales, la policía, las patrullas fronterizas y el ejército han sido tristemente ineficaces para combatir el problema de la droga, como lo evidencia el hecho de que el uso y la importación de drogas ilegales se ha disparado a alturas inconcebibles cada año que pasa. Cruzadas en contra de las drogas van y vienen, pero el problema no desaparece.

Así pues, no sorprende que las más recientes propuestas presentadas en el Congreso, que destinarán billones de dólares para cortar de raíz el problema de las drogas, atrapar a los distribuidores, aplicar pruebas de drogadicción a millones de empleados gubernamentales y equipar al ejército y a las patrullas fronterizas con sistemas de radar de alta tecnología y helicópteros a la altura del arte, sean vistas con gran escepticismo.

Acaso deberíamos detenernos a considerar algunas de las posibles implicaciones de estos nuevos mandatos. ¿De dónde saldrán los billones de dólares que se necesitan para administrar estos pomposos esquemas? ¿Programas sociales? ¿Aumentos a los impuestos? ¿Saldrán del fondo para la protección al medio ambiente? Tal vez también nosotros tendríamos que preguntarnos cómo habrán de afectar estos programas a nuestras libertades personales, legales y civiles. ¿Estarán todos los empleados legalmente obligados a hacerse la prueba de la droga? ¿Tendrán los agentes de narcóticos poder para bloquear carreteras y realizar cateos casa por casa? ¿Serán interferidos todos nuestros teléfonos? ¿Seremos interminablemente demorados en las aduanas mientras se revisa cada automóvil, cada maleta, cada bolsillo? ¿Se nos obligará a tolerar inspecciones de lugares o a desnudarnos para que se nos revise cada vez que nos subamos a un avión para ir o regresar de otro país? ¿Sufrirá enmiendas la Constitución con el fin de legalizar esta nueva ola de opresión paranoica?

Por supuesto, ningún político en sus cabales se atrevería a proponer medidas tan rigurosas por la sencilla razón de que ninguna sociedad democrática las soportaría. Sin embargo, dada la perniciosa y penetrante naturaleza de la drogadicción y el tremendo atractivo de las ganancias que obtienen quienes viven de ella, se requieren medidas tan opresivas como estas, cuando menos, para controlar el problema en su magnitud actual. Países como Turquía y Rusia tienen problemas relativamente menores en cuanto a drogas ilegales en comparación con los países occidentales. No obstante, y por fortuna, muy pocos occidentales estarían dispuestos a pagar voluntariamente un precio en la libertad personal igual al que se exige en aquellos países, aún cuando con ello la sociedad se librase por completo de las drogas. Entonces, dadas las condiciones que prevalecen, parece que lo más que podemos esperar nosotros los occidentales son soluciones provisionales, como las que aportan las más recientes medidas gubernamentales.

Como es el caso con las tantas dificultades que enfrentan las sociedades occidentales hoy en día, nadie, según parece, considera siquiera y mucho menos se ocupa de la causa de la epidemia de las drogas. En vez de ello, buscamos soluciones a nivel sintomático. Con las cárceles a punto de reventar, deberíamos intentar descubrir las causas fundamentales de la adicción, pero preferimos gastar enormes sumas para construir más prisiones. Con el sistema judicial tremendamente sobrecargado, deberíamos intentar encontrar curas para la dependencia, pero preferimos encarcelar a más consumidores jóvenes y a traficantes de medio tiempo, condenándolos a vivir inmersos en el crimen.

Imaginemos un sistema en el que a los drogadictos se les cura creándoles otra adicción, aún más fuerte y perniciosa. Esto ocurre todos los días: a un adicto a la heroína se le pone en un programa de mantenimiento a base de metadona. ¿No parece contraproducente que para curar la adicción a la heroína se prescriba metadona, una droga que crea una dependencia todavía más fuerte? ¿No deberíamos, en primer lugar, intentar descubrir qué es lo que lleva a estas personas a consumir heroína? Imaginemos un programa de rehabilitación que rechaza a aquellas personas en cuyo tratamiento se ha especializado. Las clínicas que curan la adicción a las drogas permanentemente rechazan a adictos que desean recibir el tratamiento debido a políticas restrictivas, a la cinta roja o a la sobrepoblación. Imaginemos una sociedad que permite que las personas sean encarceladas por consumir una substancia relativamente suave, que no produce adicción física, mientras que por otra parte permite la promoción y la libre venta —por lo cual cobra impuestos— de otras substancias muchos más adictivas y desgastantes. Tal es la situación actual en relación con la mariguana versus el alcohol y el tabaco.

Con leyes hipócritas y políticas dignas del hombre de Neandertal (sin pretender ofender al hombre de Neandertal, que era mucho más inteligente de lo que comúnmente se piensa), ¿sorprende que millones de jóvenes le pierdan el respeto a las leyes y a los jueces que las hacen? Cuando los funcionarios que ocupan cargos de elección popular buscan soluciones temporales y fáciles de tragar, ¿sorprende que quienes los eligieron hagan lo mismo? Con los doctores modernos, que recetan medicamentos para suavizar los síntomas aún cuando no tienen ni la más remota idea en cuanto a la naturaleza de la enfermedad, ¿sorprende que sus pacientes intenten solucionar su propio malestar psíquico con remedios instántaneos similares?

Como un ejercicio perfectamente inútil, examinemos algunas de las propuestas recientes que están siendo consideradas en relación con la interminable Guerra contra las Drogas.

1. Gastar billones de dólares en el problema y esperar que éste desaparezca.

Esto, por supuesto, no servirá de nada. La Dirección para el Cumplimiento de la Ley repartió 8 billones de dólares para combatir el crimen local, pero en esos años el crimen se incrementó a un ritmo récord. La inversión federal en el combate a los narcóticos se ha duplicado en los últimos cinco años, pero las drogas fluyen más que nunca hacia el país.

2. Echar a andar una campaña propagandística masiva.

Esto servirá únicamente para glorificar aún más a las drogas. Por otra parte, tales anuncios han estado en el aire durante años con muy poco o ningún efecto.

3. Incrementar el número de arrestos en las calles.

Esto creará un problema aún más grande en nuestro sistema judicial y penitenciario, ya de por sí sobrecargado.

4. Detener las drogas en su fuente.

Este método, aunque actualmente es favorecido por ciertos legisladores y políticos, está condenado al fracaso por varias razones, y la menor de ellas no es que los Estados Unidos no sostienen relaciones diplomáticas con muchos de los países abastecedores. Por lo tanto, muchas de las principales fuentes mundiales de drogas siempre estarán más allá de la jurisdicción de los Estados Unidos. Ello, además, elevará el costo de las drogas ilegales, lo que redundará en un incremento en los crímenes relacionados con las drogas, pues los adictos tendrán que robar mucho más para sostener sus hábitos. Las "drogas de diseño" producidas localmente llenarán ese vacío. Incluso en el caso altamente improbable de que estas medidas lograran destruir todos los sembradíos y fábricas de drogas y detener la importación de toda clase de drogas ilegales, aún existiría el alcohol para consolarse, las drogas de prescripción, la medicina para la tos, los pegamentos, la inhalación de los últimos "golpes" en el fondo de los contenedores de aerosol y de los humos de las gasolinas, mismos que fueron, hasta hace muy poco, la droga favorita entre ciertos indígenas de la región del Amazonas.

5. Seguir el ejemplo de países tales como Inglaterra y Holanda y legalizar las drogas y distribuirlas a bajo costo.

Esta es, con mucho, la solución más sana, práctica y humana mencionada hasta ahora. Este solo hecho, dado el fervor beligerante que prevalece entre nuestros valientes cruzados políticos, lo condena a la obscuridad. Pero, aunque tiene muy pocas o ninguna probabilidad de aplicarse, de todos modos le echaremos un ligero vistazo, porque ciertamente lograría bastante para detener el crimen relacionado con las drogas. Los adictos no tendrían que robar para sostener sus hábitos. Los principales narcotraficantes quedarían fuera del negocio de la noche a la mañana, pues ¿quién compraría drogas ilegales a precios muy elevados si pudiese tener drogas legales a precios bajos? Menos personas morirían de sobredosis debido a que la calidad de las drogas estaría cuidadosamente controlada. La población de las prisiones se reduciría a la mitad y la carga sobre el sistema judicial se aligeraría de inmediato. No obstante, existe un gran inconveniente para la legalización de las drogas: la gente no dejaría de consumirlas y, por desgracia, muy probablemente se promovería una mayor adicción.

La simple lógica debería hacernos comprender que medidas extravagantes, sin que importe cuán bien intencionadas puedan ser, no lograrán nada para reducir la epidemia de las drogas. Quemar sembradíos, rociar las cosechas, asesinar a los capos bolivianos de la droga, suprimir la ayuda a varios empobrecidos países del Tercer Mundo, aumentar las patrullas fronterizas, activar al ejército, gastar billones de dólares procedentes de los impuestos para combatir el problema, hacer propaganda, helicópteros equipados con radares y energía nuclear, patrullas de vigilancia, más leyes, condenas más duras, prisiones más grandes, manadas de perros detectores de drogas —ninguna de estas propuestas tendrá el más mínimo efecto a menos que y hasta que podamos identificar y combatir la causa fundamental del problema.

¿Por qué consume la gente tantas drogas?

Dicho simplemente, trascender la conciencia del pensamiento racional, normal, es una necesidad humana básica. La gente hará prácticamente cualquier cosa para salirse de este ámbito negativo de la existencia —y así debe ser. La mente racional consciente es una trampa, una prisión de la que nuestra conciencia superior sabe muy bien que debe escapar. Nuestras vasijas circundantes constantemente piden que se les libere de este mundo de ilusión y que se les reuna con el verdadero mundo de la Luz, el *Or En Sof*. Trascender este mundo denso de la restricción y la negatividad es algo tan básico como comer, tan natural como caminar y tan necesario como la eliminación de los desechos corporales.

Desde el inicio del tiempo la gente ha buscado maneras de trascender los procesos ordinarios del pensamiento racional. El hombre de la antigüedad estaba consciente de esta necesidad e instituyó métodos culturalmente sancionados mediante los cuales podía lograrse esta trascendencia y unificación con los ámbitos superiores de conciencia. Pensemos en la Búsqueda de la Visión de los indios americanos, en la Caminata en Sueños de los esquimales, cada una de las cuales consistía de largos periodos en la soledad del desierto. A través de ceremonias rituales, oraciones y meditaciones como las ya dichas, socialmente aceptadas, jóvenes y viejos se reunían con los espíritus de sus "ancestros", lograban la unidad con la Madre Tierra, hacían la paz con las fuerzas de la naturaleza y profundizaban en la comprensión de sí mismos.

Las culturas antiguas siempre practicaron métodos de trascendencia —cantos, danzas y ceremonias—, mediante los cuales lograban estados alterados de conciencia. Nosotros en el mundo moderno no tenemos tales métodos, o mejor dicho, sí los tenemos pero los hemos olvidado, borrosos por la racionalidad, cubiertos únicamente por las trampas de la vida material, reprimidos hasta tal punto que incluso muy pocos de nosotros estamos conscientes de su existencia. Lo que una vez fue una rica trama social, cultural y espiritual ha sido devorado por vacíos conceptos materiales, por falsas promesas tecnológicas y, finalmente, digerido por el gran mito ciego: el Progreso. Hoy en día, esa íntima relación que teníamos con la naturaleza ha sido reemplazada por las crasas ilusiones que proporciona la cornucopia de las supuestas drogas "recreativas".

Así pues, hay que evitar el consumo de drogas, al menos las de la variedad "recreativa", pero no por razones de carácter moral, religioso, de salud o incluso legales. El problema con las drogas no es la motivación previa a su consumo, sino el solo hecho de que son completamente ineficaces. El fundamento más solido para abstenerse de consumir drogas es que éstas son completamente inadecuadas para el propósito de trascender —el cual, después de todo, es el factor motivacional más importante para consumirlas.

Desde la perspectiva cabalística, a lo temporal se le considera ilusorio, y únicamente a lo permanente se le considera real. Las drogas proporcionan tan sólo una burda ilusión de trascendencia. La "elevación" desaparece, dejando al consumidor en un estado de conciencia inferior al que él o ella tenían antes de usar la droga. El mundo físico es ilusorio —la conciencia de pensamiento es verdadera. Por fortuna, no existe ninguna posibilidad de que la ilusión influya negativamente en la realidad. Nuestras vasijas circundantes están conectadas con los ámbitos superiores, la super conciencia del *Or En Sof*, que es Infinitamente superior a la falsa realidad que habita nuestra conciencia normal en estado de vigilia. Para conectarnos con este mundo superior —lo cual es nuestro derecho inalienable (algunos dirían que es nuestro deber)— es necesario trascender los procesos de pensamiento normales, habituales.

Desde la infancia más temprana nos vemos tentados por imágenes de "gente chic" que fuma y disfruta los "placeres" del alcohol. ¿Por qué no habrían los jóvenes de querer emular lo que ven?

Aunque existen muchos métodos para lograr estados alterados de conciencia, las sociedades occidentales los han reemplazado a todos con substancias tóxicas. Por desgracia, no muchas personas están conscientes de que existen otros métodos más efectivos para trascender, como los que proporciona la Cabalá. Si todos estudiásemos la Cabalá, las leyes en contra de las drogas serían innecesarias. Quienes las cultivan dejarían de hacerlo porque no habría compradores para su cosecha mortal. Los contrabandistas abandonarían esa actividad. Los "capos" de la mafia renunciarían al narcotráfico, porque éste dejaría de ser redituable. Tal vez entonces los campesinos bolivianos, sin miedo al castigo, volverían al consumo tradicional de las hojas de coca, que ellos han mascado para obtener energía de igual manera que la gente en las sociedades occidentales bebe café, una práctica que se ha mantenido vigente durante miles de años con pocos efectos dañinos.

Los drogadictos son esclavos de la ilusión, pero no se les debe condenar por ello. De hecho, tal vez los adictos podrían tener algo a su favor por el hecho de que incluso después de una exposición prolongada a la televisión, a los medios de comunicación, a la publicidad, a los estupidizantes confines de nuestro sistema educacional —por no mencionar únicamente la "realidad" ilusoria que proporciona el consumo constante de drogas—, sus instintos (de ellos y ellas) no están tan erosionados como para no aspirar al menos a una cierta clase de unión con una conciencia superior. Esto es más de lo que se puede decir de ciertos políticos, legisladores y burócratas que urden algunos de los superficiales y pomposos esquemas mencionados con anterioridad. Ellos también son esclavos: los legisladores de la moralidad, los sirvientes de la racionalidad, los adoradores de la falsa seguridad que proporciona *Maljút*, total e irrevocablemente presos en la ilusión de una estrecha y sofocante perspectiva de la "Realidad". El alma del drogadicto, al menos, clama por trascender esta realidad negativa. Muchos de los supuestos "realistas" han perdido incluso esa capacidad.

La actividad humana negativa no se extiende más allá de *Maljút*. Afortunadamente, la humanidad no puede provocar el caos en los ámbitos superiores (interiores). Por lo tanto, nuestros pensamientos, cuando se les templa con la resistencia positiva, son virtualmente impermeables a las mezquinas maquinaciones de quienes están poseídos por el Deseo de Recibir para Sí Mismo.

Hablando en términos cabalísticos, encontrarse en un estado alterado de conciencia significa no necesitar en absoluto la ilusión creativa que proporcionan las siete sefirot inferiores. Significa conectarse con el *Or En Sof*, a fin de "ver lo que nace". Al transformar el Deseo de Recibir para Sí Mismo en el Deseo de Recibir para Compartir, uno se eleva por encima de los confines de las siete inferiores y se conecta con las Tres Primeras. A través de la restricción consciente uno puede conquistar el aspecto negativo del Deseo y alcanzar un estado alterado de conciencia por encima y más allá de la negatividad de esta fase.

La ilusión del espacio negativo existe por un propósito muy real, que consiste en darnos la oportunidad de cerrar la brecha entre nosotros mismos y la realidad última de la Luz, el *Or En Sof*. A través de la resistencia y la restricción conscientes, uno puede transformar el Deseo de Recibir para Sí Mismo en el Deseo de Recibir para Compartir.

Así pues, lo que hace falta no son leyes o políticas más estrictas, sino métodos para trascender sanos y socialmente permitidos. La música puede ser uno de esos métodos, la escritura, el estudio, los deportes, ciertas formas de meditación, la danza —de hecho, casi cualquier actividad puede ayudarnos a trascender este ámbito negativo de existencia, pero únicamente si lo abordamos con un estado mental adecuado, es decir, con una actitud de resistencia semejante a la que nos proporciona la Cabalá.

LOS ROSTROS DEL MAL

El mal tiene mil rostros y, no obstante, solamente tiene uno. Desde la perspectiva de las siete inferiores, el mal es como uno de esos milagrosos artefactos de plástico que se anuncian en la televisión nocturna y que sirven para todo. Se le puede esculpir, doblar, retorcer, ajustar, reparar, editar, revisar, convertir, corregir, modificar, voltear al revés y golpearlo contra el piso o la pared. Es posible moldearlo, darle forma, usarlo como un antifaz, sacudirlo como a una ensalada, dispararlo con una pistola, contradecir con él, engañar con él, burlar, robar y estafar. Se le puede esponjar, como a un peinado de panal. ¡El mal codicia! ¡El mal envidia! El mal... ¡qué producto más versátil! Y, desde luego, viene con una garantía que expira a los sesenta segundos: Su Satisfacción o la Devolución de su Dinero.

Estos son solamente unos cuantos de los falsos rostros del mal. En realidad, el mal tiene un solo rostro, la energía-inteligencia de pensamiento del Deseo de Recibir para Sí Mismo. Todo lo que gira en torno del rostro engañoso y siempre cambiante del Deseo, todo lo que de él emana, todo el que permite que prevalezca ese aspecto negativo del Deseo, cae bajo su unfluencia.

Sin embargo, el mal no tiene vida propia. Es una entidad inanimada y sin sangre como una marioneta, a la cual nosotros le pintamos los rostros y cuyos hilos manejamos. Nosotros animamos al mal y le damos permanencia a través de nuestras acciones y pensamientos negativos. Como resultado, también nosotros tenemos la prerrogativa de pintar al mal con un rostro atractivo. Sin embargo, a pesar de sus múltiples características dudosas, hasta el mal puede ser visto bajo una luz positiva. De hecho, se puede decir que el mal es una necesidad terrenal, pues la Luz se revela únicamente a través de la restricción del Deseo de Recibir para Sí Mismo. Así pues, tal vez nosotros, los que estamos en *Maljút*, tenemos una pequeña deuda de gratitud con el mal, por brindarnos la oportunidad de remitir el Pan de la Vergüenza.

Pero tal vez no.

LAS INCLINACIONES AL MAL

Por extraño que parezca, conectarse con estados alterados de conciencia puede ser más difícil para una persona que tiene pocas inclinaciones al mal que para otra que constantemente está atraída hacia él. La razón de esto es muy sencilla. La persona que gravita en torno al mal tiene más oportunidades para ejercer la restricción. Mientras que quien no tiene ninguna propensión al mal se puede volver complaciente y, según parece, recibir pocas oportunidades para resistir el Deseo de Recibir para Sí Mismo, quien gravita en torno al mal tiene muchas oportunidades de ejercer la restricción y, con ello, ganar la bendición de la Luz al eliminar el Pan de la Vergüenza.

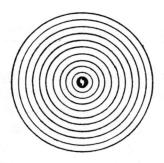

5

La Velocidad de la Luz

IMAGINE USTED QUE ES UN ASTRONAUTA DEL SIGLO XXIII y que tiene un aparato llamado, digamos, "Velocímetro de Luz", el cual le permite leer la velocidad de la luz, en tanto que ésta afecta a su vehículo. La lógica dicta que si usted se dirigiera hacia el sol la lectura daría la velocidad de la luz más la velocidad de su vehículo; pero si se alejara del sol, lógicamente, la lectura daría la velocidad de la luz menos la velocidad de su vehículo.

"¡Falso!", dice el científico. "¡No es así!", replica el cabalista.

En este raro ejemplo, el cabalista y el científico están por completo de acuerdo —pero por razones totalmente diferentes.

El científico nos recuerda el experimento Michaelson-Morley de 1886, que "probó" a su completa satisfacción, así como presumiblemente a satisfacción de Einstein y de millones de otras personas, que la luz viaja a una velocidad de 186,000 millas por segundo, independientemente del movimiento del observador. Esto significa que, como astronauta, usted muy bien podría meter su hermoso y útil "Velocímetro de Luz" en el conducto de eliminación de desperdicios y arrojarlo al espacio exterior porque, no importa a qué velocidad viaje su nave espacial hacia el sol o alejándose de él, la lectura siempre será la misma: 186,000 millas por segundo.

Este fascinante "dato" científico desafía a la lógica y al supuesto sentido común, y por esta sola razón al Cabalista le gustaría aceptarlo —porque, como ya se habrá dado cuenta el estudiante, una de las razones principales para estudiar la Cabalá es liberarse de la sofocante red de ilusión que se hace pasar por realidad en esta cuarta fase. Pero, desafortunadamente, el Cabalista no puede aceptar este concepto por la sencilla razón de que el Cabalista no cree en la velocidad de la luz. Punto.

Un cierto número de conceptos cabalísticos están reñidos con las teorías científicas actualmente aceptadas, y la velocidad de la luz es una de ellas. En lo que atañe al Cabalista, tal cosa no existe. La esencia de la luz está en todas partes, atemporal, omnipenetrante, perfectamente inmóvil.

Y esto nos lleva a una pregunta que surge casí por sí misma.

Si la luz no se mueve, entonces, ¿qué han estado midiendo los científicos todos estos años?

Una excelente pregunta, para la cual la Cabalá proporciona una respuesta igualmente satisfactoria. Aunque la Cabalá ni siquiera considera la posibilidad del movimiento de la luz, si reserva un amplio espacio para la probabilidad de que haya movimiento en la luz dentro de las vasijas, las Sefirot. La perspectiva cabalística a este respecto está más de acuerdo con la nueva rama de la física que se ocupa de las partículas "subatómicas" o "paquetes de energía" llamadas "cuantos", y que por ello se le ha llamado Mecánica Cuántica. Los cuantos se describen con mayor precisión como "tendencias", en vez de "paquetes", o como "pocos y fragmentos", porque realmente no son "cosas" en absoluto, sino más bien como el concepto aristotélico de "potencia", que se ubica en alguna parte entre lo físico y lo metafísico, entre lo potencial y la realidad. En todo caso, la mecánica cuántica promueve varios conceptos que dejaron perpleja a la comunidad científica cuando se les presentó por primera vez, dos de los cuales nos enfrentaron a la posibilidad de que la verdadera naturaleza de la existencia se encuentra más allá del alcance de la razón, y a una segunda posibilidad: la de que ciertas partículas viajan a una velocidad mayor que la de la luz.

El propio Einstein creía que la luz era una corriente de fotones de tiro rápido. De hecho, fue su ensayo acerca de la naturaleza cuántica de la luz lo que lo hizo merecedor del Premio Nobel. Pero, no obstante, él mismo fijó los límites de los conceptos expresados por la mecánica cuántica: que una completa comprensión de la realidad está más allá del ámbito del pensamiento racional y que ciertas partículas pueden viajar a una velocidad mayor que la de la luz. Por lo tanto, él se sintió obligado a refutar los descubrimientos, aunque de mala gana aceptó que parecían apoyar —al menos en lo referente al ámbito subatómico— su ahora famosa declaración de que "Dios no juega a los dados con el universo."

Las siguientes generaciones de físicos einsteinianos se han adherido firmemente a las creencias de Einstein y, de igual manera, están reacios a admitir cualquiera de las anteriores posibilidades porque, en el caso de que se probase que estas teorías del cuántum son correctas, se harían enormes agujeros en la bonita ilusión que ellos han construido trabajando tan diligentemente. Como se puede apreciar, sus teorías tienen como base la idea de que la luz se desplaza a una velocidad fija de 186,000 millas por segundo.

Irónicamente, Michaelson y Morley intentaban probar o desaprobar la existencia de los "vientos de éter" —el éter es una substancia hipotética inerte y totalmente inmóvil, que durante muchos años se creyó que saturaba cada milímetro cuadrado del universo— cuando tropezaron con su descubrimiento, que estremeció al mundo, de la velocidad de la luz, el cual puso las bases matemáticas para las teorías de Einstein de la Relatividad general y especial, la primera de las cuales surgiría alrededor de veinte años más tarde, en 1905, y que capturaría la atención de la comunidad científica. El experimento de Michaelson y Morley también "desaprobó" temporalmente la teoría de los vientos de éter y, posteriormente, la propia idea del éter cayó en desgracia hasta que la teoría del campo cuántico, que fue engendrada por las teorías de la Relatividad de Einstein, le dio un nuevo giro al viejo tema del éter, al llamarlo "estado de campo sin características", es decir, un vacío hipotético de tan perfecta simetría que no se le puede asignar una velocidad a nivel experimental.

En cualquier caso, no es nuestro propósito elaborar aquí un tratado acerca de la nueva física en contra de la vieja, sino solamente mostrar la disensión que existe entre los científicos, en tanto que ésta se relaciona con las diferentes perspectivas de la realidad. La mecánica cuántica se aparta de la posición newtoniana de que el universo está gobernado por leyes que son susceptibles de comprensión racional, y enfatiza como marco de referencia el estudio de la conciencia... y por ello el Cabalista le guarda gratitud. Ve al hombre como un participante y no como un mero observador de la realidad —otro concepto caro al Cabalista—, pues este ha sido uno de los principales credos del pensamiento cabalístico durante los últimos dos milenios.

Y en cuanto a la idea, aunque fue rechazada por la mente religiosa de·ese benemérito y brillante genio matemático, el Dr. Albert Einstein, de bendita memoria, la mecánica cuántica nos presenta la posibilidad de que hay algo que viaja más rápido que la luz —otro concepto muy caro a la Cabalá. ¡Sí! Definitivamente hay algo que viaja más rápido que la luz. El pensamiento, la conciencia; ambos tienen esa característica distintiva. Hablando en términos cabalísticos, esto es posible por la razón que se mencionó anteriormente: la Luz es perfectamente inmóvil. La Luz es una. Cada aspecto de la Energía-Inteligencia universal está en comunicación instantánea y constante consigo misma, en todo lugar. Por lo tanto, al crear afinidad con la Luz, al establecer un circuito, un concepto circular, es posible atravesar instantáneamente una distancia de un trillón de millas, lo cual, si se pone en términos de tiempo, espacio y movimiento, se traduciría a la velocidad de la luz elevada al infinito.

Grandes descubrimientos

Cuando uno piensa en descubridores, inventores y exploradores, es difícil evitar estereotipos hollywoodescos tales como el de una Madame Curie seria y unidimensional, que trabaja infatigablemente al lado de Pierre, su marido, para "descubrir" el radio; o el de un Thomas Edison como el brillante inventor cuya mente en apariencia superior produjo más de mil patentes.

De hecho, más a menudo de lo que se piensa, las grandes ideas, los grandes pensamientos, los grandes descubrimientos, al parecer, surgen "de la nada".

Colón buscaba un atajo hacia la India cuando "descubrió" América —por supuesto, esta es la manera completamente errónea en que los europeos ven la historia, pues los indígenas habían vivido en América durante miles de años. Y también hay un Newton, cuya teoría de la gravedad universal se dice que "le llegó" cuando una manzana le cayó en la cabeza mientras estaba sentado debajo de un manzano. Y no olvidemos la famosa exclamación "¡Eureka!", pronunciada por Arquímedes cuando, mientras se bañaba, "descubrió" la manera de medir el volumen de un sólido irregular mediante el desplazamiento de agua y con ello averiguar la pureza de una corona de oro perteneciente al tirano de Siracusa.

En su gran mayoría, los descubrimientos no fueron el resultado de la investigación o la firme determinación, sino que, aparentemente, los "descubridores" llegaron a ellos sin el más mínimo esfuerzo. Hablando en términos cabalísticos, la razón de esto es que, como lo afirma el viejo dicho, "no hay nada nuevo bajo el sol". Por lo tanto, es imposible descubrir o inventar algo de la nada —todo lo que podemos hacer es revelar aquello que ya existe en el nivel metafísico.

Entonces, ¿por qué se elige a algunas personas para que hagan más evidentes las grandes verdades universales, mientras que otros no revelan nada? Dicho simplemente, quienes se vuelven canales para la Luz son aquellos cuya energía-inteligencia motivante es el Deseo de Recibir para Compartir.

6

Esta Era Moderna

EL CABALISTA BUSCA SEPARAR LO ERRÓNEO DE LO CORRECto, lo fraudulento de lo verdadero —una tarea nada fácil en esta era de síntomas y falsos frentes, de ideas tardías y críticas de consumados. La voz del Cabalista se ha perdido, según parece, en el desorden y el alboroto del lavado de cerebro de la televisión y los medios de comunicación. Fachadas, ilusión, apariencias —tales son las marcas de fábrica de la era de la electrónica. La conciencia social ha sido reemplazada por la conciencia de la imagen. Ya no compramos una casa, ahora compramos un vecindario. Ya no compramos un automóvil, ahora compramos una carrocería. Ya no compramos ropa, hoy en día compramos la etiqueta de un diseñador. Ya no basta con tener lo suficiente. En esta era de comida instantánea, de novedades y modas siempre cambiantes, únicamente nos sentiremos satisfechos cuando "lo tengamos todo".

Tal vez uno podría imaginarse que, en ocasiones, el Cabalista se desalienta, al enfrentarse constantemente como nosotros a la barrera de la codicia, la hipocresía, el engaño y la ilusión que se hace pasar por vida en esta era moderna. Nada podría estar más lejos de la verdad. Uno de los propósitos principales del estudio de la Cabalá es retirarnos de marcos de referencia limitados, y acaso esta época de la vanagloria disparada y arrogante ofrece oportunidades para la corrección kármica más que ningun otro. Y esto, precisamente, es lo que tanto le gusta al Cabalista acerca de esta ilusión que llamamos vida moderna —¡Hay tanto que rechazar!

El miedo de volar

A veces, los estudiantes expresan que les preocupa volverse demasiado Infinitos, demasiado Circulares, y acaso perderse por completo a sí mismos en el estudio de la Cabalá.

Por supuesto, no hay ninguna posibilidad de que nos retiremos de esta fase ilusoria de la existencia. Incluso un asceta que vive en una cueva debe bajar de sus viajes interplanetarios para cosumir un alimento ocasional. La vida finita siempre ha estado y estará plagada de interrupciones. Nunca podemos retirarnos de este mundo, debido a que nuestro autoimpuesto exilio del Creador nos hace estar constantemente sujetos a la influencia de la Cortina. Por lo tanto, encontramos que, sin que importe cuan asiduamente nos entreguemos a la trascendencia de esta cuarta fase, la Cortina siempre favorecerá la limitación y, así, no hay ningún peligro en intentar elevarnos, tanto como es humanamente posible, por arriba de esta ilusión que llamamos Malkhut para unirnos con la Luz de la Creación.

La guerra de las galaxias

Es virtualmente imposible que un observador no iniciado conprenda desde fuera los antiguos textos cabalísticos. Así pues, no sorprende que cuando un escéptico explora visualmente el *Sefer Yetzirá*, Diez Emanaciones Luminosas o el Zóhar, él o ella casi sin duda llegue a la conclusión de que, en el mejor de los casos, la filosofía de la Cabalá es un anacronismo o, en el peor, poesía mística carente de todo valor en esta era moderna. Los escépticos se preguntan: ¿Qué le puede ofrecer un sistema "espiritual" antediluviano como la Cabalá a esta era científica de los quarks,* los quasares,** los rayos láser, los agujeros negros y la guerra de las galaxias?

No obstante, cuando estos mismos escépticos comienzan a estudiar la Cabalá, cuando comienzan a comprender que el Zóhar habla de las guerras de las galaxias y explica los agujeros negros de una manera más concisa que cualquier físico; que la Cabalá adelantó explicaciones válidas de la gravedad, el neutrón, la evolución y la relatividad cientos de años antes de que la ciencia los "descubriera"; que los cabalistas han practicado el viaje interplanetario durante cientos de años, y que las teorías científicas más futuristas —tales como la posibilidad de volver al futuro, los universos alternos, la teoría de la cinta y el "estado de campo sin caracteristicas"— son un sombrero viejo desde el punto de vista de la Cabalá...

---

* "Quark". Física nuclear. Cada una de las tres hipotéticas partículas elementales y sus tres correspondientes antipartículas (antiquarks) postuladas por M. Gell-Mann a partir de consideraciones basadas en grupos de simetría, y que constituirían los componentes fundamentales de la materia que daba origen, por medio de diversas asociaciones entre ellos, a todas las partículas conocidas. Las masas de los quarks son desconocidas, si bien se ha previsto, por cálculo, su carga eléctrica, que debe ser fraccionaria. (N. del T.)

** "Quasar". De la expresión inglesa quasi stellar source = fuente casi estelar. Astronomía. Radiofuente muy potente de apariencia estelar, cuyo espectro óptico presenta un notable corrimiento hacia el rojo. (N. del T.)

¡qué rápida y radicalmente se transforma su escepticismo en asombro y admiración!

Entonces, en vez de preguntarse cómo algo tan viejo puede ser válido, se preguntan cómo algo tan viejo puede ser tan nuevo.

Complacencia

La Cabalá no es una filosofía para-seguir-la-corriente. Los cabalistas no necesariamente creen en ofrecer la otra mejilla, en compartir por el solo hecho de compartir, en la caridad por la caridad. Para el Cabalista, la complacencia es un estado de la mente del que hay que cuidarse, y la comodidad una condición que hay que ver con un cierto desdén. Esta inflexible actitud se toma equivocadamente por un severo ascetismo o por una simple terquedad, hasta que se le aprecia desde la perspectiva correcta.

La actitud en apariencia implacable del Cabalista no es resultado de la rebeldía ni de un rampante fervor iconoclasta. Más bien se le podría describir como un temperamento de resistencia positiva, que se deriva del conocimiento de que no es posible alcanzar ninguna paz mental —ningún descanso verdadero— hasta que se ha completado el *Tikún* del alma, el proceso correctivo.

La inclinación natural del aspecto finito de la humanidad, el Cuerpo o las siete inferiores, que es representado por todo lo físico, incluyendo por supuesto al cuerpo humano, es sucumbir a la gravedad, la cual es la manifestación del Deseo de Recibir para Sí Mismo. Sin embargo, nuestro aspecto Infinito —la Cabeza, las Primeras Tres—, que es sinónimo del alma, no está influenciado por ese aspecto finito, negativo, del Deseo (la

Gravedad) y, así, la inclinación natural del aspecto Infinito de la humanidad, la energía-inteligencia conocida como las Tres Primeras, es desempeñar cualquier tarea que sea requerida para dar cumplimiento al ciclo Infinito de corrección del alma.

Por lo tanto, el Cabalista niega la inclinación natural del cuerpo, que es ser pasivo, así como el anhelo de la mente racional, que es ser complaciente, por la sencilla razón de que no es posible restaurar la Luz a las Vasijas Circundantes siguiendo las directrices de lo que es finito, incluyendo el cuerpo, sino únicamente obedeciendo los mandatos Infinitos del alma.

Así pues, la persona que busca la conciencia cósmica se encuentra en la paradójica situación de tener que negar la inclinación del cuerpo, que es descansar, en aras de lograr un verdadero descanso espiritual, la quietud Infinita que únicamente se puede alcanzar uniéndose con el Infinito —pues la verdadera unidad espiritual, la quietud del Infinito, solamente se puede lograr siguiendo la Línea no de la menor sino de la mayor resistencia.

La comodidad, cuya energía-inteligencia básica es el Deseo de Recibir para Sí Mismo, no sirve ningún otro propósito que el de aislarnos de nosotros mismos y de los demás; la complacencia únicamente nos desvía de nuestra verdadera misión, que es revelar la Luz. Así, el Cabalista agradece la oportunidad que le proporciona la falta de comodidad, no para satisfacer tendencias masoquistas sino más bien para brindarle al alma la ocasión de corregirse que, después de todo, es el propósito último de la existencia finita. Sólo mediante el rechazo del deseo de comodidad y complacencia de las siete inferiores es posible dar cumplimiento al propósito de la existencia, que es revelar la Luz de las Tres Primeras Infinitas.

Por lo tanto, encontramos que no es una carencia lo que busca el Cabalista (él o ella) al negar aquello que más desea, sino la plenitud última que resulta de fundirse con el Infinito. La actitud de resistencia positiva del Cabalista sirve un propósito tangible, pues únicamente la resistencia hace que desaparezca el mundo ilusorio y que se revele todo lo que es verdadero.

El ascetismo sensual

La inclinación natural de todas las cosas físicas es sucumbir a la gravedad, cuya energía-inteligencia es el Deseo de Recibir para Sí Mismo. Por el contrario, nuestro aspecto Infinito, la fuerza que da energía a la mente y luz a los ojos, no tiene otra aspiración que compartir, al completar su círculo de plenitud. Así pues, el Cabalista (él o ella) se encuentra en la paradójica circunstancia de tener que negar la tendencia del cuerpo a rendirse a la fuerza de la gravedad (esencialmente negativa) y, en cambio, adherirse a la agenda más "positiva" de la conciencia eterna, que es retornar a la Luz de la cual emanó.

Como se mencionó anteriormente, los *Tzadikím*, los justos de antaño, no resistían aquello que más deseaban debido a alguna necesidad masoquista de castigarse a sí mismos. La auto-privación no tiene absolutamente nada que ver con la resistencia y la negación del Cabalista. Simplemente, al repetir el acto original de la creación, el *Tzimtzúm*, uno crea afinidad con la Luz y logra la paz de la mente que resulta de la reunión con el *Or En Sof*.

Todo lo que se logra al sucumbir a los caprichos del cuerpo es una satisfacción temporal. Por ello, el Cabalista no elige el sendero de la menor sino de la mayor resistencia, pues únicamente al rendir homenaje al acto original de la creación (el

Tzimtzúm) —lo que significa rechazar los deseos egoístas que acosan nuestra existencia finita— puede ser revelada de nueva cuenta nuestra Luz Infinita.

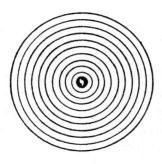

7

Dar y Recibir

"DAR HACE QUE VALGA LA PENA VIVIR LA VIDA." TAL REZA un viejo adagio. ¿Qué podría ser más noble y más reconfortante en un sentido espiritual que ayudar al necesitado, al hambriento, al que no tiene casa? Con toda seguridad, no hay mayor recompensa en esta vida que compartir con quienes son menos afortunados que uno. En verdad, ayudar a quienes lo necesitan puede ser una de las experiencias más gratificantes en la vida, como puede serlo recibir lo que se ha buscado largamente y que en justicia uno merece. No obstante, es de lo más fácil citar numerosos casos en los que ni el que da ni el que recibe deriva una satisfacción duradera.

En cuanto al aspecto de compartir, por ejemplo, uno difícilmente podría imaginar una proposición más ingrata o inútil que colmar de regalos a alguien que no los quiere, que no los necesita o que no los merece. Abundan los ejemplos de hombres viejos que son tomados por tontos porque intentan comprar con diamantes y pieles el amor de mujeres jóvenes, o de padres divorciados que se esfuerzan por aliviar su complejo de culpa compitiendo por el amor de sus hijos con costosos regalos. Por supuesto, tales estrategias inevitablemente conducen al dolor y la enajenación.

Un regalo no significa nada si está envuelto en un motivo puramente egoísta. Contribuir incluso a la más valiosa de las causas se convierte en un gesto de autofrustración a menos que quien lo haga esté motivado por un cierto sentido altruista. Un magnate, por ejemplo, no encontrará ninguna satisfacción ni siquiera en donar una cantidad considerable a un fondo de construcción si lo hace tan sólo con el propósito de que una nueva ala de hospital lleve su nombre. Y la viuda rica que dona a un museo uno de sus veintiocho Rembrandts no recibirá ninguna recompensa perdurable si la donación tiene el único propósito de obtener una reducción de impuestos o, simplemente, para que coloquen bajo la pintura una placa de bronce con una inscripción: "De la colección de la Sra. Ricachona". Un regalo que de verdad vale la pena es el que transmite algo de quien lo da. Si el que da no experimenta un sentimiento de pérdida o de sacrificio personal, incluso un acto de aparente beneficencia, desde la perspectiva cabalística, no es más que una manifestación de codicia.

Por el contrario, en cuanto al aspecto de recibir, no se puede obtener más que una satisfacción transitoria al recibir algo que no se quiere, que no se necesita o que no se merece. Piensen en las muchas y enormes herencias que han sido despilfarradas, y en quienes han amasado sus fortunas de la noche a la mañana sólo para perderlas en el juego. El dinero fácil tiene alas —se va tan fácilmente como llega. Y ni siquiera el trabajo arduo o la sinceridad más genuina garantizan necesariamente la protección contra las trampas de la conciencia, por lo que se refiere a este tema de recibir. No importa cuan arduamente luchemos para alcanzar alguna meta, no obtendremos ninguna recompensa perdurable si el motivo fundamental es el Deseo de Recibir para Sí Mismo. Tal es el caso, por decirlo así, de quien asciende en la escalera del éxito pisoteando a los demás, o del ladrón que roba millones, o de cualquier persona que acumula riquezas o que logra una posición encumbrada con ningún otro propósito que la codicia, la gratificación del ego o la adquisición material.

Descubrimos así que el motivo o las intenciones tanto del que da, como de quien recibe, de alguna manera deben avenirse y coincidir, si se quiere obtener una mutua satisfacción. Dar es una calle de dos sentidos. El millonario que dona un centavo a una obra de caridad no obtendrá ningún beneficio del acto de dar, como tampoco lo obtendrá el hombre pobre que recibe un regalo o algo que no quiere o que no necesita de alquien que le parece repugnante. Así pues, el regalo debe agradar y beneficiar tanto a quien lo da, como a quien lo recibe, para que ambos deriven satisfacción.

La verdad de estos ejemplos se hace evidente cuando examinamos el hecho de dar en relación con las condiciones existentes en el *En Sof* con anterioridad al Pensamiento de la Creación. La situación allí era tal que las Energías-Inteligencia aún no diferenciadas dentro del gran Círculo del Infinito comenzaron a experimentar un cierto desasosiego al recibir la Infinita abundancia del Creador sin poder dar absolutamente nada a cambio. No tiene caso dar a menos que lo que uno da sea bien recibido. El Emanador se sintió obligado a restringir el flujo de Su beneficencia a fin de satisfacer Su deseo de compartir de abundancia Infinita y, al mismo tiempo, darle al emanado la oportunidad de remitir el Pan de la Vergüenza. Por consiguiente, tras la restricción, fue prerrogativa del emanado aceptar o no la Luz como tanto se deseaba, y es precisamente por eso que, en sí mismos, el hecho de compartir, la caridad y la filantropía no necesariamente benefician ni al que da ni al que recibe, a menos que esos actos vayan acompañados por la restricción, que es un homenaje al *Tzimtzúm*, el acto primero de la creación.

El mero hecho de compartir no lleva a experimentar un estado alterado de conciencia. Ni el hecho de recibir imparte necesariamente ningún beneficio perdurable, a menos que esté acompañado de una actitud de resistencia. Porque la resistencia de quien da, toma la forma de dar aquello que él o ella verdaderamente valora y desea retener, mientras que el receptor, por el contrario, crea una condición circular al querer recibir y sin embargo rechazar lo que se le ofrece.

Este concepto de regalar posesiones apreciadas, ya sean físicas o metafísicas —y también el hecho de rechazarlas—, es absolutamente ajeno a casi todos los occidentales, y está más allá del alcance de lo que normalmente consideramos la comprensión "racional". Por lo tanto, nunca será comprendido, mucho menos aceptado, por quienes están cómodamente instalados en el Deseo de Recibir para Sí Mismo —que, por supuesto, son la gran mayoría. No obstante, se sugiere a aquellos pocos que buscan una existencia más significativa que la que ofrecen los materialistas preceptos y dictados de las sociedades occidentales que experimenten en una base limitada esta idea de la resistencia, dado que está relacionada con el hecho de dar y recibir, con el fin de experimentar sus recompensas espirituales.

El Deseo de Recibir para Sí Mismo puede y debe transformarse en el Deseo de Recibir para Compartir, si es que se ha de alcanzar un circuito o concepto circular —y, por supuesto, como se ha reiterado a menudo, la única manera de establecer un circuito es a través de la resistencia, lo que en este caso se traduce en la negación de lo que más se desea.

Esto no quiere decir que al (o a la) estudiante de Cabalá se le aconseje regalar todo su dinero y posesiones y rechazar necesariamente un premio académico —o el Premio Nobel, si tal fuere el caso. Es importante comprender que si el Cabalista se niega a recibir lo que desea no lo hace con la intención de crearse un sufrimiento personal o como un ejercicio de autonegación. Más bien, el (y la) Cabalista restringe aquello que más desea precisamente porque él o ella desea recibir todo lo que la vida ofrece. Esta aparente contradicción se explica, hablando en términos cabalísticos, por el conocimiento de que desde el *Tzimtzúm* la única manera de lograr la plenitud es a través de la resistencia. La Cabalá, cuando se le ve bajo esta luz, no es una negación de la vida, sino una celebración de la vida. Por lo tanto, encontramos que hasta este concepto de negarse a recibir lo que se desea debe moderarse con la restricción, pues tal es la naturaleza de la paradoja de la existencia.

FELICIDAD

Dadas las circunstancias bajo las cuales la mayoría de nosotros hemos elegido representar nuestro drama de corrección, ¿sorprende que muchas personas tengan una actitud mental de pesimismo? El solo hecho de sugerirles, en esta era plagada de tensiones, que tenemos todos los elementos para lograr nuestra propia plenitud aquí, hoy, ahora mismo, dentro de nosotros mismos —que no tenemos que alcanzar ninguna meta financiera o material, ningún nivel educacional, para estar completos; que nuestras casas de ensueño a la orilla del mar y todas las chucherías de nuestras fantásticas ilusiones, una vez que logremos tenerlas, en sí mismas servirán muy poco o nada para hacernos felices o para que nos sintamos verdaderamente satisfechos; que todo nuestro entrenamiento laboral, nuestra experiencia, nuestra antigüedad o superioridad en dignidad o rango, nuestras propiedades, nuestros nombramientos y grados universitarios, son únicamente papeles de relleno en esta representación de nuestra búsqueda de la plenitud personal, y que de hecho, en muchos casos, únicamente sirven para separarnos aún más de nuestro verdadero ser; este solo hecho, digo, levanta protestas: "¡Blasfemia! ¡Herejía! ¡Locura!"

Desde la perspectiva cabalística, acumular más y más dinero y posesiones materiales con la esperanza de alcanzar la felicidad es como lavar un automóvil que no camina bien con la esperanza de arreglar el motor, o como pulir una manzana podrida con la esperanza de que recupere su frescura —y, de igual manera, muchas otras empresas inútiles.

Así pues, ¿cuál es la llave a la felicidad y a la satisfacción en este mundo de resistencia y restricción?

La respuesta es: cambiar de actitud mental.

Segunda Parte

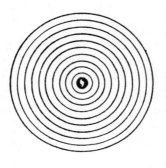

El Proceso Creativo

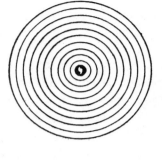

8

La Substancia Espiritual

UN IMPORTANTE AXIOMA CABALÍSTICO QUE SE REPITE A menudo tiene que ver con el hecho de que la Substancia Espiritual (la Luz) no desaparece, lo cual significa que es imposible que desaparezca la Luz Recta que pasa a través de los Círculos. No obstante, desde la perspectiva de la cuarta fase, la Luz del Infinito se hace más tenue y débil hasta que, al llegar a *Maljút*, se ha eclipsado casi totalmente.

Si la Luz no desaparece, ¿qué es lo que Le ocurre?

La mayor parte de esta Iluminación Infinita queda en un estado de animación suspendida, por decirlo así, por las fases de los Círculos. Con mucho, la porción más grande de esta Luz suspendida, que se encuentra en un estado de potencialidad, permanece en *Jojmá*, menos en *Biná* y todavía menos en *Tiféret*, hasta que cuando finalmente llega a esta cuarta fase, *Maljút*, ya está casi totalmente desprovista de Iluminación. El pequeño remanente de Luz Recta que penetra en esta cuarta fase es repelido por la Cortina de esta fase por la acción conocida como Acoplamiento por Choque. A la Iluminación reflejada resultante se le llama Luz Retornante, cuyos efectos e implicaciones se explican en un capítulo posterior. El acto final de la revelación ocurre cuando la Luz Retornante se funde con la Luz que está suspendida en los Mundos Superiores y finalmente es revelada toda la Luz en todas las fases.

El Arí describe en los términos siguientes la acción por medio de la cual la Luz Recta desciende a esta fase "...la Línea, una iluminación recta, actúa como si rompiese los techos de los Círculos y pasara a través de ellos (los Círculos), y desciende, atraída hacia el final, que es el Punto Medio." Por supuesto, nosotros sabemos que el Arí no se refería al espacio y la dimensión y que tampoco los Círculos tienen techos que puedan romperse físicamente.

El Punto Medio es la cuarta fase, *Maljút*, que despierta al Deseo de Recibir para Sí Mismo. En términos de las fuerzas naturales, a este aspecto negativo del Deseo se le compara a la gravitación y, en la medida en que se relaciona con la condición humana, se le compara a la codicia. El Deseo de Recibir para Sí Mismo actúa como un imán para atraer a la Luz Recta a través de la Línea que cruza los Círculos.

Por lo que se refiere al descenso de la Luz a través de las fases de emanación, el Arí nos recuerda que "la Luz no se revela en los Mundos (fases de emanación), tanto arriba como abajo, sin que sea atraída desde el Infinito." Una vez más, aquí los términos arriba y abajo no tienen absolutamente nada que ver con las comparaciones físicas, sino únicamente con el grado de pureza o impureza presente en cada fase. La Restricción a que se hace referencia es el resultado de la Cortina de la cuarta fase, *Maljút*, a la cual también se le conoce como el Mundo de la Restricción.

Las vasijas de la línea recta, las siete inferiores, cruzan los Círculos, creando una separación ilusoria o brecha en cada Sefira de los Círculos, Y aunque no cruza cada uno de los Círculos, también la Línea, al mismo tiempo, sirve para unir todas las fases de los Círculos, pues si no fuera por la Línea Recta, cada uno de los Círculos quedaría separado, en una manera similar a la de los círculos concéntricos que se forman alrededor de una piedrecilla arrojada al agua, que están conectados y, no obstante, separados de cada una de las ondas adyacentes.

Puesto que la realidad del *Tzimtzúm* ha sido revelada únicamente a través del proceso creativo conocido como las vasijas de la línea recta, las siete inferiores de la Línea son la única manera por medio de la cual podemos establecer contacto con el mundo circular de la realidad. Por lo que respecta a nosotros, los que actualmente habitamos la cuarta fase, la Luz de la Línea (la Luz del Espíritu) precede a la Luz de los Círculos (la Luz de la Vida), y la razón es que los Círculos reciben su iluminación únicamente a través de la Línea. Por lo tanto, se considera que la Línea Recta, la Luz de la Línea, es más importante que la Luz de los Círculos.

La analogía que utilizaba el Arí con relación al descenso de la Luz desde una fase a la siguiente sin que se pierda nada de la Iluminación Infinita era la del encendido de una vela con otra, en el que la primera vela no pierde absolutamente nada. Además, a la Luz que desciende se le puede comparar a una lámpara cubierta con varias capas de tela. Para el observador, parece que la Luz se hace más tenue con cada capa adicional de tela. En esencia, sin embargo, la luz de la lámpara no ha sufrido absolutamente ninguna alteración. De manera similar, la Luz que entra a este mundo, el Mundo de la Acción, ya ha iluminado todos los niveles en los Mundos de arriba.

Así pues, encontramos que la Luz del Infinito no desaparece al pasar a través de las fases de emanación. Simplemente pasa por una ilusión de encubrimiento. Nada se pierde. La Línea Recta debe pasar a través de cada uno de los Círculos, pues, como nos lo recuerda el Arí, "...las Vasijas de los Círculos surgieron al mismo tiempo que la Restricción, pero las Vasijas de la Rectitud surgieron después con la Línea. Por lo tanto, esta iluminación que pasa entre ellas en realidad nunca se mueve de su lugar, pues, como se afirmó, la Substancia Espiritual no desaparece." Las Vasijas de la Rectitud simplemente hacen su aparición como las reveladoras de la Luz de los Círculos.

La Substancia Espiritual no Desaparece

Lo que es de naturaleza espiritual no está sujeto a ningún ajuste o modificación. A esto se refería el Arí cuando afirmó que "es imposible que la revelación de la Luz renovada, que desciende a través de los varios grados, desaparezca del primer nivel cuando llega al segundo..."

Esto presenta un problema, en vista de lo que nosotros sabemos acerca de la disminución de la Iluminación entre los niveles de la emanación. La Luz de la Sabiduría de *Jojmá*, por ejemplo, es infinitamente más poderosa que la Luz de la Misericordia de *Biná*. La Iluminación Infinita se reduce gradualmente con cada una de las etapas subsiguientes hasta que en *Maljút*, la décima etapa, virtualmente ha desaparecido toda la iluminación original.

Tan convincente como pueda o no haberles parecido la afirmación anterior, ésta es exacta en términos cabalísticos sólo desde el punto de vista finito (ilusorio). Desde la perspectiva infinita, la afirmación precedente era una ilusión total. Desde el punto de vista Infinito, la esencia de la presencia Infinita de la Luz no cambia, no se reduce y de ninguna manera se transforma por el proceso de emanación. Únicamente desde el lado obscuro de la Cortina parece que la Luz ha desaparecido.

La vasija es capaz de una sola función, que es revelar la Luz en el nivel finito. El Deseo de Recibir de cada vasija determina la cantidad de Luz que ésta es capaz de revelar. La Luz se manifiesta en proporción directa al Deseo de Recibir de la vasija. Las tres vasijas principales, las fases de emanación, *Keter*, *Jojmá* y *Biná* (las Tres Primeras), contienen sólo una fracción diminuta del Deseo de Recibir que se encuentra en las vasijas inferiores y, por lo tanto, la Luz que revelan esas tres primeras vasijas principales es prácticamente inexistente. Sin embargo, *Maljút* posee un mayor Deseo de Recibir que todas las demás vasijas juntas, y por ello es capaz de crear lo que es, con mucho, la más grande revelación de Luz.

Esto no quiere decir que la vasija incremente la Luz, sino que revela más de Su Iluminación Infinita. La vasija no puede incrementar ni disminuir la Luz. Cada fase de emanación (cada una de las cuales es una vasija en virtud de su Deseo de Recibir) representa tanto un incremento en el Deseo de Recibir como una disminución en la Iluminación —pero únicamente desde el punto de vista finito. Desde la perspectiva Infinita, la presencia Infinita de la Luz no disminuye ni siquiera ligeramente. La obscuridad espiritual que perciben aquellos de nosotros que esta vez han elegido vivir en el reino, es una ilusión que impide que su conciencia de raciocinio experimente la Luz que nos llena y que penetra todo lo que nos rodea.

La Luz está en todas partes —¿a dónde podría ir algo que está en todas partes que no estuviese ya ahí? Así pues, aunque puede ser conveniente pensar que la Luz se mueve a través de los varios niveles de emanación, la Luz no se mueve verdaderamente. ¿Por qué habría de hacerlo? La Luz no carece de nada, no necesita nada, no quiere nada, no tiene necesidad ni deseo de hacer cosa alguna que no sea compartir Su Infinita Beneficencia.

Esto es lo que el Arí quiso decir cuando afirmó que la Substancia Espiritual no desaparece. ¿Qué es la Substancia Espiritual? La Substancia Espiritual es todo lo que es de la Luz, la cual, por supuesto, incluye todo lo que es, todo lo que fue y todo lo que será —con una sola excepción: La ilusión de carencia.

La carencia y el Deseo de Recibir son sinónimos, inseparables la una del otro. Como el espacio y el tiempo, la energía y la materia, no pueden existir separados. Pero ambos son ilusiones. Únicamente desde nuestra perspectiva finita nos parece que son reales, tal vez demasiado reales. La Luz tiene una sola aspiración, que es dar de Su Abundancia Infinita. Somos nosotros, las vasijas, a quienes motiva la ilusión de carencia y domina su constante compañía, el Deseo de Recibir. En verdad, desde la perspectiva Infinita, no carecemos de nada. Es únicamente desde la perspectiva finita que nos parece que carecemos de la plenitud, lo cual resulta de la separación de la Luz Infinita.

Todas las cosas de este mundo, las físicas y las metafísicas, nacieron de la Luz. Toda substancia es espiritual. Incluso la materia, en esencia, es substancia espiritual. La materia es únicamente la alineación temporal de una estructura atómica. La base subatómica de la materia no es de naturaleza material y, por lo tanto, no está sujeta a la influencia de las leyes físicas. A las unidades subatómicas se les llama "cuantos", que quiere decir "cosas", pero se les describe de manera más precisa como "tendencias". ¿Y quién puede tocar, probar o ver una tendencia?

Tan solo una fracción infinitesimal de la materia cae bajo la jurisidicción de la gravedad y de las leyes que describen las ciencias físicas. A esta pequeña cantidad de la materia, desde la perspectiva finita, se le considera no-espiritual. Unicamente lo que abarca el Deseo de Recibir y que debe sufrir a través de la constante ilusión de carencia está sujeto a la transformación y a la aparente evaporación; la Luz es constante y nunca cambia. La Substancia Espiritual jamás desaparece.

ESPACIO Y DIMENSIÓN

Nos encontramos tan cómodamente instalados en el mundo de la ilusión, tan acostumbrados a pensar en términos de tiempo, espacio y dimensión, que nos es imposible comprender racionalmente una realidad en la que las dimensiones no existen. Unicamente trascendiendo la conciencia racional se pueden percibir los ámbitos superiores.

El estudio de las Diez Emanaciones Luminosas no se ocupa del espacio, el tiempo y la dimensión. Es tan solo lo inadecuado del lenguaje, junto con las deficiencias de la conciencia racional, lo que llevó al Arí a describir la información que fue canalizada a través de él en palabras que parecen indicar que las actividades metafísicas evolucionan en términos de tiempo, espacio y proporciones lineales.

Así pues, cuando el Arí nos enseñó que la Línea, una iluminación recta, actúa como si rompiese los techos de los Círculos al cruzarlos, y que la Luz "desciende" y es "atraída hacia el final, que es el Punto Medio", él se refería a algo que está más allá de lo que esas palabras normalmente expresan.

Incuestionablemente, lo que ocurre "arriba" —es decir, en el mundo espiritual— refleja a la perfección lo que ocurre "abajo", en el ámbito físico; pero en la Realidad —es decir, desde la perspectiva Infinita—, no es posible separar los componentes físicos y metafísicos, porque son una y la misma cosa. Lo físico es a lo metafísico lo que un lado de la moneda es al otro, cosas diferentes y juntas al mismo tiempo.

Por lo tanto, el estudiante de Cabalá (hombre o mujer) debe ser cauteloso con las palabras que parecen implicar espacio, tiempo y movimiento, y tener siempre presentes las dos perspectivas, finita e Infinita, desde las cuales se deben ver todos los conceptos cabalísticos. Palabras como "tiempo", "espacio", "superior", "inferior", "arriba", "abajo", "ascenso", "descenso", "físico" y "metafísico" tienen propósito y función únicamente desde la perspectiva finita, llamada "racional", lo cual significa ver las cosas con la óptica del mundo ilusorio. Desde la perspectiva Infinita no hay distinciones ni diferenciación; no hay tiempo, espacio ni restricción de ninguna clase. Todo lo que existe desde el punto de vista Infinito es causa y efecto. La causa es la Luz, cuyo deseo es compartir, y el efecto es la vasija, cuyo deseo es recibir.

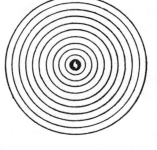

9

Espejos de Redención

EL TÉRMINO CABALÍSTICO PARA LA PRESENCIA SUPREMA ES *Or En Sof*, la Luz del Infinito. Cuando el Cabalista habla de Luz, con una "L" mayúscula, él o ella alude a Aquel que es Infinito y que nunca cambia, pues tal es la naturaleza del *Or En Sof*. Cuando se refiere a la luz del sol o a la luz artificial, que son finitas, utiliza una "l" minúscula.

La única luz que vemos, y el único *Or En Sof* que percibimos y experimentamos, se reflejan. Ambas luces, la Superior y la inferior, requieren resistencia o restricción para ser reveladas. Como la propia Luz, la resistencia tiene dos formas, voluntaria e involuntaria. La luz del sol y la luz artificial se revelan a través de una resistencia automática y no intencional, mientras que para revelar el *Or En Sof* Infinito se requiere una reflexión consciente y voluntaria.

Las funciones involuntarias tienen su raíz en las siete inferiores finitas de la Línea. A las rocas, los árboles, la tierra y los animales no se les exige que ejerciten una oposición deliberada para manifestar la luz del sol. Obviamente, a un espejo no se le exige que refleje conscientemente la luz que llega hasta él. Nuestros cuerpos, estas vasijas finitas, son igualmente visibles sin que nosotros tengamos que desear constantemente su aparición física, ni tenemos que ordenarles a nuestros corazones que palpiten, o recordarles a nuestros pulmones que sigan respirando. Sin embargo, a nosotros se nos exige que hagamos una resistencia consciente para revelar el *Or En Sof*.

De todo lo que existe en esta tierra, únicamente a la especie humana se le exige que ejercite una resistencia deliberada para revelar la Luz. El hecho de que se nos exija actuar intencionalmente para resistir la Luz, como ha quedado bien establecido, tiene como propósito brindarnos la oportunidad de eliminar el Pan de la Vergüenza. El *Or En Sof* penetra toda la existencia, pero, como la luz del sol, únicamente se hace visible cuando se le refleja. Reflejar la Luz es revelar la Energía-Inteligencia Infinita; no reflejarla significa permanecer en la obscuridad espiritual. La paradoja es que uno recibe la Luz al rechazarla, pero al aceptar la Luz que se ofrece constante y gratuitamente, uno queda privado de Su Beneficencia Infinita.

En cuanto a este enigma, se puede establecer una relevante analogía física entre una superficie negra y absorbente, cuya energía-inteligencia motivante es el Deseo de Recibir para Sí Mismo, y una superficie blanca y reflejante, cuya energía-inteligencia es el Deseo de Recibir para Compartir. El color negro captura la Luz, permitiendo que escape únicamente la mínima cantidad posible. Lo mismo pasa con una persona codiciosa, que está motivada por el Deseo de Recibir para Sí Mismo, pues captura la Luz que llega a su vida y consume tanta como es humanamente posible, dando muy poco a cambio. El color blanco, por el contrario, refleja la Luz, y comparte así la Iluminación con todos y con todo lo que se encuentra en su cercanía inmediata. Por lo tanto, se dice que la persona cuya energía-inteligencia motivante es el Deseo de Recibir para Compartir emula a la superficie blanca y reflejante, que acepta únicamente lo que necesita para su sostén y comparte todo lo demás, mientras que de la persona que está controlada por el Deseo de Recibir para Sí Mismo se dice que imita al color negro.

Este fenómeno se vuelve particularmente dramático (en el mundo físico) al amanecer y de nueva cuenta a la hora del crepúsculo, cuando el sol se aproxima al horizonte. En esos momentos, las superficies obscuras y todo lo que las rodea se vuelve invisible, mientras que las superficies de colores ligeros y todo lo que se encuentra cerca de ellas se hace claramente visible. Espiritualmente existe una situación similar, relativa al individuo cuya principal influencia motivante es el Deseo de Compartir. Al resistir la Luz, al reflejarla, todos los que reciben el calor del nimbo de Luz que se crea por su resistencia reconocen su motivación interna (de él o de ella), mientras que también lo opuesto es cierto: la persona cuya energía-inteligencia motivante es el Deseo de Recibir para Sí Mismo no refleja ninguna Luz y, por lo tanto, se vuelve espiritualmente invisible en las tinieblas que ella misma crea.

Por consiguiente, el Cabalista actúa siempre como una superficie reflejante, resistiendo, oponiéndose a lo que él o ella más desea, como un espejo de redención, para que la Luz pueda ser revelada.

EL NACIMIENTO DEL DESEO

Cuando el Creador se retiró, Él creó un vacío obscuro y negativo que exigió ser llenado. Por necesidad, este vacío se manifestó a sí mismo en cada fase y en cada faceta del aspecto físico de la existencia, Y desde ese momento no se revela ninguna Luz en el mundo creado (desde la perspectiva finita) sin una vasija, cuya influencia motivante es el Deseo de Recibir.

Somos criaturas de la Luz. Nacemos de la Luz y a Ella regresaremos un día. Y esta es la clave para comprender el Deseo. Todo lo que se materializó en el *Tzimtzúm*, cada partícula de materia y de polvo cósmico, emergió con una necesidad, un vacío que exige plenitud. Ese vacío es la esencia de todo deseo. Y la necesidad de llenar el vacío que existe entre nosotros mismos y el Creador es la base de todos los anhelos: psicológicos, físicos, emocionales y espirituales.

Todos tenemos un vacío en nuestra vidas que pide ser llenado. ¿Nos sorprende? Después de conocer la unidad con la Fuente es solamente natural que no podamos encontrar sosiego hasta que volvamos a estar unidos con la Luz.

¿Cómo se logra esto?

Recuerden: El vacío fue una ilusión creada por el Emanador para darnos la oportunidad de remitir el Pan de la Vergüenza. En la Realidad, el *Tzimtzúm* no cambió nada, con excepción de la ilusión, aquello que se ve desde el lado obscuro de la Cortina. Desde la perspectiva Infinita, el vacío, el espacio (todo el espacio), no existe. No tenemos ninguna carencia. No hay vacío alguno que llenar. Únicamente desde la perspectiva finita alguna veces el vacío parece tener poder sobre nosotros. Desde la perspectiva Infinita todavía —incluso ahora— nos encontramos inmersos en la Abundancia Infinita.

Así pues, la clave consiste en comprender la naturaleza efímera del deseo e impedirle el acceso a nuestras vidas. El método para que esto sea posible comienza y termina con la resistencia voluntaria. Si entendemos la ilusión de carencia exactamente como lo que es —una aparición temporal que se desvanece cuando se le confronta con la Realidad Infinita—, debemos actuar siempre a la manera de una tercera columna, un intermediario entre la obscuridad y la Luz.

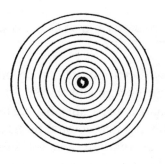

10

Keter, Jojmá, Biná, Tiféret y Maljút

KETER SIGNIFICA "CORONA". A LA RAÍZ DE CADA NIVEL SE LE llama Corona —de la palabra "coronar", que significa "circundar"—, y por eso se dice que *Keter* circunda todo el "rostro" o "semblante" de arriba. *Keter* es el más puro de todos los niveles y, al mismo tiempo, el más ambiguo —en el sentido de que, desde nuestra limitada perspectiva, parece cambiar de Luz a

Vasija y a la inversa, de nueva cuenta, según la perspectiva desde la cual se le perciba. Como una ilusión óptica, *Keter* es una cosa y luego otra, y aunque mentalmente podemos comprender con facilidad el hecho de que es *dos cosas a la vez*, desde nuestra perspectiva finita somos incapaces de abarcar ambas "realidades" al mismo tiempo.

Cuando un rey lleva puesta su corona lo identificamos fácilmente como un gobernante y, así, lo visualizamos como una imagen de realeza; pero sin ella, cuando camina entre la gente común con un atuendo común, no hay ninguna manera de que lo distingamos de cualquiera de sus súbditos. A menudo se establece otra analogía al comparar a *Keter* con la semilla de un árbol, pues conceptualmente también se puede considerar que pertenece a dos árboles al mismo tiempo: al árbol que fue y al árbol que habrá de ser. Debido a su ambigüedad, nos parece incierto que *Keter* se encuentre en su dominio original o que sea parte de la siguiente generación. Desde nuestra limitada perspectiva no hay manera de determinar cuál de las dos posibilidades es la verdadera.

Hace mucho que los cabalistas sostienen un debate acerca de si a *Keter* se le debe considerar Luz o Vasija. Si *Keter* es una vasija, entonces es la primera vasija y se le puede comparar adecuadamente a la primera semilla que crea el segundo árbol, pero si decimos que es Luz, entonces es una fuerza de energía pura y total, algo completamente diferente del árbol. Parece oscilar o, por así decirlo, estar atrapado entre dos mundos, los de causa y efecto, energía y materia, potencialidad y realidad.

Empero, aunque no podemos aprender ni una sola cosa observando la manifestación externa de *Keter* —ciertamente no tiene ninguna—, podemos, no obstante, determinar ciertas características de esta enigmática fase de la existencia al contemplar los efectos o manifestaciones que crea, metodología que se resume mejor en el viejo adagio: "Como es arriba es abajo". Por ejemplo, cuando vemos a un hombre o a una mujer sentado(a) en un trono, en un castillo, sosteniendo un cetro y llevando una corona, con toda seguridad podemos suponer que él o ella desciende de la realeza o, igualmente, cuando una semilla que plantamos se convierte en un árbol que produce manzanas, podemos tener la absoluta seguridad de que se trataba de una semilla de manzano.

Utilizando esta misma construcción conceptual podemos decir con cierto grado de certidumbre que la principal Energía-Inteligencia de *Keter* es la de compartir —así debe ser, pues no manifiesta ningún Deseo de Recibir. *Keter* revela lo que a simple vista parece ser una falta total de motivación. Las fuerzas de la restricción, la Línea, deben actuar sobre una semilla antes de que ésta pueda manifestar todo su potencial. Únicamente después de que vemos que la actividad tiene lugar —el comienzo de un brote o el abrirse de la cubierta exterior de una vaina— podemos averiguar si el Deseo de Recibir ha sido activado —y entonces, y solamente entonces, podemos decir que la semilla es una vasija en el sentido más verdadero de esa palabra.

Asi pues, parece que la verdadera naturaleza de la existencia de *Keter* está destinada a eludir nuestra comprensión finita. *Keter* es la paradoja personificada, el enigma de la vida y tal vez, desde nuestra limitada perspectiva, su aparente duplicidad seguirá siendo por siempre su característica particular más sobresaliente, Debemos contentarnos con llamar a *Keter* el enlace, pues cada vez que hablamos de *Keter* nos referimos a la raíz de una fase y a la corona de la siguiente, a la transferencia de energías, a la vinculación de tiempo y espacio, energía y materia, causa y efecto.

JOJMÁ — SABIDURÍA

A la primera fase de la emanación de la Luz se le llama *Jojmá* o Sabiduría porque, en las palabras del Arí, "De ella vienen todas las formas de sabiduría que se encuentran en el mundo". *Jojmá* es la más pura de todas las fases de emanación. En la fase de Sabiduría, la Luz no está adulterada ni obstruida por el más mínimo matiz de negatividad. Su vasija es de una calidad tan transparente que es casi inexistente, y de una naturaleza tan incorpórea e Infinita que su esencia se encuentra incluso más allá de la percepción de un experto cabalista. *Jojmá*, como *Keter*, desafía la comprensión finita y, de nueva cuenta, como con *Keter*, debemos interpretar su causa de acuerdo con lo que podamos averiguar estudiando sus efectos.

El antiguo dicho —"¿Quién es sabio? El que ve lo que nace"— habla de la calidad de la Sabiduría. Interpretado adecuadamente desde la perspectiva luriánica, significa que una persona sabia es alguien que puede observar una situación dada y ver todas sus consecuencias, todas sus fases, sus posibles resultados y manifestaciones, desde el principio hasta el fin. Como afirma el Rabino Ashlag: "...él ve todas las consecuencias futuras de aquello que observa, hasta la última de ellas." Y prosigue, acerca del mismo asunto: "Toda definición de la sabiduría total es simplemente otra forma de *ver lo que nace*, desde todos y cada uno de los detalles de la existencia, hasta la última consecuencia."

A diferencia de *Keter*, de la cual sólo podemos hablar indirectamente, por la razones previamente establecidas, con *Jojmá* al menos tenemos alguna experiencia directa o de "primera mano". Las inspiraciones repentinas, los destellos de intuición, estos atisbos de nuestra propia y única plenitud son las bendiciones de *Jojmá*; pero, como se afirmó en el capítulo titulado "Inspiraciones Súbitas", estos dones son únicamente para quienes los merecen.

A veces se hace referencia a la Línea como el proceso creativo. *Jojmá*, la segunda fase de este proceso creativo, por ser una de las Tres Primeras, opera en un estado de potencialidad metafísica, estableciendo contacto en un nivel metafísico con la *Jojmá* de los Círculos (nuestras vasijas circundantes interiores) y provocando en ellos un nuevo despertar. La *Jojmá* de la Línea llega sin que nosotros lo sepamos y estimula la Luz de *Jojmá* dentro de nuestras Vasijas Circundantes Infinitas.

Todos los eventos, manifestaciones y transferencias de energía de los cuales hablamos ocurren más allá de la dimensión de espacio y tiempo. Cuando hablamos de causa y efecto en el ámbito metafísico nos ocupamos de una energía que sigue a otra, pero no en el espacio-tiempo. Le recordamos al lector que todo el Infinito se encuentra en contacto instantáneo y constante consigo Mismo, en todo lugar. Sólo cuando se despierta la cuarta fase, con su inherente Deseo de Recibir, comienza el tiempo a tomar una cualidad más finita o lineal. Antes del despertar de la cuarta fase, todo existe dentro de una dimensión omniabarcante, una dimensión que se puede visualizar mejor imaginando una Infinita hoja de papel sobre la cual se puede contemplar al mismo tiempo todo el macrocosmos de la historia: pasado, presente y futuro.

Observen ahora cómo la "realidad" cambia repentina e irrevocablemente cuando la perspectiva de arriba del papel se cambia a la parte de abajo, es decir, al nivel inferior del papel. Aquí, el observador ve solamente una fracción diminuta de la imagen real. Desde esta limitada perspectiva, el observador no tiene para conectarse nada que no sea la ilusión (en la medida en que ésta se relaciona con la perspectiva de arriba, más completa, amplia y elevada) y, por lo tanto, no es capaz de ocuparse de nada —de ninguna idea, pensamiento o manifestación física— que no se relacione con su campo visual y su entorno físico.

¿Comprende ahora el lector cómo una "realidad" particular cambia por completo, de acuerdo con la perspectiva desde la cual se le observe?

Por ello decimos que *Jojmá* sigue a *Keter*. pero no en el aspecto del tiempo. En los Mundos Superiores todo ocurre instantáneamente. Eventos que parecen tomar tiempo en esta dimensión finita, lineal, desde la perspectiva de los Mundos Superiores son aspectos indiferenciados del gran continuum. Como con todas las verdades cabalísticas, la persona que desea comprender este concepto debe dar un salto perceptual a través del espacio, del abismo de la ilusión que nos separa de la realidad metafísica.

Biná — Inteligencia

La naturaleza de la segunda fase, *Biná*, es el despertar en la vasija, el ser emanado, del Deseo de Compartir. Puesto que *Biná* es una fase de "esfuerzo" y por lo tanto se le considera femenina, podríamos decir que ella recibió del Infinito la bendición de un regalo, un regalo que ella no desea. La razón de esto es, simplemente, que la Energía-Inteligencia de recibir no ha sido activada todavía —el Deseo de Recibir se despierta únicamente en la cuarta fase. Y debido a que el Deseo de Recibir no ha sido despertado en *Biná*, encontramos que aunque su vasija está llena con la Luz de la Sabiduría, que es la Luz del Infinito, esta Luz que ella desearía intensamente compartir, este regalo del Infinito que ella heredó a través de la fase de la Sabiduría, no se puede compartir con nadie, pues aún no se ha despertado la Energía-Inteligencia de recibir.

En este punto de la evolución metafísica las opciones que se abren a *Biná* son escasas en extremo. Aquí se le ha conferido a ella un regalo de absoluta majestad, pero aún no se ha despertado la Energía-Inteligencia de recibir. En *Biná* no hay restricción, ni Pan de la Vergüenza. En este aspecto, ella es una vasija que no quiere serlo. Su único deseo es compartir, abandonarse de manera inequívoca a la Luz de la Creación, pero aunque ella solamente anhela crear una empatía tal con el Creador como para extraviarse por completo, no puede fundirse con el Creador sin abandonar su propia existencia.

Biná no tiene ningún deseo de recibir —ese grado o fase de la voluntad aún no se ha revelado. El Deseo de Recibir surge únicamente para satisfacer una necesidad, como pronto quedará claro. En esta etapa de la evolución metafísica ella no tiene el deseo de recibir la Luz, y debido al Pan de la Vergüenza no puede conservar el regalo de la Sabiduría que le confirió la primera fase. Solamente hay una opción para *Biná*, que consiste en establecer una completa afinidad con la Luz, pero esto únicamente se puede lograr cancelando la actividad de pensamiento de la vasija, lo cual equivale a una auto-anulación.

Ella no tiene alternativa. Tiene que rendirse. Así pues, de la misma manera que un niño abandona toda pretensión de individualidad cuando se pierde en los brazos de su madre, *Biná* busca satisfacer su único deseo, que es renunciar a su propia identidad y fundirse con la Luz de la Creación. Al no tener con quien compartir su Sabiduría, ella desconoce su propia existencia —como alguien que se desnuda y se zambulle en aguas profundas para abandonar su suerte al mar.

Esta primera fase del esfuerzo o actividad consciente por parte de la vasija esta asociada con *Biná*, y esa conciencia en sí misma es la causa raíz de la manifestación de una nueva transformación de la Luz. La dramática representación de *Biná* es una forma de auto-percepción que no existía antes. Es a través de este conocimiento de su propio ser y dar, que *Biná* transforma la Luz de la Sabiduría en una luz de una expresión completamente diferente e "inferior", la Luz de la Misericordia.

Cada esfuerzo por parte de la vasija crea una atmósfera más densa alrededor de la Luz y, por lo tanto, se dice que la Luz que se encontró dentro de cada fase de la vasija es "inferior" a la Luz de la vasija anterior —aunque ese adjetivo no expresa la intachable Luz del Infinito que se encontró dentro de las vasijas, sino solamente la naturaleza de las propias vasijas y, más específicamente, el grado de Luz que cada una de ellas es capaz de revelar.

La vasija, al pasar a través de la segunda fase, el primer despertar, *Biná*, aunque consciente, no se considera que actúa conscientemente —por lo menos no al grado en que a una vasija se le puede considerar verdaderamente una vasija, pues esto sólo ocurre después de que la cuarta fase ha despertado en ella el Deseo de Recibir. Las primeras tres fases únicamente activan el potencial de las vasijas; la cuarta fase o grado de voluntad, el Reino, es la fase de la revelación de la Luz.

El anhelo al que sucumbe *Biná*, mismo que la lleva a actuar en la suprema auto-privación, es en sí mismo una Energía-Inteligencia "negativa" porque solamente sirve para separarla aún más de la Luz de la Creación. Aunque *Biná* manifiesta únicamente el Deseo de Compartir —una característica aparentemente benigna y desinteresada— por el sólo hecho de emular a la Luz estimula en sí la percepción de que, por virtud de su vasija, ella es diferente del Creador y nunca podrá estar a la par con Él. Así pues, con tan sólo experimentarse a sí misma *Biná* está cambiando su esencia.

Se dice que la naturaleza de *Biná* es convertirse y que su conciencia es el pensamiento de transformación. *Biná*, entonces, por la pura virtud de su auto-negación, causa una transformación en la Luz que resulta en una Energía-Inteligencia que cambia en un grado tan significativo, hasta ahora distante, y que por ello es "inferior" a la Luz de la Sabiduría, que amerita una identidad separada. El Arí, el Rabino Isaac Luria, le dio un nombre a esta transformación: Luz de la Misericordia.

No se debe malinterpretar el hecho de que esta Luz (de la Misericordia) representa una disminución significativa de la Luz de la Sabiduría original para concluir que la Luz de la Misericordia es comparable al grado de Iluminación que manifiesta la cuarta fase, porque la Luz que se revela en la fase del Reino es comparativamente minúscula. No, la Luz de *Biná* es una percepción, una Energía-Inteligencia de un orden tan elevado que al ingreso consciente a la fase de *Biná* se le considera el último estado de la percepción metafísica que cualquier ser emanado puede esperar alcanzar en este mundo —un estado alterado de pureza casi total que solamente puede alcanzar una Energía-Inteligencia completamente libre de cualquier huella del Deseo de Recibir.

Transformaciones

A la primera extensión de la Luz del Infinito se le llama *Jojmá*, la Luz de la Sabiduría. La Luz de la Sabiduría emana directamente del Infinito en un estado de perfección. Es la esencia de la Luz de la Creación y la raíz de todas las subsiguientes transformaciones de la Luz. *Jojmá* tiene una sola aspiración: difundir la Luz del Infinito, y por ello se considera que es la pura fuerza impulsora detrás de toda existencia.

No existe un solo pensamiento cuya esencia no sea la Luz de la Sabiduría. La Luz de *Jojmá* (la Sabiduría) es el repentino destello de inspiración, la corazonada, el *nirvana*, el *satori*, el estado de meditación más elevado de que es capaz la persona más espiritual, la absoluta alegría de existir que en ocasiones experimentamos aparentemente sin razón alguna. La Luz de la Sabiduría contiene tanto el Deseo de Recibir como el Deseo de Compartir, aunque ningún aspecto se despierta hasta la segunda y cuarta fases, respectivamente, cuando *Biná* despierta el Deseo de Compartir y *Maljút* despierta el Deseo de Recibir. Únicamente cuando han sido animadas ambas fases del Deseo se puede decir que verdaderamente la Vasija está completa.

La primera fase, *Jojmá*, la esencia de la perfección principal, representa, podríamos decir, a la Luz "personificada". Está impulsada por una divina dinámica interna de expansión. Su única aspiración es extender la Luz a todas las fases de la creación. Por ello, no tiene nigún deseo o razón para transformarse. En este aspecto difiere de la segunda fase, *Biná*, cuya naturaleza es cambiar su esencia del Deseo de Recibir al Deseo de Compartir —lo cual hace con la intención de crear una total afinidad con la Luz.

La Luz de la Misericordia, la segunda fase de la emanación, resulta de la influencia ejercida en la Luz por la vasija, *Biná*. Así, mientras que de *Jojmá* se dijo que es una "extensión" de la Luz, a *Biná* se le llama el primer "esfuerzo". En *Biná* la vasija intenta lograr una paridad con el Creador. *Biná* está poseída por el conocimiento de su propio propósito, lo que no estaba presente en *Jojmá*, y es esta autoconciencia, como se expresó en un capítulo anterior, lo que hace que la Luz disminuya. Como consecuencia, la nueva Luz (de la Misericordia), producto del esfuerzo de *Biná*, es de una magnitud menor que la Luz que surgió de *Jojmá*.

Biná, en virtud de su propia autoconciencia, la percepción de su propio ser, disminuye la Luz en grado tal que se dice que la Luz que resulta de su esfuerzo es una "transformación" de la original e inmaculada Luz de *Jojmá*, aún cuando la Luz que abarcan ambas vasijas (*Jojmá* y *Biná*) es la misma Luz (*Or En Sof*) de la misma Infinita intensidad que la que pasó a través de *Jojmá*. Por lo tanto, se dice que la Luz de la Misericordia es la misma Luz Infinita del Infinito, "transformada" por la vasija con el afán de compartir.

TIFÉRET — BELLEZA

La tercera fase de la emanación de la Luz tiene muchos nombres. Se le llama el Mundo de la Formación. Se le llama la segunda "extensión" de la Luz —la fase de *Jojmá* (Sabiduría) también fue una extensión —y por lo tanto se le define como "masculina". A la segunda y cuarta fases, *Biná* y el Reino, según recordarán, se les conoce como "esfuerzos" y se les define como "femeninas". A *Tiféret* (Belleza), la tercera fase de la emanación, también se le llama Microprosopan (la pequeña personificación) o el Pequeño Rostro porque, como la luna refleja al sol, *Tiféret* es un reflejo de una verdad superior, la Luz del Infinito.

En el Pequeño Rostro —del cual se dice que comprende dos triadas de emanaciones, las seis *Sefirót*: *Jesed* (Misericordia), *Guevurá* (Juicio), *Tiféret* (Belleza), *Netzaj* (Victoria), Hod (Gloria) y *Yesod* (Fundación)— hay una extensión de la Luz de la Misericordia que emanó de *Biná* (Inteligencia), por medio de la cual la Luz de la Sabiduría se manifiesta de nueva cuenta. Esta tercera fase representa un esparcimiento y, por ello, una disipación de la Luz de *Biná* (Inteligencia), cuyo pensamiento o energía-inteligencia iba a transformar a la vasija de nueva cuenta en Luz. El esfuerzo de *Biná*, según recordarán, transformó a la Luz de *Jojmá* (Sabiduría) en la Luz de una descripción separada, la Luz de la Misericordia.

Como ya se habrá dado cuenta el estudiante, la Divina Luz del Creador no se ocultó y por ende se reveló en una acción, sino que se transformó en un número de etapas. La primera fase, *Jojmá* (Sabiduría), no tenía conciencia de sí misma. *Biná* despertó el Deseo de Recibir, pero ocultó la Luz de la Sabiduría a través de su deseo de emularla, y con ello dio nacimiento a una nueva transformación de la Luz, la Luz de la Misericordia. En el Pequeño Rostro, la negación total de la vasija como vasija se produce desde *Biná*, cuyo deseo fue rendirse a sí misma por completo a la Luz, pero aquí en la tercera fase hay un revestimiento adicional de la vasija. Así como nosotros debemos vestir nuestras vasijas, nuestros cuerpos, para hacer que los demás sientan nuestra presencia, el Pequeño Rostro reviste a la Luz aún más para que también Su Divina Presencia, por decirlo así, pueda comenzar a difundir Su mensaje al mundo físico.

A la tercera etapa de la emanación de la Luz, *Tiféret* (Belleza), el Pequeño Rostro, se le puede ver, entonces, como la fase en la que se difunde la Luz de la Misericordia y, por ende, se oculta y disipa más desde la perspectiva de la Luz, pero se acerca más a la revelación desde la perspectiva de la Vasija —como la calma antes de la tormenta, la tercera fase de la emanación representa una reunión de las fuerzas del universo como preparación para la ola de la marea de la revelación, que está a punto de darse en la cuarta y última fase, el Reino.

El Pequeño Rostro

Todos los niveles y capas de la existencia creada incluyen el Deseo de Recibir. Es esencial que cada vasija posea una cierta cantidad del Deseo de Recibir, porque lo que carece de alguna fuerza dinámica de atracción no podría manifestar o conservar ninguna forma o esencia material. Por lo tanto, incluso las Tres Primeras (*Keter, Jojmá, Biná*), deben incluir también una cierta y minúscula dotación del Deseo de Recibir, pues de otra manera a esas exaltadas *Sefirót* no se les podría llamar vasijas, en el más verdadero sentido cabalístico de la palabra.

Tanto los niveles de conciencia superiores como los inferiores consisten en los mismos elementos fundamentales, la Luz y la Vasija, y la única diferencia se encuentra en el aspecto de la revelación.

Desde el Infinito hasta este Mundo de la Acción nada cambia, excepto la creciente ilusión del Deseo de Recibir para Sí Mismo. El aspecto negativo del Deseo actúa como una capa mediante la cual los niveles superiores de nuestra existencia son obscurecidos desde lo que podríamos llamar una perspectiva espiritual.

A la Luz de la Sabiduría se le llama "Luz del Rostro", lo cual, de acuerdo con el Arí, revela el significado oculto del verso: La sabiduría del hombre ilumina su rostro.* Por lo tanto, a la primera fase, la Corona (*Keter*) del Mundo de la Emanación, que es iluminada por la Luz de la Sabiduría, se le llama "El Gran Rostro", mientras que a la tercera fase, que es iluminada por la menor Luz de la Misericordia, que se extiende a las seis *Sefirót* —*Jesed* (Misericordia), *Guevurá* (Juicio), *Tiféret* (Belleza), *Netzaj* (Victoria), *Hod* (Gloria) y *Yesod* (Fundación)—, se le llama "El Pequeño Rostro". Las seis *Sefirót* de la tercera fase, el Pequeño Rostro (*Zeir Anpín*), son los ámbitos de la conciencia a los cuales se entra con la ayuda de la meditación.

---

* Eclesiastés, 8:1. (N. del T.).

Al descender a través de las seis *Sefirót* del Pequeño Rostro, la influencia del Deseo de Recibir se hace más y más pronunciada. Cada uno de los seis está dotado tanto del aspecto positivo como del aspecto negativo del Deseo de Recibir. Sin embargo, mientras que una cierta porción del Deseo de Recibir para Sí Mismo debe por necesidad encarnarse en las vasijas del Pequeño Rostro, ciertamente esta cantidad es infinitesimal comparada con el aspecto negativo del deseo que se manifiesta en la cuarta fase, el Reino (*Maljút*), donde se revela la Luz de todas las fases subsiguientes.

MALJÚT — REINO

Maljút revela el propósito de la creación. Aquí en la cuarta fase las tres fases previas se han transformado de potenciales a actuales, el durmiente se despierta, lo oculto queda expuesto, lo pasivo se activa, lo inmaterial se materializa. Hasta tal grado el Pequeño Rostro dispersó la Luz, que causó una severa carencia o deficiencia en la vasija, una inextinguible sed de la integridad que una vez conoció. Esa necesidad de re-plenitud causó el despertamiento del Deseo de Recibir en la fase de *Maljút*.

El espacio —tanto en términos de la separación física y emocional entre la gente como de la distancia entre los objetos y los cuerpos planetarios— es un producto de la pérdida o deficiencia que experimentó la vasija por la difusión de la Luz que ocurrió en la tercera fase, el Pequeño Rostro. Esta "distancia" entre lo físico y lo metafísico se dió entre el Emanador y aquel a quien Él emanó con el fin de preservar la ilusión de separación, que era un prerrequisito de la Creación.

Mientras que la revelación de la luz del sol tiene lugar como resultado de una acción refleja involuntaria, la revelación del *Or En Sof*, por el contrario, al menos en lo que nos concierne a nosotros los de *Maljút*, se manifiesta como resultado de la resistencia voluntaria. La principal energía-inteligencia motivante, el Deseo de Recibir para Sí Mismo, actúa involuntariamente en conjunción con el mecanismo restrictivo innato (la Cortina) de la naturaleza para revelar la luz del sol. Nosotros, sin embargo, debido a nuestro deseo de individuación, debemos revelar la Luz a través de un acto consciente de resistencia o restricción para remitir el Pan de la Vergüenza —porque ese fue el propósito de la creación.

Recuerden que solamente se materializa la luz que es reflejada. Como se observó previamente, la luz del sol se revela únicamente a través de un acto de resistencia (restricción). Este hecho se hace fácilmente aparente al contemplar el cielo nocturno. La luz no se manifiesta entre las estrellas, los planetas y los cuerpos celestiales simplemente porque no hay nada de una naturaleza física con lo cual ella pueda interactuar. Por consiguiente, al no tener nada desde donde reflejarse (nada que no sea las partículas diminutas que manifiestan tan sólo un diminuto Deseo de Recibir), la luz no puede ser vista.

Ninguna luz, ningún sonido, ningún pensamiento —nada surge a la Luz en este Mundo de la Restricción sin resistencia, y entre mayor es la resistencia mayor es la magnanimidad del flujo de energía. Nosotros los de *Maljút* debemos trabajar para desactivar la Cortina y de esta manera re-iluminar nuestra Energía-Inteligencia Infinita, la cual, desde nuestra perspectiva necesariamente limitada, se encuentra dormida dentro de nuestras Vasijas Circundantes internas. Nuestra separación de la Luz, que fue el propósito del *Tzimtzúm*, sirvió para diferenciar entre el Creador y aquello que Él había emanado, brindándonos así la oportunidad de aminorar el Pan de la Vergüenza.

El Punto Medio

El Punto Medio es *Maljút*, el punto desde el cual radiaron todos los mundos de la emanación Es el lugar de la primera resistencia, el punto donde comienza el mundo de la creación. El punto medio revela las vasijas circulares infinitas de las cuales surgimos todos y a las cuales todos regresaremos un día. La ironía es que la única manera en que podemos develar esa realidad Circular infinita es a través del proceso creativo finito que la Cabalá conoce como la Línea.

El punto medio revela la realidad. Es nuestro lugar de abundancia interna, infinita, de plenitud última. Conectarnos con el punto medio es revelar las vasijas circulares infinitas de nuestro ser. A menos que uno —hombre o mujer— pueda alcanzar el punto medio de su propio ser, está destinado a permanecer siempre en la obscuridad espiritual. Porque es en el punto medio donde se revela toda la Luz.

Si sentimos tristeza o privación ello significa que nos encontramos atrapados en la ilusión. Como se mencionó previamente, la carencia sólo puede echar raíces en el mundo de la ilusión, y solamente ahí puede sobrevivir. Al adherirse al punto medio infinito de nuestros seres podemos lograr que la ilusión de carencia pierda su propósito en el mundo de la ilusión y, así, al no tener nada de naturaleza negativa para alimentarse, necesariamente debe desaparecer.

La importancia de conectarse con el punto medio, el lugar interno de la revelación de la Luz de la humanidad, nunca podrá enfatizarse demasiado. De hecho, los cabalistas generalmente aceptan que el punto medio es la diferencia fundamental entre la persona espiritual y la no-espiritual. Porque mientras que la persona espiritual comprende que todas las bendiciones emanan desde una sola fuente, la persona no-espiritual ve únicamente la obra del azar como la influencia motivante de su vida (de él o de ella). Por lo tanto, mientras que la vida de la persona espiritual está anclada en las tranquilas aguas de la Realidad, la persona no-espiritual es arrojada como una vara a un mar de ilusión.

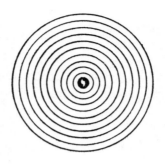

11

¿KETER O MALJÚT?

AHORA YA ESTAMOS CONSCIENTES DE QUE LA CABALÁ considera que *Keter*, al estar íntimamente ligada con el Infinito, es mucho más pura y elevada y, por ello, superior a *Maljút*. Sin embargo, con base en la siguiente discusión imaginaria entre dos estudiantes de Cabalá, veremos que las dos *Sefirót* están acaso mucho más íntimamente relacionados de lo que antes se creyó.

CABALISTA UNO: *Keter* es superior.

CABALISTA DOS: No. Yo digo que *Maljút* es superior, porque sin ella no habría revelación de la Luz.

CABALISTA UNO: Sí, pero sin *Keter* no habría Luz que revelar.

CABALISTA DOS: Es verdad, pero después de todo ambas son vasijas —así que, ¿cómo puedes decir que una es superior a la otra?

CABALISTA UNO: ¿Qué agua beberías, revuelta o destilada?

CABALISTA DOS: Muy bien, admitamos que *Keter* tiene una consistencia, digamos, superior —pero es la densidad de *Maljút* lo que le permite revelar la Luz. Recordarás que ese fue el propósito de la creación.

CABALISTA UNO: Tal vez sí, pero la principal motivación de *Maljút* todavía es el Deseo de Recibir para Sí Mismo, lo cual tú recordarás que es el epítome de la maldad y de la negatividad.

CABALISTA DOS: Si es así, entonces, ¿por qué solamente *Maljút* —y no *Keter*— puede dialogar con el Creador?

CABALISTA UNO: ¿Dialogar? El único libre albedrío de *Maljút* es la restricción, decir no. ¿A eso le llamas dialogar?

CABALISTA DOS: Eso es mejor que lo que *Keter* puede hacer.

CABALISTA UNO: *Keter* no tiene que hablar. El se comunica de otras maneras, mejores, más Infinitas.

CABALISTA DOS: Maneras que ningún mortal puede entender.

CABALISTA UNO: Únicamente nuestro aspecto finito no puede percibir a *Keter*, pero nuestro aspecto Infinito lo escucha fuerte y claramente.

CABALISTA DOS: ¡Gran cosa! ¿Eso de qué sirve? ¿De qué sirve cualquier cosa si está tan oculta?

CABALISTA UNO: Con ese razonamiento, entonces, ¿de qué sirve el Creador?

CABALISTA DOS: No es eso lo que quiero decir, y tú lo sabes. Yo me refiero a lo que ocurre aquí, en *Maljút*. Los pensamientos, las palabras, las acciones —todo lo que puedas nombrar—, ¿de qué sirven si no se les revela?

CABALISTA UNO: Eso, acabas de decir la palabra mágica: nombre —todo lo que puedas nombrar. Si algo tiene nombre, es parte del proceso creativo o, en otras palabras, de la ilusión.

CABALISTA DOS: Esa es la paradoja. La ilusión es la única manera en que la Luz es revelada. Además, *Keter* también tiene un nombre, así que también debe ser parte de la ilusión.

CABALISTA UNO: Cierto, pero mucho menos que *Maljút*. Eso hasta tú tienes que admitirlo.

CABALISTA DOS: Tal vez, pero sin la ilusión estaríamos aún en el *Or En Sof*, tratando de encontrar una manera de librarnos del Pan de la Vergüenza.

CABALISTA UNO: Mejor eso que estar aquí abajo, tratando de librarnos de la ilusión.

CABALISTA DOS: ¿Qué tiene de malo la ilusión? Los libros son ilusión, los discos, los juegos, los Alfa Romeo, los cuerpos.

CABALISTA UNO: Hmmm... En eso tienes razón. Después de todo, tal vez la ilusión no es algo tan malo.

Las cuatro fases

A menudo se compara el surgimiento de las cuatro fases de la emanación a los círculos concéntricos que se forman alrededor del punto en que cae una piedra arrojada al agua. La primera extensión de la Luz, la Sabiduría (*Jojmá*), "la vasija potencial", forma el círculo exterior, del cual se dice que "causa" la segunda fase, la Inteligencia (*Biná*), donde se activa el potencial que a su vez causa la Belleza (*Tiféret*), el primer "estado de despertamiento" (también llamado "Pequeño Rostro", mismo que comprende a las Luces de la Misericordia, el Juicio, la Belleza, la Fortaleza, la Majestad y el Fundamento), los cuales, a su vez, causan la cuarta fase, el Reino (*Maljút*), donde se despierta por completo el Deseo de Recibir y finalmente se revelan todas las cuatro fases.

Se dice que la primera y la tercera fases son "extensiones" de la Luz y se les representa como "masculinas", mientras que a la segunda y la cuarta fases se les llama "esfuerzos" y se les describe como "femeninas". Las dos "extensiones" de la Luz, la Sabiduría, la primera fase, y la Belleza, la tercera fase, reciben ambas los dones de la Luz que se extiende desde el Emanador — la Sabiduría, la Luz de la Sabiduría, y la Belleza, la Luz de la Misericordia —mientras que los dos "ejercicios" de la voluntad, la Inteligencia, la segunda fase, y el Reino (algunas veces llamado "Reina"), la cuarta fase, representan la capacidad de esfuerzo de los seres emanados. El primer esfuerzo, la Inteligencia, despierta en el ser emanado el Deseo de Compartir, y el segundo esfuerzo, el Reino, despierta el Deseo de Recibir.

Por supuesto, todas las diez *Sefirót* están incluidas en cada extensión y en cada esfuerzo de la Luz.

No existe nada en este mundo observable que no haya pasado por las cuatro fases. Los pensamientos, las palabras, las acciones, el crecimiento, el movimiento, las relaciones, la manufactura o la evolución de los objetos físicos, aún nuestras propias vidas se manifiestan a través de cuatro fases: Primavera, Verano, Otoño, Invierno —hay estaciones de pensamiento, de crecimiento, de conciencia. Como las cuatro direcciones, ninguna de las cuatro fases puede existir sin las otras.

Dado que la Corona (*Keter*) es la Raíz de todas las cuatro fases, no se le incluye entre ellas. La razón de esto es que la Corona no juega ningún papel en la emanación actual de la Luz. Al no tener ningún Deseo de Recibir, su poder debe ser activado por la Línea. La Sabiduría, la primera extensión de la Luz, está íntimamente unida al Infinito porque manifiesta un deseo minúsculo. Se dice que cada una de las fases subsiguientes se vuelve "más densa", en virtud de quedar más alejada de la Luz, y por ello se le considera "inferior".

Las primeras tres fases, la Sabiduría, la Inteligencia y la Belleza, al estar íntimamente alineadas con la Corona, existen todas ellas en un estado de potencialidad hasta que son reveladas a través del esfuerzo de este mundo, el Reino. Mientras que cada extensión de la Luz incluye el Deseo de Recibir, no es hasta que la Luz alcanza la cuarta etapa, *Maljút*, donde la Luz se transforma de un estado de potencialidad a un estado de revelación, que el emanado despierta el Deseo de Recibir.

Cuando el Emanador se retiró para crear una separación entre Sí Mismo y aquello que Él o Ella había emanado, quedaron impresiones residuales en las Vasijas, residuos de su anterior unidad con la Luz de la Creación. El término "cuatro fases" se utiliza generalmente para hacer referencia a la Luz que se encuentra dentro de cada una de las diez *Sefirót*, mientras que los términos Corona, Sabiduría, Inteligencia, Belleza y Reino definen las impresiones o residuos de la Luz que permanecen en las diez vasijas después del *Tzimtzúm* en el Mundo de la Restricción.

Los elementos de las que más tarde habrían de ser particularidades en las cuatro fases o grados de la voluntad debieron existir en el Infinito antes del *Tzimzúm*, así como todos los varios y diferentes elementos de un árbol —las hojas, las raíces y las ramas— deben existir en la semilla; pero esas características se encuentran indiferenciadas y más allá del ámbito de la percepción o la observancia, de la lógica y la razón.

Aún así, nosotros podemos suponer que el emanado, tras haber conocido una vez la completa y absoluta plenitud, debió experimentar una comprensible carencia o deficiencia al separarse de la majestad eterna de la Presencia Infinita. Por ello, la primera fase de la emanación de la Luz, la Sabiduría, podría compararse acertadamente a un niño que surge del vientre para encontrarse en un medio ambiente nuevo y extraño y experimentar por primera vez una sensación de individuación con respecto a su madre. Aquí, así como la Sabiduría aún se encuentra íntimamente unida al Creador, el bebé, que aún se encuentra conectado a la madre por el cordón umbilical, únicamente desea que lo envuelvan los brazos de su madre y fundirse en ellos, un vínculo que, una vez asegurado, ya nunca puede romperse. En etapas subsiguientes del desarrollo, a medida que el bebé se convierte en un niño o niña y éstos en un hombre o una mujer, él o ella se alejan más de la madre, mental, emocional y físicamente, y no obstante siguen teniendo fuertes lazos emocionales y espirituales con ella —incluso muchos años después de que la forma finita de la madre, su cuerpo, completó su ciclo de existencia.

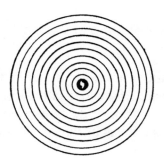

12

La Conexión con el Espacio Exterior

AQUÍ EN MALJÚT SE NOS PRESENTA ÚNICAMENTE LA NATURAleza ilusoria de la existencia. El mundo verdadero está oculto. La Luz Infinita, el *Or En Sof* —todo lo que es, fue o será—, está presente en este mundo de la ilusión. Las Tres Primeras están aquí —la Sabiduría Infinita está dentro de nosotros y a nuestro alrededor, pero se encuentra más allá del alcance de nuestros sentidos racionales.

Si la Realidad está aquí, ¿por qué no la experimentamos?

La Cabalá nos enseña que el propósito de la creación fue ocultar al Infinito, para brindarnos la oportunidad de recrear un circuito de energía a través de la resistencia positiva y con ello alejarnos de la opresiva energía-inteligencia que nosotros conocemos como el Deseo de Recibir para Sí Mismo. Aunque no podemos ver la Realidad, probarla, tocarla, oírla u olerla, podemos sin embargo —a través de la resistencia positiva—

revelar la Luz Infinita y aminorar así el Pan de la Vergüenza. Nuestra capacidad para trascender la ilusión y conectarnos con el aspecto "circular", Infinito, de la existencia depende de un proceso de tres etapas de saber, creer y desasirse.

El hecho de saber establece conexiones metafísicas. El apercibimiento de que hay un universo Infinito alterno —aquí mismo, en este mundo finito— abre la mente a nuevas posibilidades, de una manera muy similar a la conexión perceptual que se establece entre un alpinista y la cumbre de una montaña antes incluso de que aquél dé el primer paso. Así pues, el conocimiento es la etapa inicial en la jornada hacia la trascendencia de este ámbito negativo.

El segundo nivel de la percepción cósmica es creer que hay estados de conciencia infinitamente "superiores" y "más puros" que aquellos accesibles a la mente que acompaña nuestras rutinas cotidianas. No me refiero aquí a la fe ciega, sino más bien a una simple experiencia emocional que nace del conocimiento, por medio de la cual uno está más cerca de establecer la realidad de las fases superiores de la percepción dentro de sus propias conciencia y subconsciencia.

Desasirse, la tercera y última etapa en la jornada hacia la conexión de nuestro "espacio interior" o conciencia con el "espacio exterior", el *Or En Sof* que nos rodea, consiste en liberarnos de las limitaciones que nos impone la ilusión material. A menudo el recelo acompaña la introducción del concepto fundamental de esta tercera etapa en la búsqueda de la trascendencia, pues frecuentemente se le malinterpreta como que el apego al ámbito metafísico requiere el abandono total del mundo físico, cuando nada podría estar más alejado de la verdad. La Cabalá enseña que podemos trascender por completo el mundo físico ilusorio y no obstante funcionar con un elevado grado de eficiencia en nuestras rutinas cotidianas.

De hecho, todos nos desconectamos del mundo físico negativo todos los días y todas la noches de la semana —todos meditamos, todos trascendemos el mundo de la ilusión; todos experimentamos estados alterados de conciencia— no hacerlo sería coquetear con la locura. La música puede ponernos en un estado alterado; pensar, trabajar, soñar, ensoñar, incluso ver televisión. Todas estas actividades —y más— pueden proporcionarnos oportunidades para desconectarnos de este ámbito negativo. El peluquero que nos hace un corte adecuado y perfecto sin estar consciente de ello; el doctor que diagnostica una enfermedad correcta e intuitivamente, sin ayuda de los procesos conscientes del pensamiento racional; el chofer que conduce un vehículo a lo largo de cien millas en "piloto automático", deteniéndose, arrancando, cambiando rutas, y que finalmente arriba a su destino con seguridad, sin tener la menor idea de cómo llegó ahí —todos estos son ejemplos de desconexión del mundo físico y de conexión con el ámbito metafísico.

Por lo tanto, encontramos que una de las principales diferencias entre el Cabalista y la llamada persona "promedio" que está atrapada en la ilusión material es que el Cabalista está consciente del proceso de la trascendencia y por ello es capaz de usar esta tendencia natural para obtener la mejor ventaja, no así la persona "promedio". Mientras que el pragmático racional (hombre o mujer) valora en mucho y lucha siempre por conservar el control de sus procesos de razonamiento lógico, el Cabalista abandona libremente la sensibilidad analítica a favor de alcanzar los ámbitos superiores de conciencia que son accesibles tan sólo al trascender la mente racional.

Otra diferencia clave entre el racionalista y el Cabalista es que el primero cree erróneamente que él es el instigador de sus acciones, mientras que el Cabalista, que está seguro del conocimiento de que no se produce ningún pensamiento que no tenga ya una solución preordenada, se ve a sí mismo como un canal para la energía y no como la fuente de la energía. Al comprender que la conciencia cósmica es Infinitamente superior a la conciencia racional, y con el apercibimiento de que el único acto que efectivamente puede ser instigado por la humanidad es el de la resistencia positiva, el Cabalista inicia situaciones por medio de las cuales su (de él o de ella) vasija puede ser utilizada como un conducto para el poder Infinito del *Or En Sof*.

Así pues, en vez de ver a las permanencias en los estados superiores de percepción como meras fallas de concentración, y reprenderse a sí mismo (o a sí misma) por perder el control mental —como lo hace el pragmático racionalista—, el cabalista acoge con gusto e inicia las oportunidades para desconectarse creativamente del mundo físico, ilusorio y negativo, pues al hacerlo así él o ella se conecta con el Infinito.

Estamos tan condicionados a vivir bajo el puño de hierro de la ilusión material que hoy en día hemos llegado a servir a la ilusión que se hace pasar como realidad y a pagar tributo a su dominación, orando ante el altar de las deidades modernas, la Ciencia y la Tecnología, haciendo reverencias y riñendo mientras pasa el interminable desfile del "progreso" material. La gran paradoja y la ironía de esta era es que la supuesta "realidad" a la cual le permitimos que nos gobierne con aparente impunidad es verdaderamente una ilusión, y que el supuesto "mundo de fantasía" —esto es, la energía-inteligencia de pensamiento de los sueños, los ensueños y otras actividades del hemisferio cerebral derecho—, tan de buena gana calumniado por los autoproclamados "realistas", es la verdadera Realidad, el *Or En Sof*.

Encontramos así que los "realistas", aquellos que valoran la lógica, la razón y el sentido común por encima de todos los demás rasgos y atributos humanos, los "conductores" y los pragmáticos a ultranza, los líderes y los que toman la iniciativa, que creen erróneamente que tienen el control de sus destinos, todos ellos viven en una ilusión que perpetúan —mientras que los soñadores, los meditadores, los poetas, aquellos que desdeñan la ilusión que se hace pasar por realidad, cuando se les ve bajo esta nueva luz, resultan ser los verdaderos realistas, pues son ellos quienes están conectados a la Realidad Infinita del *Or En Sof*.

La resistencia a la ilusión material es la llave a la Realidad. A través del proceso de las tres fases de saber, creer y desasirse del Mundo de la Restricción material, uno trasciende la ilusión y crea un circuito con el universo alterno de la mente, volviéndose así un canal para los estados superiores de conciencia. Esto es verdadero control; esto, y no la tiranía de la ilusión material, es la raíz de la verdadera autodeterminación y la manera en que uno transmuta el aspecto negativo del deseo en el Deseo de Recibir para Compartir. Esta, y únicamente esta, es la manera en que uno establece la Conexión con el Espacio Exterior.

Diez, no nueve

La palabra *Sefirá* significa brillantez y luminosidad Infinita. Se refiere a la Luz y a la vasija juntas o, más específicamente, a la Luz Superior cubierta por una vasija. No obstante, se dice que ninguna Luz ilumina a *Maljút* (el Reino), la décima vasija.

Entonces, ¿cómo se puede considerar que el Reino es una *Sefirá*, en el sentido más pleno de la palabra?

La antigua frase, "Diez, no nueve", se refiere a esta aparente contradicción en los términos. El autor del Libro de la Formación quería dejar perfectamente en claro que hay precisamente diez *Sefirót* y no nueve. Sin duda, él fue un paso más allá al afirmar que el Reino no únicamente es una *Sefirá*, sino la más exaltada de las diez.

Por razones bien establecidas, la luminosidad Infinita contenida en *Maljút* está oculta. *Maljút* está imbuida con la misma Luz Superior Infinita que se encuentra en las otras nueve *Sefirót*, y la sola diferencia es que la Iluminación Infinita de *Maljút* se revela únicamente a través de la acción restrictiva de la Cortina. La Luz que repele la Cortina, la Luz Retornante, se une a las nueve *Sefirót* superiores en la reacción conocida como Acoplamiento por Choque. Encontramos así que, de no ser por *Maljút*, la Luz Infinita no tendría manera de unirse con las nueve *Sefirót* Superiores y, por lo tanto, debido a que *Maljút* demuestra esta capacidad única para manifestar la Luz Superior, se debe considerar que es la *Sefirá* más importante en la revelación de la Luz.

Así pues, no puede haber ninguna duda de que *Maljút* está compuesta de la Luz del Infinito y, por lo tanto, se le debe considerar una *Sefirá* del orden más elevado, lo cual aclara lo que significa la frase "Diez, no nueve".

Tercera Parte

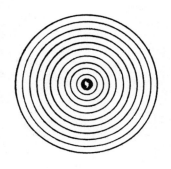

La Expansión de la Conciencia

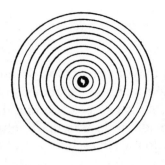

13

LA LÍNEA

LA MENTE RACIONAL LINEAL NO ES LA MENTE VERDADERA, sino tan sólo un canal, herramienta, como un clavo que se clava en una tabla. El martillo no golpea al clavo. Nada pasa en el nivel físico sin una actividad previa en el plano metafísico de la conciencia de pensamiento. Se dice que la Línea es la encarnación del mal, lo cual es cierto desde la perspectiva negativa de *Maljút* y de las siete inferiores, pero desde la perspectiva positiva e Infinita de las Tres Primeras, la Línea es una ilusión. La paradoja es que la Línea, la ilusión negativa, es nuestro único vínculo con la realidad positiva, el *Or En Sof*.

Las ilusiones son impedimentos esenciales para la percepción. Las palabras son ilusiones, pero a menudo dicen la verdad. Los libros son ilusiones —letras, oraciones, párrafos—, canales, nada más, y sin embargo tienen la capacidad de despertar nuestra curiosidad, de afinar nuestro intelecto, y lo que es más importante, de conducirnos a un estado superior de conciencia y a una mayor percepción de nosotros mismos. La música es una ilusión, pero las emociones que puede despertar son verdaderas. Nuestros cuerpos son una ilusión en el sentido de que no revelan nada de la Energía-Inteligencia Infinita que se halla dentro de ellos, y sin embargo también nosotros somos personificaciones del Infinito. La totalidad de este mundo es una ilusión, y sin embargo contiene un aspecto oculto de la realidad. Y la tarea del Cabalista es aspirar y en última instancia conectarse con esta fase Infinita oculta, las Tres Primeras.

Las Vasijas Rectas, la Línea, el proceso creativo, surgió a la existencia con lo que se describe, en aras de la utilidad, como el uno por ciento de la capacidad de la Luz. El otro noventa y nueve por ciento permanece oculto. El uno por ciento es la Línea. Este fenómeno se demuestra con la ilustración de los círculos concéntricos cruzados por la Línea en la página 118. La Línea, el uno por ciento, encarna el espacio, el tiempo, el movimiento, la Cortina, las *Klipót*, el cuerpo finito y todos los aspectos de la creación física. Es el defecto, la brecha, la necesaria distancia metafísica entre el Creador y lo emanado.

Nosotros somos la Línea. Nuestros cuerpos, estas líneas de limitación, son verticales a esta esfera, *Maljút*. A través de la resistencia podemos actuar como el alambre, el filamento, la vasija que revela el *Or En Sof* que necesariamente permanece oculto, y al hacerlo podemos derramar la Luz Infinita sobre la humanidad y también sobre nosotros mismos.

Y en esto estriba la extensión de nuestro libre albedrío: Podemos resistir y actuar como canales para los ámbitos superiores de la percepción o no resistir y permanecer en la obscuridad, si así lo deseamos. La Línea, entonces, es la ruina de la humanidad, pero es también nuestra única fuente de belleza, pues tan sólo a través de la resistencia intrínseca al aspecto limitado de la Línea podemos remitir el Pan de la Vergüenza.

LAS LUCES DE LA VIDA Y EL ESPÍRITU

El Arí consideró que la Luz de la Línea es superior a la Luz de los Círculos. Esto puede parecer extraño en vista del hecho de que la Luz de los Círculos es la fuente de la cual emergieron todas las cosas, incluso la Luz de la Línea. Sin embargo, el Arí, en su abundante sabiduría, comprendió que en tanto que los Círculos reciben su re-iluminación solamente de la Luz de la Línea, por ello, desde nuestra perspectiva finita, se debe considerar que la Luz de la Línea es, con mucho, la más importante.

Ciertamente, si no fuera por la Luz de la Línea, las Vasijas Circulares Infinitas jamás serían "atraídas hacia abajo" o "extendidas" desde el Infinito, y —por eso— jamás se revelarían. Cuando se le ve desde esta perspectiva, es fácilmente comprensible la razón de que el Arí se sintiera obligado a hacer esta importante distinción.

El Arí llamó a la Luz de la Línea la "Luz del Espíritu", y a la Luz de los Círculos le dio el nombre de "Luz de *Nefesh*". La palabra hebrea *Nefesh*, que significa "espíritu crudo", también fue utilizada por el Arí para describir la última Luz circular, indicando la menor importancia de la Luz Infinita para este mundo.

Las siete inferiores de la Línea sirven como iniciadoras en el proceso de la revelación de la Luz en los Círculos. La Corona (*Keter*) de los Círculos debe ser iluminada antes de que la Sabiduría (*Jojmá*) de los Círculos pueda recibir la iluminación; la Sabiduría de los Círculos debe ser revelada antes de que el Entendimiento (*Biná*) de los Círculos pueda ser re-iluminado, y así sucesivamente. Sin embargo, las vasijas Circulares en sí mismas son totalmente incapaces de producir su propia revelación. La Luz de los Círculos solamente se revela cuando la Luz de la Línea actúa sobre ella.

La Línea, en otras palabras, provoca toda revelación en las vasijas circulares. Y como la Luz de la Línea (la Luz del Espíritu) precede siempre a la Luz de los Círculos (la Luz de *Nefesh* (Espíritu Crudo) —al menos desde la perspectiva finita— el Arí, Isaac Luria, consideró que la Luz de la Línea es superior a la Luz de los Círculos.

Cuando nosotros las vasijas nos rehusamos a aceptar la bendición de la Luz y le suplicamos al Creador que nos proporcionara una manera de remitir el Pan de la Vergüenza, el Creador retiró la bendición Infinita de la Luz y con elló le otorgó al hombre una forma de lograr la equivalencia con la Luz. Por ello, desde *Tzimtzúm* el hombre es el creador en este mundo finito.

Así pues, aunque es cierto que los Círculos son el epítome de la perfección Infinita, mientras que la Línea es finita y por ello defectuosa, aún así nosotros debemos la totalidad de nuestra existencia física a la Línea. De no ser por la Línea, no tendríamos esencia corporal, ningún Deseo de Recibir para Sí Mismo, ninguna manera de remitir el Pan de la Vergüenza y, consecuentemente, ninguna manera de completar nuestro *Tikún*, el periodo de corrección del alma. Con esto en mente es muy sencillo comprender por qué a la Luz del Espíritu se le considera más importante que a la Luz de *Nefesh*.

La línea conecta a los Círculos

Todas las manifestaciones físicas y metafísicas avanzan a través de cuatro fases, cada una de las cuales consta de diez sefirot. Sin embargo, hay un aspecto de negatividad en el aspecto lineal, finito, de la creación (la Línea) causado por *Masáj* (la Cortina), la cual imparte la llusión de obscuridad a las siete inferiores de la Línea. Esta faceta negativa es transpuesta a los Círculos, dándoles la ilusión de tener la misma deficiencia que manifiesta la Línea. La razón de esto, como ya se explicó, es que los Círculos reciben toda su renovada Iluminación solamente a través de la Línea. Por lo tanto, encontramos que mientras que los Círculos son eternos y están absolutamente desprovistos de espacio o ilusión, tanto la Línea como el Círculo, desde nuestra limitada perspectiva, parecen tener la misma imperfección.

Dada la ilusión de obscuridad presente en las siete inferiores de la Línea, uno podría deducir que la Línea es incapaz de reactivar la Luz que se mantiene en animación suspendida dentro de las vasijas circundantes, pero esa suposición sería errónea. Cada fase requiere un conjunto completo de diez *Sefirót* para su revelación, y la Línea de *Keter* (también conocida como las Diez *Sefirót* del Hombre Primordial) es el único método para lograr esta re-iluminación. Por lo tanto, las siete *Sefirót* de la Línea pueden y deben vincular, unir y re-iluminar a las Diez *Sefirót* en cada una de las Tres Primeras *Sefirot* Superiores de la Línea, que se conectan con las Diez *Sefirót* de cada *Sefirá* Circular.

La Sabiduría debe ser activada plenamente antes de que se pueda revelar la siguiente fase, la Inteligencia; la Inteligencia debe ser restaurada a su antiguo esplendor antes de que se pueda manifestar la Belleza; y se deben animar todas las diez vasijas de la Belleza antes de que se pueda animar el Reino.

El siguiente diagrama nos ayudará a aclarar el método mediante el cual esto se puede lograr.

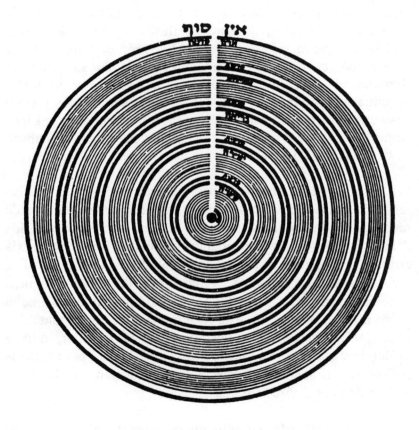

ILUSTRACIÓN: Círculos concéntricos con rayos de Luz que se separan en formaciones "V".

Observen que en cada una de las cuatro fases de los círculos —cada una de las cuales consta de diez *Sefirót*— la mayoría de la Luz es repelida por la Cortina. Las Primeras Tres (*Keter, Jojmá, Biná*) de cada fase de la Línea entran a cada fase de los Círculos en un estado potencial. Y las diez *Sefirót* de cada fase correspondiente no son re-iluminadas hasta que la Luz toca la Cortina de cada fase —esto es, las Primeras Tres de la fase de la Sabiduría en la Línea re-iluminan a todas las diez *Sefirót* en la fase Circular de la Sabiduría antes de que la Luz pase hacia abajo a la fase siguiente. La Luz que refleja la Cortina en cada fase desciende entonces a través de las siete *Sefirót* inferiores de cada fase, después de lo cual las Primeras Tres de la fase siguiente chocan con la Cortina de la fase inferior y se repite el mismo proceso.

La resistencia de la Cortina que está localizada después de la Cabeza (las Primeras Tres) pero antes del Cuerpo (las siete inferiores) de cada fase (en otras palabras, entre *Biná* y *Tiféret*) representa desechar el Pan de la Vergüenza, lo cual no sólo difunde la iluminación hacia fuera y hacia arriba, sino también permite que la bendición de la Luz descienda al nivel inferior siguiente.

La Luz se difunde sobremanera en cada fase subsiguiente. Esta acción se puede comparar adecuadamente a la repulsión y difusión de la luz del sol en las varias capas de la atmósfera de la Tierra, cada una de las cuales refleja mucho de la luz al tiempo que permite que una cantidad siempre decreciente del espectro pleno de la luz descienda a la Tierra.

Por favor observen que el ejemplo anterior, como ocurre con todas las comparaciones físicas, no debe tomarse al pie de la letra. El estudiante se debe cuidar siempre de las interpretaciones literales del material cabalístico. Las comparaciones físicas como la que se da en líneas anteriores pueden ser engañosas. El fenómeno de que hablamos ocurre también en el nivel metafísico o potencial, a través de las fases de la Corona, la Sabiduría, la Inteligencia y la Belleza. Únicamente cuando la Luz alcanza la Cortina de *Maljút* (el Reino) —donde el Deseo de Recibir para Sí Mismo (que es análogo a la gravedad de la Tierra) está plenamente despierto— la Luz Infinita queda expuesta en el nivel de la actualidad física y, finalmente, se revela el verdadero propósito de la creación.

Aunque es correcto desde un punto de vista "objetivo" (tal vez "racional" sea una palabra más adecuada, en tanto que la verdadera objetividad es humanamente imposible), el ejemplo anterior no es indicativo de todo el proceso como lo describe la Cabalá. Las enseñanzas de la Cabalá se deben ver desde varios ángulos para comprenderlas plenamente. Así, aunque encontramos que las comparaciones anteriores son verdaderas en sus propuestos niveles físico (luz del sol) y metafísico (espiritual y de pensamiento), también es de capital importancia considerar este proceso de iluminación de la cuarta fase desde una perspectiva personal. En otras palabras, la iluminación de que hablamos es tanto "física" —como en la revelación de la luz del sol— como "metafísica" —en la medida en que se relaciona con los ámbitos potencial y de pensamiento. Sin embargo, nunca se debe olvidar que cuando el Cabalista habla de *Maljút* también se refiere al corazón del hombre.

Así pues, resumamos el método mediante el cual la Luz desciende a través de las cuatro fases. La Cabeza de la Línea entra al Círculo de *Keter*. La Luz choca en la Cortina y una gran parte de la Luz es repelida. La resistente acción de la Cortina (Acoplamiento por Choque) permite que las Tres Primeras de la Línea Iluminen a todas las diez *Sefirót* de *Keter* de los Círculos y también permite que una cantidad menor de la Luz sea atraída hacia abajo. La Luz difusa desciende, pasando a través de las siete *Sefirót* rectas inferiores de la Corona y hacia abajo a través de las Primeras Tres de la fase siguiente, *Jojmá*, donde choca con la Cortina de esa fase y el proceso se repite.

Recuerden que la Luz debe pasar a través de las siete *Sefirót* inferiores de cada fase antes de que se puedan manifestar las diez *Sefirót* de la fase siguiente. Así las siete inferiores en la Línea, a pesar de no estar reveladas. logran sin embargo la unificación de las Diez *Sefirót* Circulares Superiores con las Diez *Sefirót* en las diez *Sefirót* Circulares inferiores de cada fase y descienden a cada fase subsiguiente.

Aquí y ahora

El Arí, el Rabino Isaac Luria, se esforzó para estar seguro de que sus estudiantes comprendíesen que todas las fases de la existencia están conectadas por la Línea que se extiende desde el Infinito. Él explicó al detalle cómo la Luz es atraída hacia abajo a través de un círculo y luego de otro hasta que todas las fases han sido perfeccionadas y completadas. Él llevó a sus estudiantes a examinar a fondo el método exacto por medio del cual la Luz desciende a través de una capa a la siguiente, haciéndose más y más oculta hasta que, finalmente, al llegar a este nivel más inferior, *Maljút*, Ella está casi totalmente desprovista de Iluminación revelada. El Rabino Luria también fue de lo más meticuloso en su explicación del proceso por medio del cual la Cortina, a través de una resistencia involuntaria, permite que todas estas tres fases previas más *Maljút*, la fase de la revelación, se animen, y de que nosotros, los emanados, solamente podemos tener contentamiento a través de la restricción consciente. ¿Por que consideró el Arí que era importante hacer tanto énfasis en lo que a algunos podría parecerles a simple vista tecnicismos sin importancia?

El Arí nos estaba enseñando lo que podría ser descrito como la perspectiva "panteística" de la Cabalá, la cual postula que la Fuerza, la Luz, penetra todos y cada uno de los estratos de la existencia, que el Emanador es omnipenetrante, que cada molécula, cada átomo y cada partícula subatómica en el universo están imbuidos con el poder del *Or En Sof* —que el Creador se encuentra dentro y fuera de nosotros, que es una parte de nosotros y sin embargo está separado de nosotros, y que todo lo que existe en el universo es tan sólo un aspecto de un organismo que vive y respira.

Algunas enseñanzas espirituales ubican al Creador en las alturas, en un pedestal elevado y etéreo, más allá del alcance de la humanidad. En algunas religiones es necesario morir para poder "conocer al Hacedor". Otras filosofías ven al Emanador como alguien que creó el universo antes de ocuparse de cosas más grandes y presumiblemente mejores. Mediante sus esmeradas enseñanzas, el Arí intentaba aclarar el concepto cabalístico de que el *En Sof* penetra cada aspecto del universo y que esto es verdad sin que importe, desde nuestra limitada perspectiva, cuán oculta pueda parecer que está la Luz.

A su debido tiempo aprenderemos cómo cada fase subsiguiente oculta a la que surgió previamente. Una de las muchas analogías trazadas por el Arí explica este fenómeno en términos de las varias capas de una cebolla, cada una de las cuales sabe igual. Utilizando esta metáfora para el propósito de comprender el carácter omnipenetrante de la Luz, el Rabino Luria señaló que así como la esencia, el sabor, de la cebolla es el mismo a través de todas sus capas, lo mismo ocurre con la Luz, la esencia de la existencia, que penetra todos los aspectos de la substancia material, así como los aspectos intangibles de la existencia, con igual consistencia.

La metáfora de la cebolla sirve también como una ilustración adecuada de lo que significan cabalísticamente los términos superior e inferior, en el sentido de que las capas interiores no son inferiores o menos verdaderas que la cubierta exterior, sino que únicamente se encuentran más ocultas. Así pues, encontramos que mientras que un nivel de conciencia puede ser superior al siguiente, en esencia todos ellos son idénticos. La única diferencia entre *Jojmá*, la fase más elevada, y *Maljút*, la más inferior, se encuentra en el grado de revelación, pues *Jojmá* es revelada y *Maljút* permanece oculta, pero de hecho ambas consisten en el mismo *Or En Sof*.

Otro ejemplo que utilizaba el Arí es el de una linterna cubierta con velos y velos de una tela muy fina, cada uno de los cuales oculta la luz un poco más. Imaginen a una persona que entra a un cuarto en el momento en que otra persona está colocando el último de cien velos sobre la linterna. La linterna está ahí bajo los velos y su luz es tan brillante como siempre, pero el nuevo observador no la ve y, así, de una manera muy natural, aunque errónea, llega a la conclusión de que la primera persona tiene ante ella solamente un montón de tela. Tal es la condición que prevalece aquí en *Maljút*, por lo que respecta al *Or En Sof*.

El Creador está aquí, los sabios, los santos. Los Mundos Superiores están aquí con los Inferiores. Lo negativo se encuentra entrelazado con los positivo, lo bajo con lo elevado, lo fino con lo denso, lo bueno con lo malo. La Luz está aquí en toda Su Gloria Infinita, pero debe permanecer oculta a nuestro aspecto finito, las siete inferiores, porque eso fue un prerrequisito para nuestra existencia. La Realidad está aquí, ahora, dentro y fuera de nosotros, pero oculta por el espacio, la brecha, la ilusión; ese fue el único imperativo de la creación.

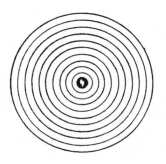

14

Restaurando la Luz a los Círculos

DESPUÉS DEL TZIMTZÚM LAS SIETE INFERIORES DE LA LÍNEA establecieron un espacio negativo en los Círculos. Así, de *Keter* a *Jojmá* hay una brecha de siete etapas vacías; de *Jojmá* a *Biná* otra brecha de siete, y así sucesivamente. Cada uno de estos espacios negativos es una consecuencia del proceso ilusorio de la Línea. Las Primeras Tres de cada fase de la Línea pueden llenar las siete *Sefirót* de cada fase de los Círculos, pero las siete inferiores de la Línea no tienen esa capacidad. El libro de las meditaciones del Arí describe un método específico por medio del cual la plegaria puede llenar las brechas y restaurar la Luz a las vasijas circulares.

Así como la energía de la semilla debe establecerse primero como una raíz antes de que pueda surgir el tronco, y el tronco antes que la rama, y la rama antes que la hoja, así debe viajar la Luz a través de las siete inferiores de cada fase antes de que pueda iluminar el nivel adyacente de abajo. La Luz, en otras palabras, debe pasar a través de las siete *Sefirót* rectas inferiores de *Keter* antes de que se pueda manifestar la Luz de la Sabiduría de *Jojmá*; y entonces debe pasar a través de las siete inferiores de *Jojmá* antes de que se pueda revelar la Luz de la Misericordia de *Biná*. El mismo proceso se repite a través de los diez niveles de todas las cuatro fases.

En nuestro examen del filamento de un foco eléctrico aprendimos que la restricción negativa del filamento es responsable de la revelación de la Luz. De igual manera, en este mundo de ilusión, la Luz requiere la resistencia de Malkhut para revelar Su bendición positiva suprema. En todas las fases es el nivel de Malkhut el que causa la re-iluminación de la Luz. Malkhut tiene la capacidad única de manifestar la Luz. Solamente Ella posee el Deseo de Recibir para Sí Mismo, y de aquí el requisito de la capacidad restrictiva para la revelación de la Luz. Únicamente dentro de la décima y final *Sefirót* de cada fase, *Maljút*, puede ocurrir la restricción, misma que proporciona el estímulo para la revelación de la Luz en cada fase subsiguiente.

Ninguna evolución o revelación ocurre en las fases inferiores, ni siquiera en las vasijas circulares, a menos y hasta que haya una manifestación de las siete *Sefirót* rectas de la línea de la fase de arriba. Las siete *Sefirót* rectas inferiores de *Keter* enlazan las diez *Sefirót* circulares de *Keter* con las diez *Sefirót* Circulares de *Jojmá*, y lo mismo ocurre de *Jojmá* a *Biná*, y así sucesivamente, de la misma manera. Las vasijas circulares de *Jojmá*, por ejemplo, reciben iluminación de las Primeras Tres de la Línea de *Jojmá*, mientras que las vasijas circulares de *Biná* reciben su iluminación de las Primeras Tres de la Línea de *Biná*. Esto es lo que el Arí quiso decir cuando declaró que las siete *Sefirót* inferiores de la rectitud unifican a todas las Vasijas Circulares por virtud de la Línea.

Al lector podría parecerle una discrepancia que la Luz infinitamente positiva, la esencia de la Realidad, requiera la ilusión negativa para su revelación. Después de todo, ¿no nos enseñó el Arí que la Luz es infinitamente superior y que siempre reemplaza a la obscuridad? Además, a esta aparente contradicción hay que agregar el hecho de que el Arí también nos enseñó que no se revela ninguna energía positiva en este mundo ilusorio sin resistencia, cuya energía-inteligencia es inherentemente negativa. Ninguna luz, ningún sonido, ningún pensamiento, ninguna palabra, ninguna acción —nada se revela en este mundo de ilusión sin resistencia. No es posible revelar lo positivo sin lo negativo, la Luz necesita a la obscuridad. Tal es la naturaleza de la paradoja de la Luz Retornante. ¿Cómo, entonces, podemos armonizar estas aparentes contradicciones?

El hecho de que la Luz requiere la resistencia negativa para ser revelada en este mundo no se debe malinterpretar como que la beneficencia del Emanador está limitada de alguna manera por la vasija. Como la luz del sol, la beneficencia de la Luz es constante. ¿No sería un error afirmar que la luz del sol deja de brillar durante las horas nocturnas sólo por que el lado obscuro de la tierra no está frente al sol en ese momento? Como la luz del sol, la Luz, el *Or En Sof*, suministra su beneficencia infinita las veinticuatro horas de cada día. El hecho de que nosotros no podamos ver la Luz no significa que no esté dentro y fuera de nosotros, compartiendo sin fin Su abundancia infinita.

Desde la perspectiva infinita la obscuridad no existe. La Luz, el *Or En Sof*, está en todas partes, impartiendo constantemente su bendición infinita. Es únicamente desde nuestra perspectiva finita que la Luz parece estar oculta. Este fue un prerrequisito de la creación, con el cual nos proporciona una manera de ganar la bendición de la Luz y de eliminar así el Pan de la Vergüenza.

El ejemplo del Arí anteriormente mencionado, que implica la eliminación de los velos que cubren una linterna, puede ayudarnos a aclarar este asunto. La luz que está debajo de las capas de velos nunca dejó de brillar, pero desde la perspectiva de alguien que haya podido entrar en el cuarto cuando los velos cubrían la linterna, la luz, aparentemente, no existía. Lo mismo ocurre con la Luz infinita de nuestros seres. Debemos utilizar la resistencia voluntaria para retirar los velos de la ilusión de las siete inferiores y de esa manera revelar de nueva cuenta la iluminación infinita de nuestras vasijas circulares. La restricción, la eliminación de los velos, revela la Luz en las siete inferiores de la Línea. Al introducir la restricción, nosotros transformamos la fase ilusoria de las siete y cambiamos la obscuridad por Luz.

Las siete de *Keter* crean una brecha ilusoria, como lo hacen las siete de *Jojmá*, y las siete de *Biná*, y así sucesivamente. Por lo tanto, las siete de cada fase permanecen obscuras y sin revelar. Sin embargo, por extraño que parezca, el Arí nos enseñó que aún cuando las siete puedan parecer estar totalmente desprovistas de Luz, mientras que las Primeras Tres de la fase de abajo están iluminadas, se considera que las siete de la fase superior son más exaltadas. En otras palabras, se considera que las siete de la fase de arriba son superiores a las Primeras Tres de la fase de abajo, porque se encuentran en un marco de referencia superior.

Si la Luz es superior a la obscuridad, ¿no es lógico que la Luz que se encuentra en las Primeras Tres de la fase de abajo debe ser superior a la obscuridad de la fase de arriba? ¿No se nos ha dicho que la Luz siempre prevalece contra la obscuridad? ¿Por qué entonces no se debe juzgar que la Iluminación que se encuentra en las Primeras Tres de la fase inferior es superior a las siete de la fase de arriba, la cual está encubierta por la obscuridad?

La razón de que el Arí no vio esto como una inconsistencia fue que la obscuridad que se encuentra en las siete inferiores es una ilusión. La Luz se encuentra ahí en toda su gloria infinita, aunque obscurecida desde nuestra "perspectiva" aquí en el ámbito ilusorio. Así pues, la Luz en las siete de las fases superiores, aunque se encuentra velada, está más cerca de la fuente y por ello se le debe considerar más pura y más elevada, en virtud de su proximidad con el Infinito.

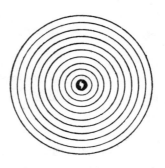

15

ACTIVANDO LA COLUMNA CENTRAL

EL UNIVERSO OPERA CON UN SISTEMA DE TRES COLUMNAS. En la Cabalá, al principio mediador que actúa entre la influencia positiva y la influencia negativa se le conoce como la Columna Central. La Columna Central equivale al neutrón en el átomo y al filamento en el foco eléctrico. La Columna Central representa el principio mediador que debe servir como puente entre las dos polaridades, la positiva y la negativa, a fin de que la energía se pueda manifestar.

A la Columna Central se le puede equiparar al moderador en un debate, a un árbitro, a un diplomático, a quien hace las veces de intermediario en una disputa. Así como el filamento debe ejercer resistencia para revelar la luz, de igual manera el árbitro debe reprimir sus propias opiniones o creencias particulares en aras de la resolución del conflicto, sea éste cual fuere. Como el intermediario, todos queremos salirnos con la nuestra, o en otras palabras, recibir únicamente para nosotros mismos.

La paradoja es que para lograrlo debemos restringir lo que queremos recibir, pues únicamente a través de la restricción se revela la energía.

La restricción es la energía-inteligencia de la Columna Central. Al resistir lo que queremos recibir creamos la conexión que nos lo da. ¡Qué extraño parece este concepto a simple vista! ¡Qué retrógrado! ¡Asolutamente equivocado! ¿El Cabalista espera con toda seriedad que creamos que para tener lo que queremos debemos rechazarlo? ¿Que para llegar al sí tenemos que decir no? Sí, tan extraño como parezca, el principio de la Luz Retornante dicta tal situación, que toda la energía que se revela en este mundo de restricción es energía reflejada (restringida). Por ello, si queremos recibir (en otras palabras, revelar la energía que deseamos), tenemos que retener nuestro deseo y con ello crear un bloqueo al hecho de recibir. En el momento que decimos no la Columna Central crea una interferencia en el mundo de *Maljút*, misma que permite que la Luz, la energía positiva, sea revelada.

La resistencia

Los estudiantes de Cabalá generalmente no tienen ninguna dificultad para comprender cómo la resistencia del polo negativo a la electricidad entrante produce la iluminación en un foco eléctrico. Y tampoco tienen el menor problema para comprender el concepto de resistencia cuando se les confronta con alguno de los miles de ejemplos físicos de este fenómeno en acción. Todo lo que uno tiene que hacer es contraer un músculo (la resistencia) para ver cómo crece. Comparen una superficie reflejante de un color claro con otra de un color más obscuro a la luz del sol —no hay duda de que la primera difunde (resiste) más iluminación que la segunda. Al golpear con fuerza una roca contra otra, el concepto de "Acoplamiento por Choque" se materializa destellante ante nuestros ojos. Sin embargo, a pesar de que aceptemos fácilmente ejemplos físicos de resistencia (la Cortina) y restricción (el *Tzimtzúm*) en términos exteriores, batallamos al intentar aplicar este concepto en nuestra vida diaria.

Las naciones, culturas y civilizaciones modernas, según se nos dice, fueron fundadas y construidas por hombres y mujeres que creyeron en la filosofía de fijarse metas y esforzarse por lograrlas. Todos los días —en la escuela, en la televisión, en libros y revistas— se nos presentan ejemplos de personas que a través de su esfuerzo en apariencia fatigante "han hecho algo de sí mismas". Cuando no tenemos éxito en la primera oportunidad, la sabiduría imperante nos dice "vamos, inténtalo otra vez". Así pues, no sorprende lo que el Cabalista quiere decirnos: entre más grande es nuestro deseo de poseer alguna cosa menos probabilidades tenemos de conseguirla y, por el contrario, resistir aquello que más deseamos es la manera más segura de obtenerlo; nuestras personalidades —ese cuerpo de conocimiento percibido por los sentidos y aprendido desde el nacimiento— lanzan un grito de protesta. Esta aparente contradicción es un desafío a todo lo que hemos aprendido. ¿Cómo se puede esperar que "lleguemos a alguna parte en este mundo" si rechazamos lo que más deseamos?

Después de todo, una cosa es ver los ejemplos físicos de la resistencia en acción y otra muy diferente adoptarla como modo de vida. Un obstáculo importante que hay que enfrentar es el prejuicio de la física newtoniana. Newton creía que la naturaleza está gobernada por leyes absolutas que operan totalmente separadas de la conciencia del hombre. La perspectiva newtoniana, que adquirimos todos los que asistimos a la escuela, nos condiciona para creer que podemos estudiar la naturaleza sin tomarnos en cuenta como parte de la ecuación. Este concepto erróneo es tan universal en apariencia que generalmente se le acepta sin cuestionarlo.

La Cabalá, por otra parte, enseña que el hombre participa en la naturaleza y que, por ello, no puede estudiar sus leyes sin estudiarse a sí mismo. Por consiguiente, con sólo observar las leyes que gobiernan el mundo físico exterior —como la del Acoplamiento por Choque— el Cabalista concluye que las mismas leyes también deben actuar internamente dentro de cada uno de nosotros. Así pues, la resistencia, que es el modus operandi en el mundo físico, también debe gobernar el ámbito de lo metafísico, incluyendo nuestra vida emocional y nuestros pensamientos. A pesar de lo básica y completamente sensata que se "siente" esta idea cuando se le expresa en términos sencillos, parece que todavía se le escapa a la gran mayoría de la gente, por la razón que se expresó anteriormente: casi todos percibimos a la naturaleza como algo separado de nosotros.

Debido a estas perspectivas culturales y condiciones educacionales prevalecientes, no sorprende que el estudiante de Cabalá no pueda comprender y por lo tanto abrazar con toda sinceridad, en una primera instancia, el concepto de resistencia. Después de todo, no es fácil romper con las ligaduras de enseñanzas tan profundamente arraigadas. La veracidad de la resistencia, este elemento tan evasivo del pensamiento cabalístico, se debe abordar desde varios niveles y ángulos, mentalmente, emocionalmente y físicamente, si es que queremos comprenderla a plenitud y utilizarla para muestro mayor beneficio. Como es el caso de todas las verdades cabalísticas, la idea de resistir lo que más se desea no se puede percibir únicamente por medio de la lógica —se le tiene que experimentar. El pensamiento racional es una herramienta, pero como cualquier herramienta tiene sus limitaciones.

En relación a este concepto cabalístico en apariencia enigmático, se debe recordar que no es la Luz lo que el Cabalista nos pide que rechacemos, sino la obstrucción de la Luz, el Deseo de Recibir para Sí Mismo. Al resistir lo que más deseamos creamos un estado alterado de conciencia, el cual, aunque se acepta que es paradójico desde el punto de vista de la lógica y el sentido común (en la medida en que esas palabras son comúnmente entendidas), satisface todos los deseos.

La autoprivación no juega la más mínima parte en la resistencia y negación del Cabalista. Simplemente, al recrear el Tsimtsum, el acto original de la creación, él o ella crea afinidad con la Luz y alcanza la unión con el *Or En Sof*.

El filamento

En nuestra discusión del filamento de un foco eléctrico aprendimos que es el polo negativo y no el positivo el que inicia cualquiera y todos los circuitos de energía. La Línea hace contacto con el Círculo y con ello crea la condición circular necesaria para la revelación de la Luz. El circuito resultante satisface tanto el deseo de la Línea —recibir— como el de los Círculos —compartir.

El brillo de un foco eléctrico solamente lo determina el tamaño del filamento, no la corriente que circula a través del sistema alámbrico. La corriente es la misma, sin que importe qué aparato esté conectado a ella, ya sea un sistema de aire acondicionado, cuyos requerimientos son muy grandes, o un foco de 5 watts, cuyo deseo es pequeño. Así como un foco eléctrico produce únicamente la cantidad de luz que su filamento es capaz de generar, de igual manera también nosotros podemos manifestar únicamente la cantidad exacta de Luz que nuestro filamento (nuestra capacidad de restricción) les permite revelar a nuestras Vasijas Circundantes interiores.

La luz retornante

La Cabalá luriánica clasifica la Luz de acuerdo con dos divisiones, la Luz Recta y la Luz Retornante. Desde la perspectiva humana, esta última es con mucho la más importante. Esto se hace aparente con sólo examinar los dos aspectos de la Luz en relación con el universo físico. La Luz Recta se manifiesta únicamente al establecer contacto con la resistencia. La luz del sol, el equivalente corpóreo de la Luz Recta, se revela únicamente cuando se refleja en algo físico —la evidencia de ello está disponible al mirar el firmamento nocturno, donde no se manifiesta ninguna luz entre los cuerpos planetarios. A la luz que se refleja se le llama Luz Retornante. Por ello, debido a que la Luz Recta es invisible, la importancia mayor de la Luz Retornante sobre la Luz Recta es indisputable, en lo que respecta a nosotros los de *Maljút*, por la sencilla razón de que la Luz Retornante es la única luz que se revela y, por eso, es la única luz que nosotros vemos.

El hecho de que la luz no reflejada no se manifiesta físicamente no es ninguna prueba de que no existe. La Luz está en todas partes, en el aire, en el agua e incluso en el centro de la Tierra. La presencia infinita del *Or En Sof* penetra lo físico y lo inmaterial con igual intensidad, como lo hace la luz del sol. La paradoja es que ninguna luz se revela a menos que haya un acto de resistencia. Y en esto consiste la diferencia esencial entre la Luz Recta y la Luz Retornante, pues mientras que ésta revela todas las cosas, aquélla no revela nada.

En un capítulo anterior se adelantó lo que a la mente racional podría parecerle una noción ridícula, o sea, que todos los deseos son potencialmente concedidos, que cada deseo ya está satisfecho. Desde la perspectiva cabalística este concepto tiene un sentido perfecto, pues no hay ninguna posibilidad de que surja un deseo sin que su satisfacción haya sido plenamente alcanzada en un nivel metafísico. En este Mundo de la Restricción no se manifiesta nada sin que haya existido un pensamiento previo, por la sencilla razón de que nada, absolutamente nada, existe hoy que no haya existido en el *En Sof* antes del Pensamiento de la Creación —ningún pensamiento, ninguna acción, ninguna aspiración o Deseo.

Recuerden que entre más grande es la capacidad de reflexión (la resistencia), más grande es la revelación de la luz. Una superficie blanca, por ejemplo, refleja más luz que una oscura, y un objeto duro y brillante, como un espejo, revela más que un objeto poroso, como una roca —y es precisamente por esto que el Deseo de Recibir para Sí Mismo, en tanto que es el epítome de la absorción, no revela nada, mientras que el Deseo de Recibir para Compartir, que es de una naturaleza reflejante, revela todo lo que puede ser revelado. Y lo mismo es cierto en los niveles metafísicos, y también, como ahora lo examinaremos, en los niveles más mundanos de la experiencia humana.

Lo que sigue son unos cuantos ejemplos de cómo se puede aplicar el concepto de la Luz Retornante a nuestra vida cotidiana:

> Dos hombres de negocios se estrechan la mano, uno de ellos con un firme apretón y una sonrisa, y el otro con desgano y sin ninguna expresión facial.
> RESULTADO: No hay trato.

> El Sindicato exige un nuevo contrato, la Administración elude la situación argumentado pretextos.
> RESULTADO: Huelga.

La madre sirve una comida suntuosa a los hijos, que no saben apreciarla.
RESULTADO: Botanas frente al televisor.

El profesor instruye al estudiante, pero éste no lo escucha.
RESULTADO: Se frustra el propósito de ambos.

La esposa intenta comunicarse, pero el esposo ve el fútbol por televisión.
RESULTADO: El esposo pierde el televisor en el arreglo de divorcio.

La tierra, la luna y otros objetos planetarios no necesitan hacer una restricción consciente para reflejar la luz del sol. Y una masa de agua o cualquier otro objeto físico tampoco están obligados a reflejar voluntariamente la luz del sol para que la luz pueda ser revelada. La luz se refleja en un espejo sin la intervención consciente del espejo. El filamento repele la electricidad sin acto alguno de percepción. Únicamente la humanidad debe ejercer una resistencia voluntaria para revelar la Luz. El fracaso al restringir o de otra manera reflejar la Luz, la cual se ofrece libremente, puede resultar en enemistad, desastre financiero, falta de orden y de comunicación, obesidad, alcoholismo y un sin fin de otros problemas, mientras que la resistencia voluntaria nos permite cumplir plenamente nuestro verdadero propósito, que consiste en lograr la afinidad con la Luz a través de la eliminación del Pan de la Vergüenza.

LIBRE ALBEDRÍO O DETERMINISMO

El libre albedrío es un privilegio reservado únicamente a quienes eligen ejercerlo. El Arí nos enseñó que la extensión del libre albedrío del hombre descansa en su capacidad y en su voluntad de restringir el aspecto negativo del deseo. O resistimos el Deseo de Recibir para Sí Mismo y con ello revelamos la Luz que duerme dentro de nosotros, o no restringimos y nos quedamos sumergidos en la ilusión. El fracaso al acoplarnos con el sistema de la restricción que nos concede el libre albedrío es la causa de que nos gobierne el mismo sistema determinista que hace que una piedra caiga al suelo o que un planeta gire alrededor del sol.

Una roca no tiene libre albedrío. Y tampoco lo tiene el hombre que no ejerce resistencia en contra del Deseo de Recibir para Sí Mismo. La conciencia requiere un incesante esfuerzo de resistencia. Al decidir no restringir el aspecto negativo del deseo renunciamos a la única prerrogativa que se nos concedió después del *Tzimtzúm*, es decir, el derecho a aligerar el Pan de la Vergüenza. Al restringir el aspecto negativo del deseo rendimos homenaje al acto original de la creación y, así, revelamos la Luz.

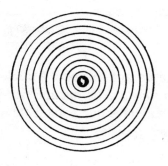

16

La Buena Lucha

TAN SÓLO MENCIONAR, NO DIGAMOS HACER UN RECUENTO DE todas las atrocidades cometidas por hombres y mujeres en nombre de la "bondad", la "verdad" y la "rectitud", requeriría una computadora con una memoria de un millón de megabytes. Todas las guerras, todas las batallas, se libran supuestamente con la intención de erradicar algún mal o de corregir alguna injusticia, real o imaginaria. Este contínuo ciclo de violencia en nombre de alguna elevada virtud ha estado con nosotros desde los albores de la civilización y sin duda habrá de seguir todavía durante cierto tiempo.

Hipotéticamente, la violencia podría ser justificada, desde la perspectiva cabalística, en el caso improbable de que los combatientes intentaran crear afinidad con la Luz y así restaurar la integridad Circular de la humanidad y de todo lo que existe en este planeta. Esa sería una buena batalla, una batalla digna de ganarse, una batalla digna de "morir" por ella. Por supuesto, nadie lucha por preservar el aspecto Circular de la humanidad. En verdad, la gran mayoría de las guerras, batallas y discusiones las libran combatientes que solamente desean salvaguardar sus propios intereses egoístas.

Los políticos y los líderes del mundo pueden hacer jarabe de pico con conceptos tales como la paz mundial, pero en el análisis final, cuando se trata de dar el estirón, casi invariablemente enseñan el cobre a través del oropel con que se hacen rodear, y entonces vemos que el verdadero factor que los motiva es la codicia, el Deseo de Recibir para Sí Mismo.

En suma, ellos pelean para preservar una ilusión. Los pelos del cuello se erizan cuando se expresa este concepto cabalístico, las gargantas se aclaran, la sangre se asoma a los rostros —los egos se encolerizan al grado de pelear. Todos nosotros hemos conocido gente, buena gente, seres amados, que han muerto protegiendo lo que el Cabalista —tan locuazmente, según parece— llama una ilusión. ¿Qué decir de la Segunda Guerra Mundial? ¿No fue el ejemplo clásico de una buena batalla de la verdad en contra del mal? ¿Quién entre nosotros no atesora la memoria de alguien, un miembro de la familia, un compatriota o un ser querido que murió protegiendo la patria amada o un estilo de vida? ¿El Cabalista es tan temerario como para sugerir que todas esas preciosas vidas se sacrificaron en vano?

Naturalmente, con esa manera de razonar, cualquiera que no esté dispuesto (a) a derramar su sangre, o mejor, la sangre de otros, para proteger la patria "que Dios le dió" o su amado estilo de vida, es, en el mejor de los casos, un (a) cobarde. Es precisamente esta mentalidad la que envía a los jóvenes a la guerra. Es únicamente más tarde, cuando la guerra ha terminado y la matanza se ha consumado, cuando los campos de batalla han sido regados con sangre y miembros humanos, y nada, absolutamente nada se ha logrado, que unas cuantas personas levantan sus voces para censurar la total inutilidad de todo ello —y tal vez por un breve momento alguien escucha esas voces antes de que el ciclo de violencia comience de nueva cuenta.

La guerra es un aspecto de la Línea y, por lo tanto, hablando cabalísticamente, es ilusoria. En el gran esquema Circular de las cosas no hay diferencia entre un árabe y un judío, entre un negro y un caucásico, entre un católico y un protestante —estas diferencias son temporales en el sentido de que nos distinguen únicamente durante el poco "tiempo" que abarca cada una de nuestras vidas finitas.

Sin embargo, a pesar de la naturaleza ilusoria de la guerra, el Cabalista no sostiene que quienes mueren en la guerra necesariamente mueren en vano. La guerra es una ilusión —no cometan ningún error en cuanto a eso. No obstante, como lo son todos los aspectos de la existencia finita ilusoria, también puede ser una oportunidad de corrección —no una corrección religiosa, política o planetaria (aspectos en los cuales las guerras no solucionan nada) —sino una corrección kármica, personal.

Así pues, consideren la posibilidad de que nuestros amados ancestros que sacrificaron sus vasijas finitas en la guerra no murieron en defensa de diferencias imaginarias y falsas creencias. Acaso estaban motivados por un propósito más elevado que la mera preservación de alguna doctrina o religión ilusoria, o la "propiedad" de un pedazo de tierra. Tal vez ellos murieron, más bien, para completar una fase de su corrección espiritual. Al razonar de esta manera encontramos que incluso la guerra —la acción ilusoria más inútil y carente de sentido del hombre— se puede resolver dentro de la perspectiva Circular Infinita.

La aldea global

Tan sólo recientemente ha podido penetrar en la conciencia colectiva el concepto de la ciudadanía del mundo. Hoy en día muchas personas, si se les presiona para que emitan su opinión, estarían de acuerdo, por lo menos en principio, con el concepto de que el mundo podría ser un mejor lugar si estuviese gobernado por un solo organismo internacional. Sin embargo, como ocurre con tantas ideas que tienen una motivación altruísta, muy pocas personas, sin que importe cuán humanitarias puedan ser sus intenciones, estarían de acuerdo incluso acerca de lo que tal foro podría lograr sobre una base realista, mucho menos acerca de cómo podría implementarse un plan de esta naturaleza.

Si existiera tal organismo político, ¿cómo funcionaría?

Algunos ven al gobierno mundial como una consecuencia de las Naciones Unidas. La organización actual, sostienen, podría expandirse para incluir a todas las naciones y territorios del mundo, y los decretos de las Naciones Unidas, en vez de ser opcionales, serían obligatorios. Por otra parte, ciertos economistas afirman que solamente la libre empresa podría ser el agente catalizador de tal plan. Si todas las economías del mundo estuviesen inextricablemente unidas entre sí -razonan-, habría muchos menos incentivos para que un país le declarara la guerra a otro. Muchos militares insisten en que un fuerte arsenal nuclear es la mejor manera de traer paz al mundo. La amenaza de una matanza nuclear, nos dicen, es la única razón de que no estemos en guerra hoy en día. Ciertos evangelistas están de acuerdo, al insistir en que solamente la religión —es decir, el temor de Dios— junto con una vengativa y temible capacidad nuclear, pueden salvar al mundo.

Por supuesto, existe la gran probabilidad de que los detractores digan que solamente una invasión total desde el espacio exterior podría lograr que todas las naciones y todos los pueblos del mundo se reunieran. Incluso este argumento no carece de validez. Ciertamente, dado el estado actual de los asuntos mundiales, es difícil imaginar a cinco seres humanos coexistiendo pacíficamente, no digamos cinco mil o más millones.

Quienes se oponen con vehemencia a la idea de un gobierno mundial unificado señalan lo aburrido que puede ser un mundo homogéneo, en el que todos seríamos iguales. Los detractores argumentan que se perderían las identidades culturales, que se borrarían las características raciales y religiosas, y que nos quedaríamos en la aridez de un desierto cultural homogéneo. Y ciertamente también este argumento merece ser tomado en cuenta, al menos desde el punto de vista de quienes lo consideran verdadero.

El punto es que, hasta ahora, incluso entre quienes sin duda alguna están de acuerdo con el concepto básico de un solo organismo internacional de gobierno, nadie, según parece, dadas las tensiones mundiales prevalecientes, ha encontrado la fórmula para llevar a la práctica con éxito un esquema de esa naturaleza. Tal parece que un obstáculo casi insalvable se opone a la idea de un Gobierno Mundial. Para que ese foro pudiese actuar con efectividad, se tendría que contar con una cualidad que muy rara vez se encuentra en las relaciones humanas: el desinterés. Este hecho lleva a mucha gente, incluso a quienes apoyan la causa de un Mundo Unido, a concluir que la idea está condenada al fracaso.

Pero no al Cabalista.

Los cabalistas han sostenido desde hace mucho que, un día, la unidad mundial será una realidad física. El cabalista cree que un milenio de paz mundial habrá de preceder a la enmienda final. Incluso hoy, aquí, en este caótico desorden de locura que erróneamente llamamos el mundo real, el observador cuidadoso puede percibir el surgimiento de una semilla de cambiante percepción en este periodo de transición de la tumultuosa y sin embargo curiosamente estática evolución cultural de la humanidad. El solo hecho de que ciertas personas piensen, hablen o levanten sus voces a favor del Mundo Unido es evidencia de la gran reforma global que habrá de darse. Como siempre, el ámbito metafísico del pensamiento es el precursor de lo que un día será realidad en el nivel físico.

En la Realidad, que significa la realidad Infinita del Or En Sof, todos estamos cortados de la misma tela. Cada uno de nosotros tiene acciones de un capital común, que muy adecuadamente podría llamarse Supervivencia Internacional —y el valor de este capital se incrementa diariamente. En términos de la Realidad Infinita. El Infinito no reconoce distinción alguna entre el débil y el fuerte, entre el pobre y el rico, entre el árabe y el judío, entre el plebeyo y el rey. En el gran esquema de las cosas, nos encontramos ya íntimamente entrelazados en el vasto e inalterable tejido de la paz universal.

Ciertamente, aquí, en esta cuarta fase de la existencia, la lucha continúa, la tortura, el egoísmo, la disputa aparentemente perpetua; pero esta circunstancia pertenece tan sólo al mundo transitorio, el Mundo de la Ilusión. Unicamente las apariencias externas nos hacen diferentes; las costumbres y los idiomas solamente parecen separarnos. Los cabalistas ven las culturas, las razas, las religiones y los movimientos políticos como algo cuyas consecuencias cuentan solamente en el mundo ilusorio —o sea, algo sin consecuencia alguna. Estas distinciones efímeras no juegan la más mínima parte en el gran diseño inalterable, siempre pacífico.

El Cabalista considera que todo lo que existe en un ciclo vital —y que tiene un principio, una mitad y un final— es parte de la ilusión. Las diferencias físicas, por ser de una naturaleza finita, son ilusorias, Nuestros cuerpos, estas vasijas de limitación con las cuales maniobramos a través de las varias fases del ciclo terrenal de corrección, están aquí hoy y mañana habrán desaparecido, por lo que también se les debe considerar una ilusión.

Hablando cabalísticamente, sólo lo que es permanente y que nunca cambia es verdadero. En el *Or En Sof* nunca cambia nada. Ello es Infinito y, como tal, fue, es y siempre será infinitamente pacífico, atemporal y perfectamente inmóvil. Nuestras almas viven por siempre como parte del círculo sin término del Infinito —por lo tanto, el Cabalista considera que solamente ellas, entre todas las características y atributos humanos, son expresiones bona fide de la realidad.

Desde luego, la posibilidad de que todos los políticos, los economistas y los líderes religiosos y militares del mundo acepten de pronto cumplir los ordenamientos de un sólo organismo de gobierno internacional parece, desde la perspectiva finita, algo en extremo lejano. Sin ambargo, y a pesar de todo, desde la perspectiva Infinita, quienes desean que haya un Gobierno Mundial tienen un buen motivo para celebrar. Porque lo sepan o no, su deseo ya les ha sido concedido: desde la perspectiva Infinita, el universo y todo en él siempre ha sido y siempre será una sola entidad unificada.

EL MUNDO ES UNO.

En el mundo Infinito y verdadero ya reina la paz suprema. Aunque sea difícil imaginarlo, puesto que únicamente experimentamos el reverso de la realidad, es sólo cuestión de tiempo (otro concepto ilusorio) para que la aspiración de un mundo unificado se haga realidad aquí en el Mundo de la Ilusión.

Incluso hoy en día, el mundo opera bajo los auspicios de una sola autoridad, una Energía-Inteligencia unificada, cuyo nombre es *Or En Sof*. Hasta en esta violenta, transitoria y tumultuosa esfera de la ilusión hay un aspecto omniabarcante de armonía, paz y unanimidad con el cual se puede conectar cada uno de nosotros. Así pues, cuando se le ve desde una perspectiva cabalística, el concepto de la aldea global, como lo expresó el finado visionario y arquitecto R. Buckminster Fuller, se vuelve no una enmarañada imposibilidad internacional, sino un asunto íntimo de elección personal y de compromiso individual.

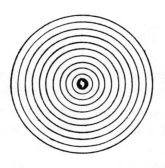

17

El Tikún, el Tzadík, Cerrando el Círculo

A TRAVÉS DE LAS ERAS, LOS ESCRITORES, LOS MÉDICOS Y metafísicos nos han presentado la exasperante proposición de que un día podría descubrirse una fórmula medicinal que de una vez y para siempre diese fin al sufrimiento humano. Durante siglos, los alquimistas buscaron un elíxir que nos daría eterna juventud. Estos y otros útopicos mundos de la imaginación han jugado un importante papel en el contínuo drama de la psique humana, en tanto que ofrecen la esperanza de un mundo mejor. Aldous Huxley imaginó tal panacea en su novela Un Mundo Feliz.* Muchos han soñado un mundo así, pero desde la perspectiva cabalística el descubrimiento de una

---

* Brave New World. Publicada en 1932. Sarcástica y pesimista utopía que ridiculiza la fe del hombre moderno en el progreso científico y en la supuesta sociedad automatizada futura. (N. del T.)

panacea que terminase con el sufrimiento humano resultaría en una tragedia humana de magnitud sin paralelo, peor de alguna manera que todas las guerras, que todas las hambrunas, que todas las epidemias y que todas las atrocidades juntas.

¿Qué posible razón tendría el Cabalista para hacer esta declaración, aparentemente tan estrambótica? ¿Acaso la población mundial se dispararía a tal grado que la gente pelearía por un mendrugo de pan? No. Ese problema se solucionaría fácilmente si todos nos volviésemos vegetarianos. El ganado requiere una cantidad excesiva de tierra para pastura que muy bien podría utilizarse más productivamente. Esa extraña aseveración tampoco tiene nada que ver con el problema de la sobrepoblación ni con el consumo de energía. Las fuentes de energía solar, aérea o marina y otras fuentes alternas se podrían emplear para satisfacer las necesidades, e incluso hoy en día está dentro de lo posible el desarrollo de estaciones submarinas o espaciales para manejar el exceso de población. La verdadera base de la opinión cabalística en el sentido de que un elíxir que prolongara la vida daría como resultado un gran desastre es, precisamente, que al poner fin al sufrimiento terrenal con ello aumentaría nuestro *Tikún*, el proceso correctivo.

Estamos aquí para hacer ajustes, correcciones, enmiendas, a nuestras constituciones finitas, y estos cambios se producen con la resistencia, el malestar y el sufrimiento. Cada periodo vital nos acerca a nuestra meta: reunirnos un día con el gran Círculo del Infinito, del cual procedemos. A este proceso correctivo se le llama *Tikún*. La Línea, la ilusión creativa, los siete inferiores de la Línea, son todos ellos nombres para el mismo proceso de modificación espiritual. La existencia finita, esta vida en los siete inferiores, nos proporciona la oportunidad de eliminar el Pan de la Vergüenza. El alma se purifica a través de la resistencia, pues ésta nos acerca al Círculo de la beneficencia, que es derecho de nacimiento de todos nosotros. Así pues, es evidente que una panacea mágica que eliminase todo sufrimiento convertiría el drama humano en una tragedia, por la simple razón de que tan sólo prolongaría la agonía de la existencia finita.

Nuestras almas son como arroyos que no pueden descansar hasta que no se diluyan en el Mar Infinito. Mientras llega ese tiempo vagamos, probando nuevos canales, nuevas líneas de menor resistencia. En ocasiones la corriente de la vida se acrecienta y se eleva, y en otras se desploma como en una cascada. A veces el agua es poco profunda, a veces es honda, a veces es lóbrega y obscura, a veces es pura y clara como cristal. A veces entramos a remansos del espíritu tan grandes y serenos que nos llevan a pensar que hemos alcanzado el océano del Infinito que durante tanto tiempo hemos buscado. A veces somos atraídos por la gravedad a pantanos de incertidumbre, a veces quedamos atrapados por la marea y creemos que no vamos a poder salvarnos. El arroyo discurre de vida en vida, buscando, sufriendo, persiguiendo la reunión Infinita.

Cada uno de nosotros tiene una sola aspiración verdadera, que es regresar a la Luz, a esa Luz que una vez nos llenó en el *En Sof*, antes del Pensamiento de la Creación, a esa misma Luz que dejó su impresión en nuestras Vasijas Circulares, La Vida —esta existencia finita— es una línea, un canal, un arroyo, que una vez fue parte del Gran Círculo del Infinito, al cual habrá de retornar un día. Así pues, es verdad que desde nuestra perspectiva finita no hay razón alguna para recomendar el sufrimiento, y que por ello un elíxir mágico que prolongase la vida parecería una gloriosa bendición, Pero desde el punto de vista Infinito vemos que el sufrimiento es una necesidad, ya que únicamente a través del *Tikún* —el proceso de corrección— regresaremos alguna vez a casa, al estado de bienaventurada beneficencia en el cual se originó la corriente de la vida.

La madre de la invención

Consideremos una situación hipotética en la que un intrépido capitán marino de —digamos— Moravia, llega a una isla desierta de los Estados Unidos, planta con firmeza la bandera de Moravia y declara que este país es propiedad exclusiva del rey de Moravia. Proposición absurda, por decir lo menos. No obstante, qué parecida en cierto sentido al arribo de Cristóbal Colón a la tierra que durante milenios fue habitada por los americanos nativos. ¿No es irónico que —cinco siglos después —honremos a Colón como el "descubridor" de América cuando, de hecho, no hizo tal cosa?

Creemos que nuestras acciones inician resultados, que los inventores inventan, que los descubridores descubren. De acuerdo con la filosofía cabalística, esto es una falacia. La Cabalá nos enseña que lo más que cualquiera puede esperar es revelar lo que ya es. Como nos lo dice el viejo dicho, nada hay nuevo bajo el sol.* Todo lo que fue y todo lo que será necesariamente debió estar presente en el En Sof antes del Pensamiento de la Creación. Por lo tanto, las semillas de todas las ideas y de todas las invenciones —grandes y pequeñas— están a nuestro alrededor y dentro de nosotros, aguardando la revelación. Así, al alinear nuestros pensamientos y acciones con las necesidades de nuestro tiempo podemos hacernos merecedores de ser canales a través de los cuales se pueda expresar alguna verdad, algún gran descubrimiento.

---

* Eclesiastés, 1:9. (N. del T.)

El crecimiento

¿Qué causa el crecimiento? ¿Por qué las semillas se vuelven árboles? ¿Por que se expande el universo físico? En una palabra, la respuesta es deseo. El deseo jala la energía hacía sí. La expansión disminuye solamente cuando el deseo disminuye.

No hay una conexión física entre la semilla y la raíz de un árbol, entre la raíz y la rama, entre el tronco y la hoja. Pero, obviamente, debe haber una relación de alguna clase entre estos varios elementos, un vínculo que de alguna manera se debe incluir en la composición de la semilla. El árbol existe dentro de la semilla. Y todo el ciclo de crecimiento del árbol, desde el nacimiento hasta la muerte, está incluido en la semilla. Lo mismo se puede decir del *En Sof*, que es la semilla de la creación física.

Así como la semilla no puede saltar a la rama, las Primeras Tres de la Línea, (*Keter, Jojmá* y *Biná*) de la fase de *Jojmá*, no pueden revelar las diez *Sefirót* de *Jojmá* de las vasijas circulares porque la inyección de espacio vacío de las siete *Sefirót* inferiores se ha convertido en parte del crecimiento. Las siete de *Keter* preceden a las Primeras Tres de la Línea de *Jojmá*. Consecuentemente, estas siete llenan la brecha entre *Keter* de las vasijas circulares y *Jojmá* de las vasijas circulares. El cuarto nivel de cada fase (*Maljút*) proporciona el ímpetu para la evolución de cada fase subsiguiente.

El crecimiento es algo que compartimos con todas las cosas físicas. Espiritual e intelectual, el crecimiento es nuestro único método de aligerar la carga del Pan de la Vergüenza. Por ello, el Cabalista se esfuerza por cerrar la brecha entre él (o ella) y la Luz en su interior. No hacerlo así equivale a permanecer en la ilusión de la obscuridad.

El nacimiento, el crecimiento y la muerte físicos, de acuerdo con la sabiduría cabalística, tienen importancia únicamente en el ámbito de la ilusión. La muerte del deseo del cuerpo no afecta en absoluto al alma, cuyo esfuerzo y crecimiento espiritual debe continuar a través de varias vidas, hasta que se complete el proceso correctivo (*Tikún*) del alma.

Todo lo que existe en el universo y todo lo que alguna vez existirá estaba incluido en el Infinito antes del *Tzimtzúm*, y habrá de permanecer después de que todo crecimiento y toda expansión del Deseo de Recibir para Sí Mismo no cumpla ya ninguna función útil. Así pues, desde la perspectiva cabalística, el crecimiento, como el tiempo, el espacio y la materia, es una ilusión, aunque, por supuesto, una ilusión necesaria

El Deseo de Recibir para Sí Mismo es en sí un producto solamente de la ilusión, únicamente de la Línea. De acuerdo con la tradición, lo que es temporal, es decir, todas las cosas físicas, incluyendo el esfuerzo (el deseo) y el crecimiento, se consideran meros baches en la rejilla infinita, atemporal e inamovible del Infinito.

Así, el crecimiento es de vital importancia para nosotros. Ciertamente, si no fuera por el esfuerzo que se manifiesta como crecimiento en este Mundo de la Acción, no tendríamos manera alguna de completar el *Tikún* de nuestra alma, que es el propósito mismo de nuestra existencia física. Sin duda, toda la Luz circundante que podemos esperar revelar alguna vez en este ámbito de la ilusión se manifiesta como resultado de la interacción entre la Luz y nuestro mecanismo receptor (el Deseo de Recibir), que por su propia naturaleza engendra el crecimiento.

El Tzadík

El término *Tzadík*, que significa justo, está reservado únicamente para unos cuantos bienaventurados. Un *Tzadík* es un hombre santo, una persona de conocimiento. Moisés fue un *Tzadík*, como lo fueron todos los patriarcas. Shimon bar Yojai y el Rabino Isaac Luria también comparten ese nombre bendito. Una persona que aspira a ser un *Tzadík* rechaza totalmente el Deseo de Recibir para Sí Mismo y resiste los anhelos del cuerpo, siguiendo únicamente los mandatos del alma. Tales personas están tan completamente desprovistas del aspecto negativo del deseo que cuando el cuerpo de un *Tzadík* expira se dice que permanece en un estado de constitución casi perfecta.

Como con cualquier objeto físico sobre la tierra, el cuerpo humano está sujeto a la gravedad, que es la manifestación de la principal influencia motivante de la Tierra, el Deseo de Recibir para Sí Mismo. Sin embargo, el alma opera más allá de la jurisdicción de la gravedad y por ello es libre para viajar en su búsqueda para completar el ciclo de su corrección, o *Tikún*. Así pues, mientras que la inclinación natural del cuerpo es sucumbir a la gravitación y permanecer inactivo y arraigado a un lugar, la tendencia del alma es viajar en la búsqueda de su restauración con la Luz Infinita, el *Or En Sof*.

Por encima de la atmósfera, más allá del ámbito de la gravedad, todo se vuelve ingrávido. En el espacio, la inclinación natural de cualquier objeto físico —así sea por la mínima fracción de un momento— es continuar moviéndose hasta caer bajo la influencia de otro cuerpo planetario más grande. De hecho, completamente apartado de cualquier influencia gravitacional, el objeto en cuestión viajaría durante años luz sin cambiar la dirección o la velocidad. Al trascender el Deseo de

Recibir para Sí Mismo, el *Tzadík* se conecta a un estado alterado de conciencia que es espiritualmente comparable a esa condición de ingravidez en la cual su conciencia ya no está anclada por la negatividad, que es la influencia motivante en el mundo de la Restricción.

El *Tzadík* resiste en cada oportunidad la comodidad y la complacencia porque son aspiraciones del cuerpo, causadas por el Deseo de Recibir para Sí Mismo. Por ello, la gente cuyas preocupaciones son únicamente físicas, es decir, que están cómodamente instaladas en el Deseo de Recibir para Sí Mismo, pueden ver a un *Tzadík* y creer erróneamente que él está sufriendo, cuando nada podría estar más alejado de la verdad. El *Tzadík*, al negarse a caer en las trampas de la comodidad, se eleva por encima del mundo de las personalidades, de la ilusión y de las apariencias exteriores, y se conecta a una conciencia superior que es activada por el aspecto positivo del deseo, es decir, del Deseo de Recibir para Compartir.

La resistencia voluntaria del *Tzadík* causa la cancelación del Deseo de Recibir para Sí Mismo, el cual, por supuesto, es la raíz de toda mala acción, y por ello él es capaz de trascender el ámbito negativo. Al transformar el Deseo de Recibir para Sí Mismo en el Deseo de Recibir para Compartir, él se eleva por encima de lo que los cabalistas, por conveniencia, llaman el "uno por ciento" negativo, el cual representa la "realidad" ilusoria que enfrentamos cotidianamente, y se une con el "noventa y nueve por ciento", que es la verdadera realidad Infinita del *Or En Sof*. Cuando el uno por ciento negativo ha sido transformado por el hecho de compartir, al *Tzadík* ya no le afectan los actos negativos de la humanidad.

El triunvirato sefirótico —*Keter*, *Jojmá* y *Biná*— las "Primeras Tres", que son equivalentes al alma, están gobernadas por las leyes de la gravedad únicamente en tanto que están alojadas dentro del cuerpo físico. El alma opera más allá de las leyes de tiempo, espacio y movimiento. Únicamente las siete *Sefirót* finitas inferiores (el cuerpo) están sujetas a las leyes que gobiernan el mundo físico. Únicamente las siete inferiores están constreñidas por la gravedad, por la presión del aire y por el proceso de envejecimiento. Al trascender los confines del cuerpo, nuestro aspecto Infinito es capaz de movimiento infinito a velocidad infinita.

Cuando la negatividad, las *Klipót*, que se manifiestan como un resultado del Deseo de Recibir para Sí Mismo, se han convertido a la energía positiva a través de una actitud de compartir, a uno ya no le afecta la negatividad. Transformado de esta manera, el *Tzadík* existe en un nivel de conciencia que con mucho es superior a aquel que experimenta la persona promedio, aunque en todos los aspectos, menos uno, ambos son iguales —la única diferencia es que la conciencia de la persona promedio está sintonizada con la frecuencia inferior (las siete inferiores), mientras que el mecanismo receptor del *Tzadík* permanece fijo en la frecuencia superior de las Primeras Tres. Es cierto, el cuerpo del *Tzadík* existe, como el de cualquier otra persona, en el Mundo de la Restricción, pero su conciencia permanece por encima de las mezquinas maquinaciones de la negatividad causadas por la existencia material.

Únicamente en la conciencia de este Mundo de la Restricción reina supremo el caos. Por encima del estado inferior de la "conciencia del cuerpo" existe la verdadera realidad infinita del *Or En Sof*, la realidad a la que el *Tzadík* está permanentemente conectado. Por lo tanto, la autonegación del *Tzadík* de ninguna manera se debe interpretar erróneamente como sufrimiento. El *Tzadík* rechaza el deseo de comodidad y complacencia del cuerpo con el fin de satisfacer las directrices del alma, que son mucho más fuertes e importantes. De manera similar al polo negativo del filamento de un foco eléctrico, que rechaza la electricidad y con ello produce luz, al resistir lo negativo, representado por el estancamiento y la complacencia, el *Tzadík* revela la Luz infinita, positiva y eterna, de su propia existencia. Mientras que las siete inferiores, que son de una naturaleza finita, nunca pueden lograr más que una plenitud transitoria, el *Tzadík*, a través de la resistencia positiva, establece una conexión con lo eterno.

Cerrando el Círculo

Desde la perspectiva Infinita, estamos, cada uno de nosotros, penetrados, llenos a nuestra capacidad, por la Iluminación Infinita. Espiritualmente, no carecemos de nada. La carencia es una ilusión, aunque necesaria, pues nos brinda nuestra única oportunidad de mitigar el Pan de la Vergüenza. Sin embargo, este solo hecho no nos obliga a andar a tientas en la obscuridad espiritual. El propósito de la restricción original fue impartir al hombre un elemento de libre albedrío suficiente para eliminar el Pan de la Vergüenza. Podemos elegir en el asunto de la espiritualidad, cuya extensión descansa en nuestra capacidad para reconocer el negativo Deseo de Recibir para Sí Mismo y actuar conscientemente en su contra.

El circuito espiritual requiere la resistencia voluntaria. O restringimos y revelamos la Luz o no restringimos y permanecemos en la obscuridad. A menos que mediante su resistencia voluntaria el hombre actúe en contra del aspecto negativo del Deseo, el propósito de su existencia nunca será revelado. Este principio de la metafísica cabalística fue establecido en el Tsimtsum y permanecerá con nosotros hasta que el Pan de la Vergüenza haya sido completamente eliminado y el proceso de *Tikún*, el ciclo de la corrección espiritual, se haya cumplido plenamente. Solamente entonces nosotros, como especie, recibiremos de nueva cuenta la bendición de la Luz sin que sea necesaria nuestra intervención consciente a favor de la Luz.

A diferencia del polo negativo del filamento de un foco eléctrico, el hombre tiene la opción de restringir para revelar la única Luz de su existencia. Por ello, el Cabalista adopta una actitud de restricción constante, pues al hacerlo así él (o ella) disipa la ilusión y trae Luz a sí mismo y al mundo. Cuando uno resiste conscientemente el impulso negativo del Deseo de Recibir para Sí Mismo, logra un estado de conciencia nuevo y bienaventurado, en el que el aspecto negativo del deseo se convierte en el positivo Deseo de Recibir para Compartir. Este simple mecanismo tiene la capacidad única de borrar todas las ilusiones.

Así como la polaridad positiva busca satisfacer el deseo de lo negativo, el Emanador no quiere nada más que satisfacer todos nuestros deseos. De hecho, los cabalistas creen que cada deseo se cumple inmediatamente en el nivel metafísico y que todo lo que uno debe hacer para recibir el beneficio de ese deseo es rechazar el impulso que primero lo produjo. La paradoja es que cuando la polaridad negativa del hombre, que se expresa como la ilusión de carencia, acepta la Luz que se ofrece libremente, no se revela nada de su potencial espiritual; pero si él rechaza la Luz, entonces, cotrariamente, se manifiesta todo su potencial.

El momento en que experimentamos la ilusión de carencia, el momento en que nos sentimos desprovistos de amor, de compañía, de dinero o de comodidades, y que estamos conscientes de ello, ese es el momento de ejercer la restricción voluntaria, pues al hacerlo se disipa la ilusión de carencia. La resistencia consciente de esta naturaleza establece un circuito con la Luz que destierra la ilusión de obscuridad a las regiones inferiores de nuestra existencia.

La conciencia, desde el punto de vista cabalístico, consiste en un esfuerzo contínuo y concertado para restringir el negativo Deseo de Recibir para Sí Mismo con el fin de convertirlo en el positivo Deseo de Recibir para Compartir. Esto, y no alguna necesidad de autoprivación fuera de lugar, es la causa de que los cabalistas restrinjan el impulso de aceptar por razones egoístas las infinitas bendiciones del Emanador. Al rehusar sucumbir al Deseo de Recibir para Sí Mismo, el Cabalista crea el circuito necesario para su propia y única plenitud.

UN MUNDO DE DIFERENCIA

El texto original en el que los discípulos del Arí describieron por primera vez los principios de lo que más tarde sería conocido como la Cabalá Luriánica contiene una referencia a la Luz "que se mueve hacia abajo" a través de las cuatro fases de la Emanación. Hoy en día, a la extensión de la Luz Superior a través de las fases de la Emanación, similarmente, se le llama "descenso", haciendo referencia al proceso mediante el cual la Luz se vuelve cada vez "más densa" o —podríamos decir— más obscurecida por la ilusión, a medida que se "extiende" desde el *En Sof*.

Además, lo que está "arriba", o sea, más cerca del *Or En Sof*, fue designado como "más puro" que lo que está "abajo", o más cerca del nivel de conciencia que se encuentra en esta cuarta fase, *Maljút*, el Mundo de la Acción. Así pues, decimos que la Luz "desciende" a través de las cuatro fases de "arriba a abajo", que los niveles "superiores" o "más puros" están cercanos a la fuente, el *Or En Sof*, y que los niveles "inferiores" o "más densos", al estar más cercanos a la Cortina de esta cuarta fase, constituyen el "Punto Medio", donde se revela toda la Luz.

Para poner esto en una perspectiva más funcional, consideremos una situación en la que la información pasa de una persona a otra y luego a otra, y así sucesivamente. Hablando en términos generales, cada persona, conscientemente o de otro modo, modifica la información, embelleciéndola y disminuyéndola, hasta que eventualmente las ideas originales difícilmente pueden ser reconocidas. La información queda "revestida", podríamos decir, u obscurecida, a medida que se "extiende" desde su fuente original y "pasa a través" de las varias "vasijas", o sea, la gente a través de la cual fue pasando.

Por fortuna, no todas nuestras palabras e ideas están destinadas a "descender" a la obscuridad mediante el proceso de irlas pasando. Algunas incluso podrían mejorarse y elevarse, si aquellos a quienes les hablamos están motivados por el Deseo de Recibir para Compartir. En tales casos, el proceso ilusorio es desalojado mediante el principio de la Luz Retornante.

Tomemos por ejemplo los así llamados "Bancos de Cerebros", en los cuales se reúnen los eruditos para formular nuevos conceptos, o las sesiones de "tormento de ideas" en las que se reúnen amigos para crear algo para el bien común. En situaciones como esta, los participantes hablan en términos de "ideas de rebote" entre uno y otro, un concepto que demuestra el principio cabalístico de la Luz Retornante.

Cuando estamos motivados por el Deseo de Recibir para Compartir accionamos el principio de la Luz Retornante, y en vez de volverse más densas o quedar revestidas con la ilusión nuestras ideas pueden volverse elevadas mediante el proceso de la interacción reflejante. En nuestro ejemplo de los Depósitos de Pensamientos, la influencia motivante de la gente involucrada es más semejante al Deseo de Recibir para Compartir que al negativo Deseo de Recibir para Sí Mismo, y por ello los participantes están propensos a ser premiados con resultados que aventajan sus intenciones originales. Mientras que cuando se establece muy poca o ninguna resistencia, como en nuestro primer ejemplo, las ideas originales están propensas a perderse al "descender" hacia lo que podríamos llamar un abismo de ilusión que siempre se ahonda.

En este mundo de ilusión todo debe pasar por el proceso de "descenso", lo cual significa que debe cruzar la brecha entre la polaridad positiva y la negativa. La extensión de nuestro libre albedrío descansa en nuestra capacidad para ejercer el principio de la Luz Retornante, como en nuestro ejemplo de la sesión de inspiración súbita, y así apartarnos de la ilusión al mitigar el Pan de la Vergüenza. O podemos no ejercer ninguna resistencia, como en nuestro primer ejemplo, y permanecer en el mundo de la ilusión.

La única aspiración de la Luz es llenarnos con su abundancia infinita y restaurarnos a una condición de completa dicha espiritual y también material. No obstante, la Luz abandonó la capacidad para revelar su bendición infinita en el tiempo del *Tzimtzúm*. De no haberlo hecho, nosotros no tendríamos ninguna manera de mitigar el Pan de la Vergüenza. Por eso, a nosotros nos corresponde revelar la Luz infinita de nuestros seres y llevar a nuestras vidas abundancia espiritual y material. Con una actitud de restricción, es decir, con la resistencia al Deseo de Recibir para Sí Mismo, podemos vencer la ilusión y revelar la Luz en nuestro interior.

Cuarta Parte

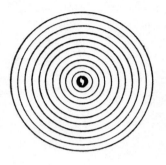

El Arte de Vivir

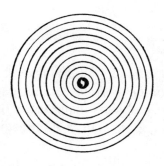

18

LA SOLUCIÓN DEL UNO POR CIENTO

TAN SÓLO UNA FRACCIÓN DIMINUTA DE LA REALIDAD FÍSICA, digamos —en aras de esta discusión— el uno por ciento, está dominado por el Deseo de Recibir para Sí Mismo. El otro noventa y nueve por ciento, que representa ese aspecto de la existencia que compartimos con todos los animales, los vegetales y los minerales, no está influenciado en lo más mínimo por el aspecto negativo del deseo. El uno por ciento es la fuente de todos nuestros problemas. Es el uno por ciento el que alberga todas nuestras ilusiones. Así, es tan sólo ese uno por ciento lo que debemos restringir para revelar la totalidad de nuestra iluminación infinita.

De acuerdo con la antigua sabiduría cabalística, los reinos animal, vegetal y mineral son esencialmente el mismo, y la única diferencia es que los niveles superiores de la cadena de la vida poseen más Deseo de Recibir que los niveles inferiores. A diferencia de los reinos animal, vegetal y mineral, solamente el hombre tiene la capacidad, y podría decirse la carga, de tener que activar el interruptor, por así decirlo, para revelar la Luz. Todos los otros seres y objetos inanimados tienen un mecanismo instintual con el que revelan la iluminación infinita.

Toda la materia posee el Deseo de Recibir. Sin embargo, el hombre —solamente el hombre— está obligado a restringir la faceta negativa del deseo a fin de mitigar el Pan de la Vergüenza. La diferencia entre un hombre y un animal estriba solamente en la capacidad y la obligación del hombre para restringir la minúscula fracción de su existencia (el uno por ciento) que está dominada por el aspecto negativo del deseo. El hombre puede activarla o desconectarla, lo cual significa que él puede restringir, y con ello crear un circuito, o puede sucumbir al Deseo de Recibir para Sí Mismo y permanecer en la obscuridad espiritual. Únicamente cuando activamos la energía-inteligencia de la restricción se revela nuestra Luz.

99.44% Puro

Una cierta comercial de jabón asegura que su producto es 99.44% puro. Sin embargo, nos sorprende mucho ver cuánta gente es alérgica a ese producto y cómo se llenan de ronchas cada vez que la usan. Tal es la naturaleza de la impureza. Para algunas personas, una partícula de mugre puede hacer que un tazón de sopa resulte ser algo que no se apetece. Una cucharada del contenido de una lata de PCB puede contaminar todo un depósito de agua y hacer imbebibles millones de galones de agua.

Un poco de impureza recorre un gran camino.

Una situación similar existe en el mundo, en tanto que se relaciona con la ilusión. La ilusión de la obscuridad abarca tan sólo una pequeña fracción de la totalidad del cuadro cósmico, digamos el uno por ciento. El otro noventa y nueve por ciento es Luz, la verdadera Realidad. Sin embargo, la gran mayoría de la gente vive solamente en la ilusión. Donde hay Luz, ellos ven obscuridad; donde hay bondad, ellos ven maldad; donde hay verdad, ellos solamente ven ficción.

Si hay tanta realidad alrededor, ¿por qué estamos tan ciegos a su presencia?

La respuesta, por supuesto, como la respuesta a cualquier otra pregunta, se puede encontrar en el *En Sof*, antes del Pensamiento de la Creación. Recuerden: fuimos nosotros quienes pedimos participar en el proceso de la creación, y al hacerlo causamos que prevaleciera el reino de la obscuridad. Así pues, no tenemos a quien culpar si somos esclavos de la ilusión y la obscuridad rige nuestras vidas.

El mal es una ilusión animada por nuestro fracaso al no actuar en su contra. A través de la resistencia podemos liberar la Luz y, en el proceso, liberarnos a nosotros mismos. Cuando el uno por ciento está dominado por la energía-inteligencia del Deseo de Recibir para Sí Mismo, la obscuridad parece cubrirlo todo, incluso el noventa y nueve por ciento que es la Luz. Esto, por supuesto, es una ilusión. Ningún impulso negativo puede existir en la presencia infinita del *Or En Sof*. Al sucumbir al aspecto negativo del Deseo permitimos que la obscuridad triunfe sobre la Luz. Por el contrario, al convertir el aspecto negativo del deseo (el Deseo de Recibir para Sí Mismo) en el positivo Deseo de Recibir para Compartir, ponemos fin al reino de la obscuridad y de nueva cuenta se revela la Luz.

En la Era Mesiánica muchas cosas cambiarán como resultado de una simple conversión de energía. El Deseo de

Recibir para Sí Mismo se convertirá en el Deseo de Recibir para Compartir. Así, la fracción de la Realidad que ahora está obscurecida por la ilusión desaparecerá. Para algunos esa era ya está aquí hoy. Para aquellos que comprenden y ejercen el principio de la resistencia en la vida diaria, la ilusión de la obscuridad tiene muy poco dominio. Así pues, para el Cabalista, el objetivo es alcanzar un estado alterado de conciencia por medio del cual él o ella puede eliminar la ilusión y de nueva cuenta develar la Luz.

La distancia más corta entre dos puntos

De acuerdo con las leyes de la geometría, la distancia más corta entre dos puntos es una línea recta. Esto es cierto en el mundo de la ilusión. Sin embargo, en la Realidad —es decir, desde la perspectiva Infinita— la distancia más corta entre dos puntos cualesquiera es un círculo. Al crear un circuito de energía, o sea, una conexión circular con la Luz, uno se conecta instantáneamente con todas las cosas, en todo lugar, lo cual, de acuerdo con la Cabalá, no solamente es la distancia más corta entre dos puntos, sino también la única conexión que verdaderamente vale la pena establecer.

Exito y fracaso

El Deseo de Recibir consiste de dos aspectos, el Deseo de Recibir para Sí Mismo y el Deseo de Recibir para Compartir. El primero es un derivado de la Línea; el último emerge del Círculo. Por lo tanto, la Cabalá designa al primero como ilusorio, y al último lo considera real. Entre todas las formas de vida y energías-inteligencia de los reinos animal, vegetal y mineral, solamente nosotros (la Humanidad) estamos sujetos a las acechanzas y los enredos creados por los falsos deseos que surgen de la ilusión lineal, impura, pues únicamente a nosotros se nos ha dado la oportunidad y la responsabilidad de mitigar el Pan de la Vergüenza.

Ningún pensamiento, ninguna acción, ningún empeño, tendrá éxito más que en el nivel ilusorio si tiene como base el aspecto impuro del Deseo de Recibir. Aquellas empresas que están motivadas por falsos deseos inevitablemente conducen al fracaso. Por lo tanto, uno puede ver casi cualquier fracaso, derrota o carencia de logros e instantáneamente concluir que es producto de una causa impura (falsa).

Sin embargo, los fracasos personales no necesariamente se deben ver con remordimiento. Se les puede considerar como lecciones, como oportunidades de corrección. como mecanismos de re-conexión en el círculo de ajuste espiritual, transformación y reencarnación. Hablando cabalísticamente, existe un solo criterio verdadero para precisar la dimensión del éxito o del fracaso, y consiste en qué tan bien uno determina y ejerce la actividad singular por medio de la cual cada uno de nosotros recrea una afinidad con la Luz.

¿Cómo es posible que algunas personas parezcan ser impermeables a sus fracasos, mientras que otras están totalmente debilitadas por ellos?

Quienes se miden a sí mismos de acuerdo con los estándares prescritos por otros, por los medios de comunicación, por el sistema educacional, por los convencionales dictados de la sociedad o por los estrechos preceptos que imponen las dogmáticas creencias religiosas, están más propensos a sufrir como resultado del fracaso que aquellos que miden el éxito y el fracaso de acuerdo con sus propios y únicos requerimientos. Inevitablemente, quienes tienen éxito deben cumplir con ciertos prerrequisitos personales, pero ciertamente éstos tienen poco o nada que ver con los convencionales mandatos que nos impone el ilusorio sueño material. No significa nada triunfar de acuerdo con los estándares de otros si uno no triunfa también de acuerdo con su propia ética y con sus propios principios.

En el momento en que admitimos un fracaso como algo diferente a una lección y a una oportunidad de corrección, le damos crédito y lo establecemos como una realidad. Encontramos así que el hecho de medirnos conforme a los estándares establecidos por otros de inmediato nos hace susceptibles a este debilitante síndrome. La Cabalá nos enseña que uno nunca se debe ver a sí mismo como carente de cosa alguna, porque el solo hecho de admitir la deficiencia crea deficiencia, como el hecho de aceptar un fracaso establece el fracaso. ¿No es más prudente y deseable evitar tanto como sea posible el debilitante carrusel de la autodegradación que gira en torno a falsas comparaciones?

La única realidad en este mundo es el aspecto eterno que resulta de la restricción. Por eso el Cabalista restringe la carencia y resiste la deficiencia, porque al hacerlo así él (o ella) crea afinidad con el primer acto de restricción, el *Tzimtzúm*. El *Or En Sof* es inmensurable en su perfección. Nosotros también tenemos un elemento de perfección, un aspecto Infinito que trasciende las comparaciones finitas y la limitada comprensión racional. Tan sólo nuestro aspecto finito, limitado, corporal, es imperfecto, y esa faceta de nuestra existencia, como ha quedado bien establecido, es ilusión. Por lo tanto, el único éxito que se puede lograr al gratificar los falsos deseos lineales (finitos) es el falso éxito, al cual, con base en cualquier estándard verdadero, solamente se le puede considerar fracaso.

El remanente permanente y el remanente temporal

El Arí, el Rabino Isaac Luria, afirmó que "... en el asunto del desarrollo de la Luz de lugar en lugar, hay dos formas de remanente en los lugares que cruza: el primero es un "remanente permanente", que significa la mezcla y el acoplamiento con la Luz que ya se encuentra en ese nivel, y las dos luces se vuelven una como si siempre hubiesen sido una; el segundo es meramente un "remanente temporal", en otras palabras, no hay nezcla ni acoplamiento con la Luz que se encuentra ahí. Las Luces permanecen distintas." Y también afirmó que: "La Luz de la línea, que cruza los niveles de los Círculos, no lo hace como el remanente permanente, sino tan sólo como el remanente temporal, para enseñarnos que no está mezclada con la Luz de los Círculos para formar una fase, sino que más bien se encuentra ahí distinta y en su propia fase."

Este texto que suena tan abstruso, cuando se le descifra, revela un número de verdades cabalísticas y tiene varias aplicaciones prácticas. Sin embargo, intentemos explicar o de otra manera calmar dudas tales como las que podría suscitar el lenguaje de lo que hasta aquí se ha declarado. ¿Qué quiso decir el Arí con palabras tales como "cruza", "pasa" y "desarrollo"? ¿No hablaba de la Luz que los Cabalistas tienen como Infinita, atemporal y perfectamente inmóvil? Si, como dicen los cabalistas, la Luz está en todas partes, ¿cómo es posible que cruce cosa alguna? Y si es eterna e Infinitamente abundante, ¿cómo se puede hablar de Ella con exactitud en términos de "desarrollo" y decir que "se mueve de lugar en lugar"?

De nueva cuenta enfrentamos una dificultad al intentar describir imágenes profundamente espirituales con un lenguaje común. Únicamente desde la perspectiva "finita", ilusoria, parace que se da el movimiento de cualquier clase. Desde la perspectiva de la Luz, nada se mueve de lugar en lugar, ni evoluciona o disminuye a través de las sucesivas etapas de emanación. La Luz está en todas partes, en el centro de la Tierra, en el fondo del mar, en el espacio más obscuro, en la médula de nuestros huesos. Así pues, en la Realidad, o sea, desde la perspectiva Infinita, a la Luz no le ocurre absolutamente nada, Su energía es ubícua y nunca cambia.

Lo que el Arí intentaba impartir es que las vasijas circulares, que adecuadamente podrían ser descritas como "el verdadero yo", abarcan todo lo que uno habrá de adquirir alguna vez en el sendero del conocimiento; pero debido al proceso de *Tikún* y a nuestra necesidad de remitir el Pan de la Vergüenza, las vasijas circulares —aunque están aquí, siempre presentes, y aunque penetran completamente todos los niveles de la existencia terrenal y metafísica— y debido también al proceso ilusorio, desde nuestra perspectiva "finita", limitada, deben aparecer en el mundo ilusorio como si no existieran.

Con la expresión "pasar", el Arí se refería a la información de cualquier clase que falla al hacer una impresión en nosotros. Obviamente, alguna información hace una impresión específica en nosotros mientras que otra información "pasa", como se suele decir, "por arriba de nuestras cabezas". Un conocimiento "se graba" en nuestros bancos de memoria, mientras que otro conocimiento "entra por una oreja y sale por la otra". A esa información que parece "pasar a través" se le llama "remanente temporal", y a la que permanece y se vuelve parte de nuestra conciencia finita el Arí la llamó "remanente permanente".

Las Luces circulares, nuestras vasijas circundantes interiores, contienen toda la información, todo el conocimiento y toda la sabiduría que uno puede esperar poseer alguna vez. En términos del cuadro Infinito, la Luz de los Círculos ciertamente precedió a la Luz de la Línea (todo lo que se originó en la Luz Circular); sin embargo, desde nuestra perspectiva limitada, lo opuesto es cierto: la Luz de la Línea precede a la Luz de los Círculos, pues únicamente cuando la última se conecta con la primera se revela a nosotros alguna iluminación Infinita. La Luz de los Círculos siempre está aquí. Simplemente, se oculta a nuestra vista hasta que la Luz de la Línea actúa sobre ella.

En cuanto al asunto del remanente permanente y del remanente temporal, todos comprendemos que cierta información permanece en nosotros mientras que otra información nunca parece encajar en nuestra conciencia y, subsecuentemente, parece desaparecer. ¿Tiene esto algo que ver con la información o con el medio a través del cual la información llegó a nosotros? Por ejemplo, si un buen maestro nos hace alguna observación importante mientras que nosotros divagamos, ¿es culpa del maestro? Por supuesto que no. ¿La información que el maestro trataba de impartirnos diminuye de alguna manera por el hecho de que nosotros no la escuchamos? Sí, pero solamente desde nuestro punto de vista. Otro ejemplo: Pensemos en una situación en la que el sol brilla, pero nosotros decidimos permanecer bajo una sombrilla. ¿Le afecta al sol el hecho de que nosotros decidamos ocultarnos de él? No. Únicamente desde nuestra perspectiva debajo de la sombrilla nos parece que la luz del sol está disminuida. A este mismo fenómeno se refería el Arí cuando hizo la distinción entre el remanente permanente y el remanente temporal.

Un viejo dicho cabalístico nos sirve como ilustración adecuada del remanente permanente y del remanente temporal. "Hay quien vive setenta años como si fueran un día, y otros viven un día como si fuera setenta años." Excepto en el caso de *Tzadikím* tales como Moisés o como el Arí, quienes están totalmente conectados a la Luz y por ello no requieren corrección espiritual alguna, una vida sin cambio es una vida que no vale la pena vivirse. Si en la vida de una persona no tiene lugar el cambio, o sea, si una persona pasa por la vida sin hacer ningún esfuerzo por conectarse con la realidad, con la Luz Circular de su ser interior (de él o de ella), no puede haber corrección espiritual, la cual, después de todo, es el propósito de nuestra existencia terrenal.

A nosotros corresponde conectarnos conscientemente con el remanente permanente que existe en nuestro interior y, así, revelarlo. No hacerlo equivale a no sacar ningún provecho de nuestras vidas, como si únicamente hubiésemos vivido un día. La Luz se revela a través del proceso ilusorio, porque ese es el mundo en el que existimos. Debemos hacer todo lo posible para capturar la Luz del "verdadero yo", de otra manera la vida pasa sin que nosotros revelemos nada de nuestra naturaleza Infinita.

A esto se refería el Arí cuando afirmó que "La Luz de la Línea que cruza los niveles de los Círculos no lo hace como el "remanente permanente", sino tan sólo como el "remanente temporal". Los Círculos están dentro de nosotros, y ellos contienen todo lo que la Línea habrá de proporcionarles, pero —por desgracia— nosotros necesitamos el proceso ilusorio, porque esa es nuestra única manera de eliminar el Pan de la Vergüenza. Es por esta razón que el Cabalista considera que la luz de la línea es con mucho de mayor importancia que la Luz de los Círculos.

Así pues, debe ser hasta ese día cuando el ciclo de nuestra corrección espiritual se complete y nosotros retornemos al lugar de nuestra definitiva plenitud espiritual dentro del Círculo Infinito del *Or En Sof*.

Toda vibración es música

Como la propia vida, el sonido contiene muchos niveles y frecuencias. Algunas de ellas están más allá del alcance de nuestra percepción, y otras no. Cada uno de nosotros escucha diferentes frecuencias emocionales, intelectuales y espirituales, dependiendo de varios factores y variables. Nuestro estado de ánimo puede jugar un papel importante en lo que escuchamos, nuestra actitud, nuestro marco mental, la clase de día que hemos tenido, la clase de presiones que experimentamos en nuestras vidas.

Cien personas pueden asistir a una conferencia y cada una tendrá una perspectiva diferente de lo que el conferenciante intentaba decir. Algunas se sentirán altamente edificadas por la presentación, mientras que otras se sentirán frustradas. Es también muy posible que un orador envíe mensajes que (él o ella) no tenía intención de enviar, pero que aún así pueden ser fácilmente comprendidos por alguien que escucha en una frecuencia diferente.

Así pues, lo que oímos depende en gran medida de cómo escuchamos, y nuestra capacidad para percibir tiene menos que ver con las palabras que se dicen que con la dirección y el enfoque del oído de quien escucha. Por ejemplo, algunas personas tienen la desafortunada tendencia a intentar manipular todo lo que oyen para que encaje en una cierta ideología u obsesión por la que, debido a razones egoístas, sienten apego o a la cual están habitualmente ligados. Estas personas no escuchan verdaderamente y, por lo tanto, no oyen verdaderamente.

Al sonido, a todos los sonidos, por ser efímeros, la Cabalá los considera ilusorios. Sin embargo, como ocurre con todo lo que existe en este Mundo de la Acción, el sonido también encarna en gran medida al Infinito. Por ello, si uno escucha con atención, y si su deseo de recibir está apropiadamente alineado y enfocado, y si uno no hace ningún intento de manipular los sonidos que (él o ella) escucha para que encajen en una preconcepción egoísta, no hay ninguna razón para que no pueda encontrar un gran deleite en virtualmente cada sonido, desde el murmullo de un arroyo hasta los disparates de un idiota o incluso los ladridos de un perro.

Por ello es posible que un sabio escuche las palabras de un necio y oiga sabiduría, mientras que otro que posee el cociente intelectual de un genio, pero que está motivado por el Deseo de Recibir para Sí Mismo, puede sentarse durante años a los pies de un maestro intelectual o espiritual y no comprender ni una sola palabra. Para el Cabalista todo sonido tiene el potencial de establecer la unión con los estados más elevados de su existencia espiritual (de él o de ella).

El desapego creativo

Nos hemos condicionado tanto a vivir bajo el puño de hierro de la ilusión material que hoy en día estamos al servicio de la ilusión que se hace pasar como realidad y pagamos tributo a su dominio, orando ante el altar de las deidades modernas, la Ciencia y la Tecnología, inclinándonos a medida que pasa el desfile aparentemente interminable del "progreso" material. La gran paradoja cabalística, y una de las más lamentables ironías de esta era moderna, es que la supuesta "realidad" que permitimos que nos gobierne con impunidad es una ilusión total, mientras que el supuesto "mundo de fantasía" (los pensamientos, los sueños, los ensueños, las imaginaciones, la meditación), tan sensatamente calumniado por muchos autoproclamados "realistas", está mucho más cerca de ser real.

De acuerdo con la antigua sabiduría de la Cabalá, la realidad disminuye en proporción directa a la fisicalidad. Por lo tanto, la resistencia a la ilusión material finita es la llave para abrir las puertas de la única verdadera realidad, la realidad del Infinito. Al desafiar la ilusión material, uno crea un circuito con el universo alterno de la mente y se convierte en un canal para los estados superiores de la conciencia. Este es el control verdadero; esta, no la tiranía de la ilusión material, es la raíz de la verdadera autodeterminación y la manera de transformar en positiva la polaridad negativa de la vida.

Aquello que uno resiste es lo que atrae hacia sí. Uno se convierte en aquello que resiste.

ACERCA DE LA MUERTE Y DEL MORIR

¿Murió Moisés? La Torá dice que sí. La Cabalá, sin embargo, dice que no. ¿Cómo reconciliar esta aparente discrepancia? La respuesta es que ambas opiniones son correctas, dependiendo de nuestro punto de vista. Desde la perspectiva finita (es decir, el limitado panorama que se ve desde el mundo ilusorio), sí, es verdad que Moisés murió. Desde la perspectiva Infinita, sin embargo, él vive todavía. La muerte de que habla la Torá es la muerte de la ilusión, del Deseo de Recibir para Sí Mismo.

La fricción, la gravedad y la presión del aire eventualmente harán que un trompo cese de girar. No obstante, consideren la posibilidad de que el pensamiento que pone a un trompo en movimiento continúe aún después de que el cuerpo del trompo ha cesado de girar, incluso por todo el tiempo. En un ambiente sin fricción un trompo probablemente giraría por siempre. El ámbito espiritual es impermeable a la fricción. Dado que no tiene substancia material, la Luz de nuestros seres es el estado del arte en movimiento perpetuo. Como un trompo que gira en el espacio, no está sujeta a las tribulaciones físicas.

La parte de nosotros que es de la Luz no está propensa al cambio o a la descomposición. Unicamente el cuerpo, cuya inteligencia es el deseo de recibir, es susceptible al envejecimeiento y a la muerte. El cuerpo muere, pero el aspecto Infinito de una persona sigue viviendo en círculos de retorno.

Morir, entonces, es meramente mudar aquello que está influenciado por la gravedad y la fricción, es decir, el Deseo de Recibir para Sí Mismo. La enfermedad puede matar al cuerpo, no al alma. Los accidentes, el dolor, el sufrimiento, las catástrofes, el caos y la confusión pertenecen todos al mundo físico. El mundo del espíritu, aunque está en el mismo lugar que este mundo, funciona en un estado de absoluta quietud y tranquilidad, más allá de la sofocante infuencia de la gravedad y de otras limitaciones físicas.

Con esto no quiero decir que el aspecto físico de la humanidad no pertenece también al Infinito. Todo lo que fue del Infinito aún es del Infinito. Cada partícula de materia está dotada con la Presencia Infinita y también con el Deseo de Recibir para Sí Mismo. Todo en este mundo tiene sus raíces en el Infinito, y siempre habrá de pertenecerle al Infinito.

Ciertamente, es verdadero que el cuerpo físico se descompone tras la muerte, pero los materiales que constituyen el cuerpo no expiran ni desaparecen. Lo material se combina con otros elementos para formar nuevos objetos y organismos. A lo material en sí nada le sucede. Los cambios ocurren únicamente dentro de la influencia formadora que mantiene a cada objeto u organismo en su forma presente, es decir, el Deseo de Recibir para Sí Mismo de cada organismo individual.

Así pues, la muerte física es la disolución del Deseo de Recibir del Cuerpo —esto y nada más. Únicamente aquello que es negativo, es decir, lo que está controlado por el Deseo de Recibir, está sujeto al cambio. Sin embargo, aunque es negativo, el Deseo de Recibir para Sí Mismo también nos proporciona nuestra única oportunidad para remitir el Pan de la Vergüenza. Hasta que uno se desprende de todo el Deseo de Recibir para Sí Mismo, (él o ella) está obligado a regresar a este mundo de ilusión para continuar el proceso de la corrección.

¿Murió Moisés? Sí y no. Su cuerpo dejó de funcionar como una vasija para el Deseo de Recibir, pero su legado espiritual, su energía, aquello que trascendió el Deseo de Recibir para Sí Mismo, sigue viviendo. En la medida en que Moisés era físico, en la medida en que la fisicalidad incluye al Deseo de Recibir para Sí Mismo, Moisés murió. pero aquella parte de él que trascendió el Deseo de Recibir vive hasta hoy.

El Rabino Ashlag, en su traducción del Zóhar, habló elocuentemente de la muerte de Moisés cuando escribió que "Con su muerte, él agregó más Luz, más vida al mundo."

Dos puntos de vista

En aras de esta discusión, cotejemos la visión de la vida del pesimista con la del optimista.

El pesimista nos dice que la guerra y el engaño, la muerte y la duplicidad, el nacionalismo, el etnocentrismo, el terrorismo —las marcas de fábrica de esta era moderna— son manifestaciones de la verdadera naturaleza de la humanidad. El hombre, nos dice, es un villano irredimible, un criminal incorregible, un golpeador, un asesino, un mentiroso y un tramposo. El asevera que el mundo está poblado por una virtual pandilla de ladrones que se llama la raza humana, la mayoría de los cuales pueden asestarnos una puñalada en la espalda tan pronto como nos ven por segunda vez, y concluye su argumentación afirmando que el infierno de violencia, tortura, hambre y enfermedades terminales que el hombre cosecha es el precio que debe pagar por haber sembrado la semilla del mal —una retribución que merece sobradamente.

Luego aparece ante nosotros el optimista, sosteniendo una rama con hojas. El nos reta a que miremos de cerca el milagro que es una hoja y a que después intentemos decirle que este mundo no es un lugar maravilloso. La vida es, nos dice, dos amantes en una pradera bañada por el sol, una gota de rocío sobre un cactus en la primera luz de una mañana en el desierto, un río que corre hacia el océano, el milagro de la procreación. El amor, afirma, es la fuerza que motiva al mundo. Sí, ocurren cosas desagradables, desafortunadas, se dan accidentes aislados, pero lo bueno sobrepasa con mucho a lo malo. En el fondo —nos asegura el optimista— la gente es buena y honesta. En conclusión, él afirma que nosotros debemos estar agradecidos por esta vida —porque cada día es una alegría y una bendición, y todos y cada uno de nosotros somos una joya de la creación.

¿A CUÁL DE LOS DOS DEBEMOS CREERLE?

Por supuesto, el estudiante de Cabalá está consciente de que el abismo entre nosotros y la Luz de la Creación es algo que nosotros mismos creamos —porque al exigirle al Creador la individualización, nosotros heredamos también la responsabilidad de re-iluminar nuestras Vasijas Circundantes para remitir con ello el Pan de la Vergüenza. La separación entre nosotros y lo que el Cabalista llama el mundo verdadero —es decir, el mundo del Infinito— es la causa de que nos olvidemos de la Luz Infinita que nos rodea. El mundo que vemos, el negativo mundo de la Ilusión y de la Restricción, aunque representa únicamente la fracción más pequeña del gran cuadro, del gran esquema de las cosas, aún así, es el mundo con el cual trata de manera exclusiva la mayoría de nosotros.

Así pues, ¿quién tiene la razón? ¿Este mundo es un infierno o un paraíso? Todo depende de nuestro punto de vista. Desde la perspectiva de las siete inferiores, nosotros vemos el lado negativo de la existencia. Desde el punto de vista de las Tres Superiores, vemos lo positivo. El Cabalista busca establecer un puente entre los dos a través del arte de la resistencia bien templada.

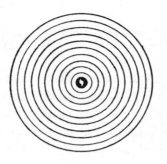

19

El Hacedor de Velas

HACE MUCHO TIEMPO, EN UN PAÍS LEJANO, VIVÍA UN HACEdor de velas cuyo nombre ha sido olvidado, pero a quien, para el propósito de nuestra historia, llamaremos Sefi. Tal vez no era el hombre más brillante —no, definitivamente, no era el hombre más brillante. Aún así, nuestro pobre Sefi tendría que ser incluido entre los hombres más viriles de su época, o de cualquier otra época, y no hay en ello ninguna exageración. De hecho, si ha de saberse la verdad, podemos suponer con algo más que una pequeña probabilidad de exactitud, que por lo menos unos cuantos de los hombres de su pueblo deben haber murmurado en contra de Sefi, acusándolo de ser algo así como un loco maniático sexual. Ciertamente, él había engendrado setenta y ocho hijos que ahora —¡pobrecito!— no podía mantener.

Durante veintisiete años él había luchado en el negocio de las velas, al igual que su padre y su abuelo lo habían hecho antes que él, pero en una etapa de la vida en la que hombres que habían elegido otras ocupaciones se estaban retirando o morían en paz en sus camas de muerte natural, Sefi no podía contemplar tal posibilidad. Después de todo, un hombre no puede retirarse sin algún capital, y el pobre Sefi no tenía absolutamente nada para pasar la vida, aparte de una esposa enferma y cansada, un modesto taller y setenta y ocho —tal vez setenta y nueve— harapientos y ruidosos hijos. En cuanto a morir en paz, eso ni siquiera podía pensarlo. En aquellos días no había compañías de seguros, y si hubiesen existido él no habría podido darse el lujo de pagar las mensualidades. Así pues, nuestro Sefi no podía ni siquiera morir en buena conciencia, pues ello le habría significado dejar a su familia sin nada, lo cual, en aquellos días de severos impuestos y deflación monetaria, equivalía en realidad a un tres y medio por ciento menos que nada.

¡En qué gran lío había venido a parar su vida!

Día tras día, agobiado, Sefi se devanaba los sesos en búsqueda de una solución. Noche tras noche, sin dormir, caminaba de ida y vuelta entre los cuerpos de sus hijos, que dormían amontonados en el suelo de la cocina. Decir que nuestro Sefi había llegado al fondo de su capacidad emocional sería tener una buena comprensión de su problema. Su crédito había llegado al límite; sobre su mesa rara vez había alimentos suficientes; su esposa ni siquiera se le acercaba y veintitrés de sus hijos necesitaban tirantes. Como se suele decir, estaba sumido en la desesperación, al final de la cuerda, y parecía su propio fantasma. De hecho, en una de las versiones de esta historia se dice que nuestro pobre héroe se encontraba tan abatido y tan oprimido que muy bien se habría suicidado, pero que hasta para eso se sentía demasiado deprimido.

Una mañana, una anciana entró cojeando a su taller, con el propósito de comprar una vela de tres centavos. Sefi no podía ocultar su tristeza. La excesiva tensión de su vida miserable se había grabado en cada uno de sus rasgos. Al ver la figura pálida y melancólica de Sefi, y debido a su naturaleza bondadosa, la anciana no pudo evitar sentir simpatía por la cáscara de aquel hombre que estaba ante ella encorvado y con los ojos tristes.

"De veras, jovencito, las cosas no pueden ir tan mal..." dijo la anciana, a medio camino entre una afirmación y una interrogación.

Una rara sonrisa vino de la nada a iluminar el pálido rostro de Sefi. "Señora, ya no soy joven", respondió Sefi, al tiempo que su sonrisa desaparecía, "... pero me temo que las cosas sí están mal, incluso peor."

Y fue así que al darse cuenta de que su visitante tenía un oído bien dispuesto para escuchar, el le contó los detalles de su historia de infortunio. La anciana lo escuchó con atención, y cuando Sefi terminó su triste historia había una lágrima en uno de sus fatigados ojos. "¡Qué lío!", dijo finalmente. Ella buscó algo en su monedero, y Sefi pensó que tal vez se trataría de un pañuelo, pero en lugar de eso la anciana sacó un pequeño diamante que entregó a Sefi. "Tómalo."

Sefi se resistió débilmente, pero ella insistió.

"Tómalo, joven, tómalo. Hay muchos más en donde lo encontré." Sefi tomó el diamante y humildemente susurró las gracias. "Y ahora," dijo la anciana, "me toca hablar a mí."

Ella le habló de un lugar lejano llamado la Isla de los Diamantes, donde los diamantes eran tan comunes como lo es el polvo en casi todas las otras partes del mundo. Ciertamente, la anciana le informó que en esta isla lejana donde abundaban los diamantes —que estaba a seis meses de viaje por mar— las calles estaban pavimentadas con diamantes, y que, en vez de ladrillos y mezcla, las casas estaban literalmente construidas con enormes diamantes unidos con un pegamento hecho con algas marinas y polvo de diamante. Y luego le escribió en un pedazo de papel el nombre y el domicilio del capitán de un navío que estaba por salir al mar, el cual podía hacer todos los arreglos.

"Gracias," dijo Sefi, una y otra vez, y le llenó las bolsas con tantas velas como la anciana podía cargar.

Nuestro héroe no desperdició el tiempo. A la mañana siguiente ya había empacado y había utilizado el diamante que le ragalara la anciana para pagar su pasaje a la Isla de los Diamantes. En su excitación por llegar a la isla, nuestro Sefi perdió de vista el hecho de que su ausencia privaría a su esposa y a sus hijos de alquien que los mantuviera durante casi dos años, pues llegar a la isla tomaba seis meses y luego el navío no regresaría sino hasta seis meses después, y finalmente el viaje de regreso a casa tomaría otros seis meses.

Por favor, querido lector, no te confundas en cuanto a la naturaleza de las verdaderas intenciones de Sefi. No era la codicia lo que lo llevó a emprender este largo y arduo viaje. El amaba profundamente a su familia y por un momento consideró la penalidad que su prolongada ausencia habría de causar, pero esta era verdaderamente la única manera en que él podía pensar para liberarlos a ellos y a sí mismo de su intolerable empobrecimiento. Y fue así que zarpó con el corazón triste, mientras que su esposa e hijos, reunidos en el muelle, le decían adiós con las manos, llorando miserablemente.

Los registros de lo que ocurrió en el viaje se han perdido, así que retomaremos nuestra historia seis meses después, cuando el navío finalmente arribó a la Isla de los Diamantes. Nuestro héroe debió encontrarse en un estado de éxtasis cuando desembarcó, después de su largo y arduo viaje, al descubrir que todo era exactamente como la anciana lo había descrito. Ciertamente, como ella le dijera, las calles estaban pavimentadas con diamantes. Las montañas cercanas brillaban profusamente con la luz resplandeciente que reflejaban los diamantes. ¡En todas partes había diamantes!

No había pasado una hora y ya los sacos de Sefi, que él había llevado con ese propósito, rebosaban de diamantes. Tan grande era la carga de su recién adquirida riqueza que apenas podía caminar. Tan sólo entonces recordó que el navío no zarparía sino hasta seis meses después y que, obviamente, los diamantes no se irían a ninguna parte. ¿De qué servía cargar cientos de libras en diamantes mientras tanto? Y así, dejando bajo un árbol sus sacos de diamantes —a sabiendas de que nadie los robaría— nuestro Sefi se conformó con sólo unos cuantos de los mejores diamantes, que usaría para encontrar comida y alojamiento.

Aquí la historia de Sefi empeoró ligeramente. No le tomó mucho tiempo a nuestro héroe descubrir que los diamantes, además de ser algo tan común como el polvo en esta Isla de los Diamantes, valían exactamente lo mismo. Los diamantes, que en su tierra podían ser el rescate de un rey, en la isla no tenían el más mínimo valor. El abatimiento se apoderó una vez más de nuestro pobre Sefi. Ahora se encontraba en una situación peor que la que había dejado, pues allá tenía cuando menos un poco de comida, compañía (de eso, ¡mucha!) y un techo sobre su cabeza. No debe decirse, sin embargo, que en la Isla de los Diamantes la gente era completamente insensible. Un bondadoso tendero tuvo lástima de Sefi y le dio un pan a cambio de un perfecto diamante de diez quilates, pero solamente porque le gustó su forma y pensó que sería una buena decoración en el fondo de su pecera, donde tenía un pez dorado.

La noche cayó y Sefi se acurrucó bajo un árbol, entre sus sacos de diamantes. Sólo entonces se dio cuenta de que en el pueblo no se veía una sola luz. Ninguna de las casas de diamantes tenía luz en sus ventanas —parecía que la única luz en el pueblo era la luz de la luna, que se reflejaba pálidamente en los diamantes. ¿Acaso los habitantes de la Isla de los Diamantes no sabían cómo fabricar velas? Sefi se paró de un salto y corrió por las calles, buscando una vela encendida, pero —para su gran placer— no pudo encontrar ninguna.

Fue así como Sefi volvió a su oficio de hacer y vender velas. En una semana ya había rentado un pequeño taller y tenía cientos de clientes que querían comprar velas al precio que Sefi les fijara en la moneda local. Decir que a Sefi le iba de maravilla es comprender muy bien el caso. De hecho, su éxito rebasó con mucho sus sueños más optimistas.

Al final de su estancia, las habilidades de Sefi como fabricante de velas lo habían llevado a establecer una cadena de tiendas y él se había convertido tal vez en el hombre más rico y definitivamente en el más popular de toda la isla. Tan agradecida estaba la gente por la luz que Sefi había derramado sobre ellos que cuando el navío se preparaba para el viaje de regreso todos ayudaron a Sefi a cargarlo con el producto que lo había convertido en un hombre adinerado.

Esa noche, en cuanto el navío zarpó, Sefi no pudo contener sus emociones. Las lágrimas corrieron por su cara —porque toda la gente había ido a despedirlo y a darle sus bendiciones. La luz de las velas creó un hermoso nimbo por encima del pueblo, pues cada uno de los habitantes de la isla había encendido una vela en su honor. Y fue así que en el navío se amontonaron las velas que la gente lanzaba desde el muelle, pero los sacos con diamantes se quedaron olvidados bajo el mismo árbol donde Sefí los había dejado.

Voy a ahorrarte, querido lector, los sórdidos detalles del tristen retorno de Sefi a su antigua villa. Tan sólo te diré que las cosas empeoraron y ya nunca mejoraron.

Desde luego, esta historia tiene una moraleja —todas las historias la tienen: Recuerda siempre de dónde vienes y a dónde debes regresar.

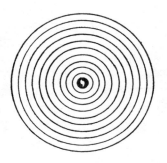

20

Crimen y Castigo

RESPONDA SI ES CIERTO O FALSO:

A. El que la hace no la paga.

B. Casi todos los crímenes quedan sin castigo.

C. Entre más egoísta se es, entre más implacable, más alto se podrá subir en la escalera del éxito.

D. Algunas personas asesinan y escapan sin castigo.

E. A veces es posible engañar al sistema de restricción y recibir únicamente para sí mismo.

SI CONTESTASTE FALSO A TODAS LAS PREGUNTAS ANTERIORES estás en camino de convertirte en un cabalista. Ningún crimen queda sin castigo, ningún pecado escapa a la retribución.

¿Te parece ridículo? ¡Eso es algo atroz! ¿Qué ocurre con los ladrones que jamás son atrapados? Observa a todos los usureros y a los comerciantes del mercado negro que amasan fortunas mediante sus negocios tenebrosos. Observa a todos los revendedores que hacen cientos de millones de dólares utilizando información filtrada. ¿Y qué decir de los capos de la cocaína que han arrebatado a los gobiernos el control de ciertos países sudamericanos?

Es cierto, a la luz de la evidencia parecería que nadie en su sano juicio puede negar que muchas personas escapan sin castigo después de cometer toda clase de crímenes, incluso el asesinato, todos los días de la semana. Muchos se benefician con el crimen, pero únicamente desde la perspectiva de la ilusión. En realidad, es decir, desde la perspectiva Infinita, el constructor que reduce costos en rincones ocultos, el hombre de negocios que "ordeña" las ganancias, el corredor de bolsa que opera con información filtrada, el ladrón, el asesino, o cualquiera que se beneficia a costillas de los demás, puede lograr ganancias "caídas del cielo" y, ciertamente, poseerá una montaña de posesiones materiales, pero si sus actos tuvieron como única motivación el Deseo de Recibir para Sí Mismo (él o ella) recibirá únicamente la apariencia exterior de tales adquisiciones, el título de propiedad de los bienes, pero no los bienes en sí mismos; las cosas, pero no su valor intrínseco.

Las trampas materiales que acumula una persona motivada por el Deseo de Recibir para Sí Mismo son eso precisamente: trampas, prisiones de las cuales solamente se puede escapar mediante la restricción. En vez de placer, únicamente le darán pesar. Podrá poseer casas, pero nunca encontrará en ellas un verdadero hogar. Podrá tener objetos de arte hermosos y caros, pero estos le darán menos placer que si fueran signos de dinero garabateados en la pared. No importa cuánto tiempo y esfuerzo haya invertido, qué tan difícil haya sido su tarea, cuán próspero sea en lo material, cuán brillantes e incisivas puedan parecerles sus acciones a los demás, quien tiene como inspiración el aspecto negativo del deseo no recibirá ninguna satisfacción perdurable del fruto de sus afanes, que fueron motivados por la codicia.

Irónicamente, todas las adquisiciones que acumulan los codiciosos tan sólo les causan un gran malestar. Si estas personas ejercieran la restricción y con ello eliminaran la ilusión, podrían tener la felicidad que tanto las elude. Esta es la paradoja de la Luz Retornante: Al decir sí al impulso de recibir solamente para uno mismo no recibimos nada, mientras que al decir no al mismo impulso podemos, literalmente, "tenerlo todo".

Cuando uno renuncia al deseo de comodidad del cuerpo (especialmente en la forma de lujo y opulencia), uno le da comodidad al alma. Al elegir permanecer en un estado de insatisfacción, el Cabalista actúa como un filamento, una tercera columna mediadora, y de esta manera es capaz de establecer un circuito con la Luz.

Sin duda, este concepto será menospreciado como algo similar a la blasfemia por el creciente segmento de población que deifica el dinero, que adora a los pies de los ricos y de los famosos y que ha hecho una religión de la adquisición de bienes materiales. Hoy en día, la actitud prevaleciente parece ser que cualquier medio es justificable si nos lleva a un fin lucrativo. Y, sin duda, las estadísticas parecen confirmar el hecho de que la mayoría de los crímenes quedan sin castigo. Ciertamente, todos podemos citar ejemplos de criminales y hombres de negocios que han hecho millones aprovechándose de quienes son menos afortunados que ellos. No obstante, es una falacia pensar que el dinero y las posesiones materiales automáticamente nos darán la plenitud. El único acto que imparte verdadera felicidad es la restricción.

Con nuestros pensamientos y acciones le damos peso y substancia a la ilusión. Al aceptar la ilusión como nuestra realidad, la hacemos real. El ladrón sostiene a la ilusión, como lo hace el capo de la cocaína, el comerciante que se infiltra y todos los que "progresan" a costillas de los demás. Quien sucumbe al aspecto negativo del deseo perpetúa la ilusión, mientras que el Cabalista (él o ella), mediante su resistencia destruye la ilusión y revela la Luz. La diferencia entre el Cabalista y la persona que está motivada por el aspecto negativo del deseo es que mientras el segundo —el ladrón, el comerciante infiltrado, el hombre de negocios motivado por la codicia— intenta lograr la plenitud dando satisfacción al deseo de Recibir para Sí Mismo, el Cabalista alcanza la verdadera plenitud rechazando ese mismo impulso.

El fracaso al restringir el aspecto negativo del deseo produce un corto circuito que hace que uno permanezca en un estado de conciencia robótica. El hecho de rendirse a la ilusión perpetúa la obscuridad y no le da placer a nadie. La conciencia de la persona que está motivada por el aspecto negativo del deseo lleva una pesada carga, el peso de la ilusión, la obscuridad, la ceguera —que es constante compañía del Deseo de Recibir para Uno Mismo. Por el contrario, el Cabalista no tiene exceso de equipaje; su conciencia está limpia, su visión no está empañada.

Únicamente en el mundo verdadero existe la plenitud; en el mundo Infinito, donde el Deseo de Recibir para Sí Mismo no tiene ninguna influencia. El Deseo de Recibir para Sí Mismo preserva la ilusión; la resistencia voluntaria la destruye. La restricción crea un estado alterado de conciencia por medio del cual cierra la brecha entre nosotros y la Luz.

El Creador restringió Su benevolencia para que nosotros los emanados tuviéramos una manera de remitir el Pan de la Vergüenza. A través de la resistencia consciente, voluntaria, nosotros impartimos placer al Creador y también traemos Luz a nuestras vidas. Al pagar tributo al acto original de la restricción, el *Tzimtzúm*, lo cual hacemos cuando resistimos y desenmascaramos a la ilusión, permitimos que la Luz se revele. Porque la ilusión se esfuma en presencia de la realidad. Donde hay Luz no puede haber obscuridad.

Así pues, la meta del Cabalista (de él o de ella) es redirigir sus procesos de pensamiento de tal manera que pueda ponerle fin al reino de la ilusión y restaurar la iluminación al mundo y, también, como una consecuencia, a sí mismo. En el mejor de los casos, esto puede parecerle al lector una tarea difícil, si no imposible, hasta que uno cae en la cuenta de que, a pesar de esta aparente omnisciencia, el uno por ciento que es la ilusión tiene una existencia muy tenue, que incluso un pequeño grado de resistencia puede destruir fácilmente. Sí, incluso una poca resistencia puede iluminar un espacio grande y obscuro. Enciendan un cerillo en el hangar de un aeropuerto totalmente obscuro y todos los rincones se iluminarán, así sea en mínimo grado.

TAL ES LA BELLEZA DE LA LUZ RETORNANTE

Así pues, a través de la resistencia consciente, el Cabalista sirve el propósito tanto de la Luz como de la vasija, Al transformar en positivo el aspecto negativo del deseo, él o ella expone la ilusión de la obscuridad a la Luz de la realidad. La Luz está en todas partes, pronta, dispuesta y capaz - a la menor provocación (resistencia) —de revelar su presencia infinita. A través de la resistencia consciente al Deseo de Recibir para Sí Mismo, el Cabalista actúa a la manera de un cerillo en un hangar, o del filamento en un foco eléctrico, estableciendo un circuito de flujo de energía, el cual a su vez crea —incluso con una poca resistencia— un amplio círculo de Luz.

Después de considerar lo anterior, regresemos a la cuestión: El que la hace, ¿la paga? Sí. Quienes cometen un crimen contribuyen a perpetuar la ilusión. Lo mismo es cierto de todos aquellos que sucumben al Deseo de Recibir para Sí Mismo. Aunque pueda parecer que el criminal escapa al castigo, y que los "astutos" capitanes de la industria y el comercio —que aparentemente no permiten que nada ni nadie interfiera en su camino— prosperan a expensas de otros, en realidad, el ladrón se roba a sí mismo, el asesino comete suicidio, el comerciante infiltrado vende su alma. En el mundo verdadero ningún crimen queda sin castigo, ningún pecado escapa a la retribución.

Una fábula de dos hermanos

Hace mucho tiempo, en un pueblo lejano vivían dos hermanos que eran tan diferentes como pueden serlo dos personas. De hecho, se hubiera podido buscar en todo el mundo y no encontrar dos jóvenes con tan poco en común. El mayor era estudioso, pero el menor no se interesaba en los libros ni en el estudio. El mayor era cortés, pero el menor tendía a ser muy rudo. El mayor comía y bebía con moderación, pero el menor era glotón y bebía como esponja.

El hermano mayor, como se ve, aspiraba a ser un zaddik, un hombre justo, y a ese fin dirigía su energía infatigablemente. Desde muy temprano en la vida había sentido el profundo anhelo de llevar una existencia austera y ascética. Y así, en deferencia a quienes consideraba sus antepasados espirituales, los justos de antaño, oraba y estudiaba la sabiduría antigua, resistía la comodidad y la complacencia y —tanto como es humanamente posible— evitaba todos los placeres terrenales. Es decir, todos menos uno. La única diversión —si así se le puede llamar— que se permitía era cantar cada tarde un himno de júbilo.

No hace falta decir que el ejemplo positivo que daba el hermano mayor ni por un momento era seguido por el hermano menor. Muy por el contrario, los únicos mandatos que al hermano menor le interesaba cumplir eran los de su indómita libido. Ciertamente, el hermano menor se entregaba a toda clase de actividades hedonistas y temerarias con el mismo entusiasmo que el hermano mayor realizaba acciones buenas y piadosas. Su libertinaje lo convirtió en una leyenda local y, sin duda, él se lo había ganado a pulso. ¡Come, bebe y sé feliz! Ese muy bien pudo ser su lema, aunque también le hubiera podido funcionar este otro: Vive el ahora, porque mañana tal vez estaremos muertos. Comía por tres, y en ocasiones llegó a amenazar con beberse todo el vino del país —amenaza que no tomó a la ligera. Era el alma de todas las fiestas, y como buen galán siempre estaba rodeado de mujeres disolutas (que lo perseguían) y de un grupo de amigos y parásitos.

Me temo que el lector podría atribuir la popularidad del hermano menor a su ingenio, a su carisma, a su encanto o incluso a su apuesta figura, y por ello me apresuro a declarar que ese no era el caso. Y tampoco se debe tomar la renombrada generosidad de aquel joven como señal de un corazón compasivo. No, ese tampoco era el caso. En verdad, el estado de las cosas entonces no difería del que impera hoy en día, lo que significa que nunca ha sido muy difícil encontrar a quienes gustosamente nos ayudarán a despilfarrar una herencia, sin que importe cuán pequeña pueda ser. Y en cuanto a la generosidad del joven, no era fruto de la bondad, sino más bien de la culpa, tan profundamente arraigada que ni siquiera él la percibía, y claro, mucho menos admitiría tenerla. Porque, a diferencia del hermano mayor, que había sido un hijo bueno y obediente, el hermano menor rara vez había levantado un dedo a favor de su finado padre.

Adicionalmente, para que el lector no se deje llevar por falsas impresiones, también se debe aclarar, antes de que esta humilde parábola avance otra frase, que el notable contraste en sus personalidades no hizo que se creara una gran animosidad entre ambos hermanos. A pesar de sus diferencias, de hecho no había ni la más mínima enemistad entre ellos. Su crianza, a cargo de un bondadoso mercader recientemente fallecido y de una madre amorosa y consentidora, les infundió tolerancia y una disposición para vivir y dejar vivir y, debido a eso, se llevaban muy bien la mayor parte del tiempo —aunque, con toda seguridad, ninguno de los dos aprobaba el modus operandi del otro, y de vez en cuando discutían, como lo hacen todos los hermanos. Pero siempre, al final, cuando se enfriaba el calor de la batalla, ambos se perdonaban mutuamente.

Así que no fue ninguna gran sorpresa cuando los dos hermanos dijeron adiós a sus círculos de amigos y se despidieron con besos de su madre, asegurándole que regresarían sanos y salvos, y, una soleada mañana, a fines de la primavera de 1653, se fueron caminando a una lejana meca del arte, el comercio y la cultura. Y tampoco debe afectar la razonable credulidad del lector descubrir que el próposito de cada uno de ellos para hacer ese viaje era tan diferente como la luz y la obscuridad, pues mientras que el hermano mayor esperaba encontrar a un cierto *Tzadík* de quien se decía que buscaba un discípulo espiritual, y a quien él le rogaría humildemente que le ayudara para convertirse en un justo, el hermano menor —por el contrario— había escuchado historias acerca de los muchos lascivos y obscenos placeres de la ciudad, los cuales esperaba disfrutar, con la excepción de tan sólo unos cuantos.

Los días pasaron amablemente. Milla tras milla, pueblo tras pueblo, país tras país, ellos caminaron, conversando y discutiendo de buena voluntad, haciendo una pausa ocasional para disfrutar alguna vista de excepción, para escuchar algún sonido inusitado o para descansar y comer a la orilla de un estanque cubierto de algas o de un arroyo que corría vertiginosamente. Pero de noche cada uno tomaba su propio camino. Mientras que el hermano mayor leía la Torá junto al fuego, mientras meditaba y cantaba su himno nocturno, el hermano menor, dependiendo de la cercanía de algún pueblo o de alguna aldea, comía y bebía hasta el aturdimiento, o si estaban cerca de alguna ciudad, se iba en busca de mujeres y canto, pues vino nunca necesitaba, dado que siempre se aseguraba de cargar una generosa provisión.

En una de esas ocasiones el hermano menor fue atacado por una banda de merodeadores que surgieron de entre los matorrales, lo golpearon con varas en los hombros y en la cabeza y le robaron su monedero. Afortunadamente, esta fue una de esas raras veces en que el joven libertino tuvo la previsión de dar a guardar a su hermano la mayor parte de su dinero, así que esa ocasión solamente sufrió una pérdida financiera menor, un ojo ligeramente morado y un leve caso de orgullo herido. La suerte también le acompañó otra tarde, cuando un marido celoso, herrero de oficio, que llevaba en una mano una linterna y en la otra un martillo, tropezó con un guijarro, dándole así los preciosos segundos que necesitaba para escapar.

Pasó una semana y la mayor parte de la siguiente. El punto que señalaba la mitad del camino había quedado atrás. El hermano mayor se sintió completamente fortalecido. No así el hermano menor, cuya constante ebriedad y bacanales nocturnos le hacían sentir pesadamente sus efectos. Las mañanas eran en extremo difíciles. Para comenzar, él detestaba las mañanas, y en tiempos normales hacía todo lo posible para evitarlas, pues a menudo no se levantaba hasta que el desagradable resplandor del sol había comenzado a desaparecer en el cielo vespertino. Sin embargo, en el camino era imperativo avanzar tantas millas como fuera posible durante las horas del día.

En vez de aceptar los efectos adversos de su sobre-indulgencia, el hermano menor siempre se erguía con bravura ante los estímulos del hermano mayor y se reía para olvidarse del dolor de cabeza —ciertamente, de su hueca cabeza— y fingía que todo estaba bien. Por lo tanto, siempre salía con las sienes palpitantes, con los ojos irritados y medio cerrados y con obscuras ojeras, con un dolor sordo en la boca del estómago y con un amargo sabor de boca, recuerdo de la juerga de la noche anterior, que a menudo le perduraba durante la mayor parte del día.

Como podía esperarse, el hermano menor muy pronto se cansó de esta farsa y, así, experimentó un gran placer y un gran alivio cuando una tarde cayó una espantosa tormenta justo cuando se encontraban frente a una rústica posada, aunque de aspecto agradable, la cual esperaba que les brindaría una habitación tranquila, un baño caliente y la oportunidad de recuperarse de la disipación de las dos semanas anteriores. Sus expectativas, sin embargo, resultaron infundadas. Cuando los dos hermanos preguntaron acerca de la disponibilidad de las habitaciones, el posadero, aunque simpático en apariencia, les informó que varios otros viajeros antes que ellos habían buscado refugiarse durante la tormenta y que, como resultado, todas las habitaciones se encontraban ocupadas. No obstante, luego que vio la débil condición del hermano más joven, el posadero les ofreció, a cambio de una modesta suma, instalar dos catres en el rincón de un cuarto que era utilizado por los dueños de la posada para comer y para tomar bebidas alcohólicas.

A pesar de que aquella no era de ninguna manera una situación ideal, los hermanos consideraron la fría y húmeda alternativa y aceptaron el ofrecimiento del posadero, pues el hermano mayor pensó que acaso el destino lo había llevado hasta ahí con el objeto de mejorar su educación espiritual, y el hermano menor solamente pensaba en descansar su adolorida cabeza y sus cansados huesos. Aunque le repugnaba admitirlo, el hermano menor se sentía más abochornado, calenturiento y absolutamente miserable cada minuto que pasaba y lo único que quería era hundirse en el olvido.

Figuras rubicundas, disolutas, rotundas, al estilo Brueghel, llenaban el comedor, cubierto de humo. Gente del pueblo, granjeros, campesinos y viajeros hablaban, fumaban, bebían, reían, todos ellos con la aparente intención de hacer tanto ruido y de consumir tanto como era humanamente posible. Esta era la clase de gente que le gustaba al hermano menor, y cualquier otra noche se habría unido a las festividades, pero esta noche en particular el solo hecho de ver tanto gusto hacía que su cabeza girara y que su estómago diera vueltas como una rueda de carreta.

Mientras que el posadero y su mujer instalaban dos catres en un obscuro rincón del cuarto, tres de los parroquianos, de anchas manos y gruesos cinturones, les hablaron a los hermanos con voces enronquecidas por el alcohol, ofreciéndoles algo de beber. Los hermanos sonrieron cortésmente, saludando a través del cuarto ruidoso y lleno de humo, mientras arreglaban sus colchones de paja, como diciendo "gracias pero no, gracias," y los parroquianos siguieron bebiendo.

A petición del hermano menor, el mayor tomó el catre que estaba junto a la pared y el joven ocupó el más cercano a los cacofónicos procedimientos de la noche. La logística del joven se basaba en la posibilidad de que su aturdida cabeza y su revuelto estómago lo obligasen a salir de prisa por la pesada puerta de madera maltratada por el temporal y sin pintar. Así pues, de la mejor manera posible, se dispusieron a dormir.

Aparentemente, el hermano mayor no tuvo la menor dificultad para dormirse. Tan sólo unos minutos más tarde, cuando el hermano menor se quejó con él acerca del ruido y del humo, el mayor, que se encontraba de cara a la pared, roncó pesadamente en respuesta. Para el hermano menor, sin embargo, el sueño era algo tan huidizo como un enjambre de mosquitos frutales —es decir, no podía conciliar el sueño fácilmente. El estruendo, el humo y las risas, en su creciente estado febril, parecían conspirar en su contra. El humo, la alegría, el estruendo y el cacofónico bullicio parecían burlarse de él, torcerle las orejas, abrirle a la fuerza las glándulas sudoríparas y agitarle una tina de sopa de vinagre en el estómago mientras le taladraban agujeros del tamaño de un alfiler en ambos lados de la cabeza para liberar los gases resultantes. La juerga de esa noche, a veces, parecía entrar hasta su cerebro, hasta sus terminales nerviosas y hasta la misma médula de sus huesos. A ratos, las voces de aquella Torre de Babel ya no le parecían humanas, sino más bien los ladridos de una perrera llena de animales con rabia. Él se sacudió y se retorció, agitándose infatigablemente durante una hora, tal vez dos, antes de que aquella aullante e infernal jauría lo arrastrara, mientras pataleaba y gritaba hasta caer en una vacilante, aunque bendita, insensibilidad.

En ese momento, los tres parranderos que antes les habían pedido a los dos hermanos que bebieran con ellos cayeron en la cuenta de que tal vez los dos forasteros se habían negado a departir no por simple fatiga, como sus movimientos parecían sugerir. En lugar de eso, tal vez, su negativa a beber con ellos —sugirió uno de los gamberros— pudo deberse simplemente a una actitud arrogante. Tal vez, sugirió otro, en el peor lenguaje imaginable, se consideraban demasiado finos como para beber con tres hombres que se ganaban la vida con el sudor de su frente y la fuerza de sus manos y espaldas. En muy poco tiempo, el simple gesto de negativa de los hermanos, en los nublados cerebros de los tres borrachos musculosos, había crecido fuera de toda proporción, tomando las dimensiones de una bofetada en plena cara. No, peor aún, ¡de un insulto a su virilidad! No, algo más grave que eso, ¡una maldición sobre la tumba de sus abuelas! En todo caso, esta era la clásica ofensa que nadie que se respetase podría, en buena conciencia, dejar pasar por alto.

Con esto en mente, los tres borrachos de amplia cintura y rostros rubicundos se levantaron trabajosamente de sus sobrecargadas sillas y fueron tambaleándose a ver más de cerca a los dos insolentes y orgullosos esnobs que se habían atrevido a juzgar a hombres buenos con base en la más mínima evidencia. Después de lo cual maldijeron en voz alta la audacia y despreciaron la hombría de quienes los habían desairado y luego groseramente se habían ido a dormir en el transcurso de un glorioso festival de sobre-indulgencia que ellos, por la bondad de sus corazones, les habían ofrecido compartir a estos dos ingratos que ahora dormían.

Como el catre del hermano menor se encontraba más cerca de ellos, fue a él a quien aquellos brutos comenzaron a golpear. Al despertar, debió levantar instintivamente una de sus manos y golpeó fuertemente en la mejilla a uno de sus atacantes —al menos esa fue una de las quejas presentadas en su contra luego de que lo sacaron a rastras de su cama, todavía medio dormido, y comenzaron a empujarlo y luego a abofetearlo y a aporrearlo en el cuerpo y en su indefensa cabeza y en su rostro.

En cuanto a las posibilidades de que se desembarazara, no había ninguna. Razonar con ellos también era imposible. Sus protestas cayeron en oídos sordos. No tenía la más mínima idea de por qué le hacían esto. Todo lo que sabía era que tres brutos vagamente familiares con aliento rancio y caliente, rostros sañudos con venas rojas y manos que seguramente habían trabajado en yunques, lo golpeaban casi hasta dejarlo sin sentido sin ninguna razón aparente. Peor aún, la fiebre y su débil condición no le permitían tener la fuerza ni la convicción para devolver ni siquiera la mitad de los golpes que recibía. Así que ahí estaba el pobre hombre, incapaz de defenderse y sin tener siquiera el acostumbrado beneficio de su instinto de conservación —el cual, en circunstancias normales, era muy considerable.

Por fortuna para nuestro joven golpeado, el posadero intervino para mediar a su favor antes de que los brutos aquellos lo lastimaran seriamente. Esta intervención, sin embargo, fue anulada muy pronto por otras acciones que, para la manera de pensar de la víctima, eran auténticas parodias. En vez de arrestar a los patanes, como lo habría hecho el propietario de cualquier establecimiento respetable, o por lo menos invitar a los borrachos a que salieran a vagabundear en el frío de la noche, ¡el posadero verdaderamente consintió a los golpeadores y los llamó a todos por su nombre! En vez de mandarlos con un veloz puntapié a un lluvioso olvido, él reprendió suavemente a los borrachos bravucones en un tono que no tenía más indignación que el que uno usaría para amonestar a un niño travieso que hubiese derramado a propósito un vaso de leche. ¿No era aquello un ultraje? Ahí estaba él, simplemente acompañando a los rufianes de regreso a su mesa, dejando a la golpeada víctima con nada más que una disculpa por lo que eufemísticamente llamó ¡"la inconveniencia"!

El desprecio dio lugar a la amargura y el dolor a la autocompasión en tanto que el hermano menor se sentaba en el colchón y se veía las heridas. Tenía un labio partido, un chichón en la cabeza, posiblemente una costilla fracturada —o algo peor— y sus atacantes se encontraban de regreso en sus asientos, ordenando otra ronda y recibiendo un trato como si no hubieran creado más que una molestia menor. ¿Dónde estaba la imparcialidad en este mundo? ¿Dónde estaba la justicia?

¿Y dónde había estado su hermano mientras sucedía todo esto? Le resultaba difícil imaginar que el hombre había estado —y todavía estaba— ¡profundamente dormido! ¡Completamente inconsciente, como una estatua! ¿Para qué viajar acompañado —se preguntaba, sumamente irritado— si no es para que uno tenga quien lo proteja? Una ola de incoherencia se estrelló sobre la rocosa playa de su ser interior, llevándolo a la irrazonable conclusión de que, de alguna manera, su hermano tenía la culpa de lo ocurrido. De inmediato se acercó a él y lo sacudió violentamente.

El hermano mayor despertó para enfrentar una ráfaga de críticas severas por no haberse levantado para defender a su hermano más joven. Al ver la condición de su hermano, sintió una gran simpatía por él y no experimentó el más mínimo enojo. Sin duda, su compasión crecía con cada ofensa, con cada insulto. Y no hizo el menor esfuerzo para defenderse de las diatribas —pues, obviamente, el pobre hombre había estallado. Finalmente, con serenas palabras de consuelo, logró tranquilizar al joven y lo convenció de que intentara conciliar el sueño. En principio, el joven aceptó la sugerencia, pero temeroso de un repentino ataque de aquellos brutos, le pidió a su hermano que cambiasen de catre. Como lo hubiesen hecho tantos hermanos amorosos en circunstancias similares, el hermano mayor consintió más que gustosamente. Que no haya confusión en cuanto a la naturaleza de las motivaciones de aquellos que aspiran a convertirse en zaddikim. Aunque es cierto que un *Tzadík* no evade las dificultades e incertidumbres de la vida y que verdaderamente renuncia a las comodidades corporales, no lo hace por algún anhelo masoquista, sino con el propósito de lograr un placer mayor, que se experimenta al completar el ciclo de corrección del alma. Así pues, el hermano mayor recibió con agrado la oportunidad de colocarse entre los golpeadores y su inquieto hermano, pero no por que tuviese el deseo de recibir una paliza. Sin embargo, pensó que si su cuerpo tenía que recibir una golpiza, ¡pues que así fuera! Ciertamente, alguna razón habría para ello. Acaso alguna mala acción en una vida pasada exigía la retribución. En todo caso, él aceptaría lo que el destino o la Providencia hubiesen determinado para él, con la firme convicción de que el dolor sufrido por su cuerpo serviría un propósito más elevado, es decir, la purificación de su alma. Fue así como los dos hermanos intercambiaron sus catres y, eventualmente, se dispusieron a dormir.

Más tarde, esa misma noche, como lo quería el destino —o tal vez la Providencia— uno de los tres rufianes cayó en la cuenta de que solamente habían atacado a uno de los insolentes forasteros, y que al otro no lo habían tocado. En su estado de embriaguez, esto no les pareció equitativo. Ambos eran culpables de la misma actitud arrogante. Ambos habían demostrado el mismo engreimiento al negarse a beber con ellos. Entonces, les preguntó a sus compañeros, ¿no deberían darle al otro un tratamiento igual? Los brutos estuvieron de acuerdo. En buena conciencia, no podían golpear solamente a uno de aquellos altaneros recién llegados y dejar al otro sin castigo. Su sentido de la justicia exigía que el otro recibiera una retribución igual. El incidente, olvidado ya por los hermanos, en el cerebro embotado de los tres brutos se había convertido en una cuestión de honor, de principios y de integridad. No había duda de que también el otro viajero tenía que ser golpeado, pateado y aporreado con saña. Después de todo, la justicia era la justicia.

Los brutos se levantaron de sus asientos y pesadamente se acercaron al obscuro rincón donde dormían los dos hermanos, ambos de cara a la pared. Por supuesto, los rufianes no sabían que los hermanos habían intercambiado sus catres, así que el hombre que dormía en el catre más cercano a la pared fue el blanco de su agresividad. Por la forma en que ocurrieron las cosas, los rufianes poseían al menos un poco de decencia. Pensando que el hombre que les quedaba más cerca ya había recibido su merecido, tuvieron mucho cuidado de no despertarlo, Y así fue como el hermano menor fue sacado a rastras de su cama por segunda vez para recibir otra golpiza, mientras que el hermano mayor dormía como un recién nacido.

Una extraña sensación se apoderó del hermano menor mientras su cuerpo sufría el segundo ataque. Si se quiere, se le puede atribuir a la fiebre, a la enfermedad, a una sacudida o precisamente a lo absurdo de aquella situación, pero ya casi no sentía los golpes que le llovían de todas partes. Fuese cual fuere la causa, de repente fue lanzado a un exquisito estado de conciencia, más elevado, más puro y con mucho más lúcido que cualquier otro estado que hubiese podido imaginar con anterioridad. En aquellos momentos de reencuentro místico pudo tener un enfoque claro y perfecto de su vida. La fachada de ilusión con la que siempre se había protegido comenzó a agrietarse y a desmoronarse, dejándolo solo con la desnuda realidad de su vacío existencial. Entonces lo vio todo: la inutilidad de su hedonismo y de su lujuria, el precio de su disipación física y la verdadera agonía de su decadencia moral.

Aquellos pocos segundos de revelación mística le enseñaron más que toda una vida de auto-indulgencia. ¿Y a quién debía esta transformación, si no a aquellos brutos? ¡Se rió! ¡Cómo se rió! Lo cual, como suele ocurrir, contribuyó en gran medida a disminuir la severidad de la golpiza. Su risa se hizo tan estruendosa que aquellos tontos perdieron el hilo de su concentración y se quedaron confusos y desorientados. Se puede sacar muy poco placer, incluso de la clase más brutal y vulgar, cuando se golpea a un loco indefenso —¡especialmente a uno que halla placer en el hecho de ser golpeado!

El hermano mayor despertó con el sonido de la risa —no sólo la de su hermano, sino también la de otros que se habían contagiado por el regocijo, incluyendo a los propios brutos. En ese momento, él experimentó también una cierta transformación, porque comprendió lo que había pasado y de inmediato se dio cuenta de que sin duda el destino, o algún poder más fuerte que ellos, los había guiado hasta esa posada aquella noche lluviosa.

Los dos hermanos nunca completaron su viaje hasta la ciudad. Ya no era necesario. Aquella tarde habían trascendido cualquier necesidad de infatigable vagabundeo y las agonías viscerales que uno confunde por experiencias mundanas. Fue así como regresaron a su aldea —dos hermanos que se habían convertido en *Tzadikím*. Ambos tuvieron vidas largas, productivas y llenas de amor en su aldea, y a lo largo de los años muchos buscadores viajaron desde muy lejos para pedirles consejo o simplemente para presentarles sus respetos.

En sus últimos años, los dos sabios *Tzadikím* recordaban a veces con cariño aquella noche en la posada y las dos golpizas que el joven había recibido a manos de los tres brutos, y se las agradecían en sus oraciones nocturnas.

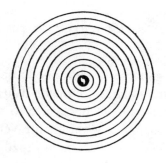

21

Víctima de las Circunstancias

UNA EXCUSA COMÚN PARA EL FRACASO EN VIVIR NUESTRO potencial plenitud se expresa a menudo afirmando que uno tiene que ganarse la vida. Ciertamente, todos tenemos que ganarnos nuestra manutención en este mundo y estamos obligados a hacer todo lo posible para conservar y mejorar las condiciones de vida de nuestra familia. No obstante, este concepto de "ganarse la vida" se puede usar para ocultar o de alguna manera evadir una multitud de responsabilidades espirituales, emocionales e intelectuales.

"Un hombre tiene que ganarse la vida." ¿Qué es lo que verdaderamente nos está diciendo quien habitualmente utiliza este viejo y trillado dicho, si no: "... no está en mis manos...," "... no es culpa mía...," "... soy una víctima de las circunstancias..."? Las mismas palabras ganarse la vida parecen denotar algo que está un paso más allá de la vida. De hecho, se podría decir que aquella persona que gasta por completo su energía en ganarse la vida y no en vivir no vive en absoluto.

El concepto de ganarse la vida puede ocultar una multitud de inseguridades emocionales. Se puede utilizar como justificación para que un corredor de bolsa u otro profesional trabaje noventa horas a la semana y raramente (él o ella) vea a su familia. También puede ser una buena razón para permanecer en un trabajo que ni se disfruta ni ofrece reto alguno. Y también nos puede permitir ser obstinados y no perdonar jamás, o absolvernos por ser complacientes y emocionalmente insensibles.

¿El Emanador nos colocó aquí para que nos preocupáramos exclusivamente por sobrevivir, por llevarnos alimentos a la boca? ¿Son las adquisiciones materiales una base adecuada para construir una vida? ¿Es que tan sólo somos esclavos del sistema, engranajes en una maquinaria gubernamental, corporativa o religiosa; dientes en la rueda del progreso? ¿Es la vida algo más que una sucesión de días para transitar por ellos con sumisión y sin intereses? La Cabalá nos enseña que no hay víctimas de las circunstancias. Si somos víctimas de algo, es de nuestras propias mentes, de nuestros propios patrones de pensamiento y de percepción. No existe un criterio empírico para determinar el éxito o el fracaso. El valor de una persona es interno y no se puede medir únicamente por su posición (de él o de ella) o por su nivel económico.

Una vieja parábola nos habla de un hombre santo llamado Yoján, quien se ganaba la vida como zapatero remendón. Se dice que Yoján había trascendido tan por completo el Deseo de Recibir para Sí Mismo que quien usaba sus zapatos se sentía descalzo, como si caminara en el aire. Mucha gente se preguntaba por qué un hombre de talentos tan obvios había elegido vivir como un humilde zapatero, pero Yoján había trascendido su trabajo, transformando lo que para otros parecía ser una tarea servil en una empresa del más elevado orden espiritual.

De acuerdo con las enseñanzas cabalísticas, las encarnaciones pasadas determinan la cantidad de deseo que cada uno de nosotros posee. Nacemos con un cierto grado de anhelo que no aumenta ni disminuye a lo largo de cada vida, sino que, pese a quien pese, el deseo con que nacemos siempre es suficiente para satisfacer nuestras necesidades espirituales. Las personas que nacen con un grado mayor de deseo tienen que cultivar un terreno espiritual más grande, por así decirlo, y por lo tanto se sienten obligadas a sobresalir, a lograr más que los demás. La razón de que ciertos individuos que nacen con deseos ardientes no desarrollen su pleno potencial, mientras que otros que nacen con un deseo comparativamente más pequeño prosperan emocional, espiritual y financieramente consiste en la habilidad de la persona cuyo deseo es menor para transformar el Deseo de Recibir para Sí Mismo em el Deseo de Recibir para Compartir.

La verdadera dimensión de la valía de una persona no consiste en la magnitud de su deseo innato (de él o de ella), sino en qué tan positiva o negativamente implementa sus aspiraciones inherentes. Ninguna cantidad de ambición, si está arraigada en el aspecto negativo del deseo, puede conducirnos a la plenitud espiritual. No obstante, al transformar en positivo el aspecto negativo del deseo, el trabajo puede entonces tener el aspecto opuesto: retar a una persona para que (él o ella) alcance su pleno potencial espiritual, emocional e intelectual.

Así pues, para la manera de pensar del Cabalista, la elección entre el Deseo de Recibir para Sí Mismo y el Deseo de Recibir para Compartir queda reducida a una absurda sencillez. Porque mientras que la persona que está inmersa totalmente en el Deseo de Recibir paea Sí Mismo jamás quedará satisfecha con su trabajo, la persona que puede transformar el Deseo de Recibir para Sí Mismo en el Deseo de Recibir para Compartir encontrará la plenitud en casi cualquier ocupación no violenta. Y mientras que quienes están motivados por el aspecto negativo del deseo no pueden esperar más que adquisiciones materiales, por el contrario, quienes están motivados por el aspecto positivo del deseo pueden trascender la negatividad y alcanzar la felicidad Infinita.

¿Qué es el amor?

Esta pregunta tiene tantas respuestas como gente hay que pueda formularlas. Cabalísticamente hablando, sólo hay dos clases de amor, el ilusorio y el real, el falso y el verdadero. Examinemos el primero, pues es el que más prevalece en este mundo.

El falso amor es celoso.
El falso amor dice mentiras.
El falso amor es pagado de sí mismo.
El falso amor es jactancioso.
El falso amor es de labios para afuera.
El falso amor es inseguro.
El falso amor engaña.
El falso amor es codicioso.
El falso amor exige.
El falso amor se adhiere.
El falso amor es sofocante.
El falso amor es culpable.
El falso amor "me prende".
Al falso amor se le coloca en un pedestal.
El falso amor se paga con un mink muerto.
El falso amor se divorcia.
El falso amor se queja.
El falso amor es cómodo.
El falso amor busca ser el número uno.

El falso amor se lee como una lista del super:

> Mujer blanca, divorciada, 35, sincera, furtiva, esbelta y sensual, busca profesional en ascenso con seguridad económica.
>
> Hombre blanco, divorciado, alto, castaño, bien parecido, 1.80cm, con yate, musculoso, objetivo: matrimonio.

El falso amor está vacío.
El falso amor es odio.

Tan ilusorio como una tendencia subatómica, tan furioso como un oso herido, tan complicado como la transmisión de una vagoneta Mack, —el falso amor nos esquiva, nos atemoriza y nos confunde. El verdadero amor es sublime y sencillo, porque a diferencia del falso amor —que tiene muchos deseos— el verdadero amor tiene una sola aspiración: Compartir.

CARENCIA

La Cabalá enseña que no carecemos de nada, que cualquier deficiencia que podamos experimentar no es más que una ilusión derivada de las siete inferiores, del proceso creativo de la Línea. ¿Significa esto que no existe la tristeza? —¿Que la ira, la confusión, la desesperación, el gran abismo que nos separa de nosotros mismos y de los demás, son tan sólo ficciones de la irrealidad? En una palabra, sí. De acuerdo con la Cabalá, el aspecto Infinito de la existencia y por lo tanto de la humanidad —las Primeras Tres— está plenamente satisfecho. La carencia que experimentamos, el vacío y la alienación, la ira, la codicia y la envidia, son aspectos de la Línea, y la Línea, como ya ha quedado establecido, es una ilusión que fue causada por el *Tzimtzúm* y que se manifestó en las siete inferiores.

La única aspiración del Creador es compartir la beneficencia Ilimitada. Fuimos nosotros, los emanados, quienes exigimos el suficiente libre albedrío para mitigar el Pan de la Vergüenza. La razón de que nos sintamos insatisfechos es que la Línea transfiere la ilusión de espacio, la brecha inherente en las siete inferiores, a nuestras Vasijas Circundantes Infinitas, la Cabeza o Primeras Tres. La única razón de que pensemos que no estamos satisfechos no se debe a que las diez vasijas de los Círculos —el aspecto Infinito de la existencia— estén sin revelar, sino más bien a que el proceso creativo de la Línea crea una conciencia de privación en las vasijas circulares, pero únicamente desde la perspectiva de la Línea.

El reto que enfrenta el Cabalista (él o ella) es redirigir su conciencia desde las siete inferiores y elevarla hasta el nivel de las Tres Superiores. La carencia existe únicamente en el mundo de la ilusión. El fracaso al restringir es la causa de que el individuo permanezca en el ámbito de lo ilusorio. A través de la práctica de la resistencia positiva el Cabalista trasciende el aspecto negativo de la Cortina y se eleva a un estado de conciencia que es impermeable a la ilusión que presentan las siete inferiores, el "Cuerpo" de la Línea.

La separación de las Tres de las siete fue la primera condición para el establecimiento de la creación, porque sin el aspecto de la restricción voluntaria no tendríamos ninguna manera de eliminar el Pan de la Vergüenza. Tal es la naturaleza de la paradoja, que traemos Luz a este mundo solamente cuando confrontamos la realidad de la misma nanera que el polo negativo de un foco eléctrico resiste la electricidad que se envía hacia él, o del espejo que refleja la imagen que se encuentra ante él. La Realidad, el aspecto Circular e Infinito de la existencia, debe permanecer oculta para permitirnos la oportunidad de corrección. El constante sentido de privación, la enajenación personal y cultural que experimenta tanta gente en este mundo de tensión nerviosa y de fricción incesantes, es un producto de la Línea, de la ilusión, pero —cualquier ilusión— palidece, se empequeñece y finalmente se rinde cuando se le confronta con el rostro de la Realidad Suprema, de la misma manera que la obsuridad siempre sale derrotada cuando se le enfrenta a la Luz.

Desde la perspectiva de los ámbitos superiores de la percepción, la carencia no existe. Cuando uno se ha elevado por arriba del estado ilusorio de la conciencia, el balbuceo negativo de este mundo de la resistencia se vuelve como una distante riña de gansos y patos, posiblemente interesante, pero que rara vez nos compromete emocionalmente. Sin embargo, el hecho de que el Cabalista se desconecta por completo de este mundo irreal no significa que él o ella corre a esconderse de la negatividad. No es necesario convertirse en un recluso o retirarse físicamente de la sociedad o de la civilización para trascender la existencia negativa. Más bien, la Luz se revela al confrontar la obscuridad. El Cabalista se enfrenta cara a cara con la realidad, por decirlo así, pues a través de la resistencia hacemos que la Luz salga de su escondite. Es así como el Cabalista se eleva por encima de la ilusión de carencia, que es a la vez la bendición y la desgracia de la humanidad (en el sentido de que nos tortura y al mismo tiempo nos ofrece la oportunidad de que nos corrijamos), para derrotar de nueva cuenta a la paradoja y retirar de sus hombros la negatividad, que es la carga de este ámbito.

Amnesia

Examinemos brevemente la causa de los lapsos de memoria y las constantes interrupciones que rompen la continuidad de nuestra vida diaria. ¿Por qué perdemos el hilo de nuestros pensamientos? ¿Por qué nos salimos locamente por la tangente en nuestras conversaciones? ¿Por qué toleramos un flujo constante de pequeñas perturbaciones? ¿Por qué estamos sujetos a repentinos cambios en nuestro estado de ánimo, que nos llevan de la bienaventuranza a la tristeza en cuestión de segundos?

La respuesta es que la Línea ejerce contínuamente su influencia en cada aspecto de nuestras vidas. La Línea introduce el espacio, la brecha, en todo lo que hacemos y decimos. Si no fuera por las siete inferiores nuestras vidas tendrían total coherencia. Ya no estaríamos sujetos a perturbaciones triviales, ya no tendríamos que preocuparnos por ver las cosas de principio a fin. Sin embargo, tan deseable como esto pueda sonar, la continuidad total obscurecería e invalidaría el propósito mismo de nuestra existencia —que es, por supuesto, la eliminación del Pan de la Vergüenza.

Limitación

El hombre no puede crear el caos en los niveles superiores (interiores) de su propia experiencia o de la experiencia cósmica. Afortunadamente, la actividad negativa del hombre no va más allá del nivel de *Maljút*. No obstante, él puede hacer estragos en las siete de la Línea. Únicamente *Maljút* está sujeta al Deseo de Recibir para Sí Mismo. Mediante la restricción convertimos el aspecto negativo del deseo en el aspecto positivo, y penetramos así en el estado de conciencia que está por arriba y más allá del ámbito de la ilusión.

El vacío creado en el tiempo del *Tzimtzúm* hizo que la ilusión de la Línea descendiera sin interrupción. Por ello, desde la perspectiva finita (ilusoria), hay un espacio vacío entre cada una de las diez *Sefirót* Circulares, que es impartido a los Círculos por la Línea, pero no hay tal abismo entre los diez *Sefirót* de la Línea, que comienzan desde el Infinito y se extienden sin impedimentos hasta el Punto Medio de *Maljút*.

La Línea, en otras palabras, es una ilusión total y, por lo tanto, la brecha en los Círculos —en sí misma— es ilusoria. Sin embargo, desde nuestra perspectiva finita la Línea parece ser verdadera, mientras que el Círculo parece ser ilusorio.

Hay una continuidad total entre las Primeras Tres de la Línea y todas las diez *Sefirót* de los Círculos. Únicamente desde nuestra perspectiva finita parece que la ilusión es real. Las siete de la Línea son la causa de todos nuestros problemas y de todas nuestras dificultades, del caos y del desorden, pero en el momento en que introducimos una restricción consciente y voluntaria en la ecuación eliminamos la ilusión y revelamos la Luz. Esto no solamente ocurre en el proceso normal de las Primeras Tres, que automáticamente revela la Luz porque en los Círculos no hay Cortina, sino también en las siete de la Línea, que están obscurecidas por una Cortina.

Debemos recordar que mientras el universo físico tiene efecto por el hecho de que convirtamos o no en positivo el aspecto negativo del deseo, hay sin embargo un cierto componente del orden universal sobre el cual no tenemos absolutamente ningún control. Aunque ciertamente somos capaces de moldear, formar e incluso transformar la ilusión de las siete inferiores, nada de lo que hacemos tiene el más mínimo efecto sobre la realidad infinita de las Primeras Tres superiores.

Por arriba de *Maljút* la negatividad no puede ejercer ninguna influencia, porque la ilusión —que es obscuridad— nunca puede existir en presencia de la Luz omniabarcante. Al introducir el aspecto de la restricción nosotros creamos afinidad con la Luz, destruyendo así la ilusión de la obscuridad en las *Sefirót* Circulares y también en las siete de la Línea.

La actividad negativa no tiene ningún efecto sobre el hombre o la mujer que han convertido el Deseo de Recibir para Sí Mismo en el Deseo de Recibir para Compartir. Al conectarnos con nuestro aspecto Infinito revelamos la Luz, mientras que el fracaso al no ejercer restricción hace que permanezcamos sumergidos en la obscuridad espiritual y en la limitación.

ACERCA DEL HECHO DE VOLVERSE IRRAZONABLE

Maimónides, cuya *Mishná Torá* (Copia de la Ley) fue la primera exposición sistemática de la Ley Judía, cuyos "artículos de fe" se citan en la mayoría de los libros de oraciones judíos, cuya principal obra filosófica —*Morá Nevujím* (Guía de Perplejos)— influyó fuertemente todo el pensamiento filosófico de su época y cuya *Yad haJazaká* (Mano Fuerte) reestructuró todo el contenido de la Biblia, era obviamente un hombre que poseía una extraordinaria capacidad de razonamiento. Sin embargo, él se comparó a sí mismo de una manera aparentemente desfavorable con el filósofo griego Aristóteles, diciendo que la lógica deductiva de Aristóteles excedía con mucho la suya propia. De hecho, este aparente cumplido llevaba más que una sombra de ironía, porque en realidad Maimónides consideraba que la mente racional era un impedimento a la verdadera percepción, con lo cual quería decir que, mientras que desde la perspectiva terrena la capacidad de razonamiento de Artistóteles pudo haber sido más grande que la suya, desde un nivel celestial (las Primeras Tres), la agudeza mental de Maimónides era superior.

Albert Einstein, indiscutiblemente un hombre de enormes dotes analíticas y de conocimiento racional, con frecuencia atribuyó a golpes de intuición sus más grandes descubrimientos y hallazgos mentales. "Imaginar es todo", a menudo se afirma que decía, y que "el don de la fantasía ha significado más para mí que mi talento para absorber el conocimiento positivo." Sin embargo, más tarde en su vida, Einstein tomó una posición intransigente en relación con la mecánica cuántica. Su total incapacidad para aceptar ciertos preceptos de la teoría cuántica enfureció tanto a Neils Bohr, el Padre de la Mecánica Cuántica, que éste más tarde habría de acusar a Einstein de ser solamente racional y de haber dejado de pensar.

La mente racional representa una parte minúscula de nuestro verdadero potencial mental. Contrariamente a lo que cree la mayoría de los educadores occidentales —quienes ponen un gran énfasis en la regurgitación carente de sentido de hechos aprendidos mecánicamente, en exámenes, grados y pruebas del cociente intelectual (todos los cuales tienen que ver únicamente con la mente racional)— con mucho, la medida más grande de la aptitud mental humana permanece oculta, cubierta por la obscuridad, latente y sin revelar, hasta que se despiertan y re-iluminan los ámbitos superiores de la conciencia, a través de una actitud contínua de resistencia positiva.

Posdata

Tomaré el Camino Elevado ...

DOS FUERZAS INFLUYEN EN LA HUMANIDAD. DOS ENERGÍAS-inteligencia, una positiva y otra negativa, batallan constantemente para obtener el dominio sobre las mentes y los corazones de los hombres. Al aspecto positivo le llamaremos "el camino elevado", como en la vieja canción del *folklore* escocés, y, para completar la metáfora, al aspecto negativo lo llamaremos "el camino bajo". Hay dos caminos, que son uno. Son el mismo camino y, sin embargo, son diferentes.

Llegar al camino bajo es una cuestión proverbial. A diferencia del camino elevado, el camino bajo es amplio y parejo —una autopista— o por lo menos eso parece. Ciertamente, de los dos caminos, el camino bajo es el más transitado. Uno puede circular por el camino bajo con la seguridad y el conocimiento de que jamás se encontrará solo. La gran mayoría de la gente elige la aparente comodidad y la conveniencia del camino bajo, sin saber que lo que a primera vista parece ser el camino más fácil a la larga resulta ser el más arduo y exigente.

Por que es difícil recorrerlo, el camino elevado permanece fuera de nuestra vista, invisible, por arriba del alcance de los sentidos. Por lo tanto, uno debe tener un cierto sentido de la aventura, fe y optimismo, antes de tomar el camino elevado —el sentimiento de que algo positivo habrá de resultar del largo camino cuesta arriba. El camino elevado es el sendero del triunvirato sefirótico, conocido en la Cabalá como la Cabeza o las Primeras Tres. Las Primeras Tres, que son equivalentes al alma, deben permanecer obscurecidas para la vista común. De otra manera, regresaríamos a la condición anterior al *Tzimtzúm*, sin manera alguna de librarnos del Pan de la Vergüenza.

Cuando el Emanador restringió para permitir el surgimiento del libre albedrío y su fiel asociado, el Deseo de Recibir, la necesidad dictó que el camino elevado fuese cuesta arriba. En el *Tzimtzúm*, cuando el Infinito impartió el libre albedrío a las creaciones emanadas, dio inicio a una situación en la que las energías-inteligencia se verían obligadas a elegir entre el camino elevado, el sendero positivo, y el camino bajo, el sendero negativo. Sin embargo, esta no era la voluntad del Emanador, sino de los emanados, pues como lo hemos repetido con frecuencia, la única aspiración del Emanador fue, es y siempre será compartir.

El Emanador no tiene ninguna otra intención que la de impartir Su benevolencia Infinita. Pero por mucho que el Emanador desee extender la Luz a las vasijas, las almas de los hombres, nosotros no podemos recibir la Luz en buena conciencia sin antes remitir el Pan de la Vergüenza. Un regalo no imparte ninguna alegría a quien lo da si no hay quien lo reciba. Para que la Luz se revele debe haber una vasija.

Así como no hay luz en las frías y obscuras regiones del espacio porque no hay nada donde la luz pueda reflejarse, de igual manera las regiones obscuras de la conciencia humana permanecen en la obscuridad hasta que se ejerce la resistencia positiva. La resistencia positiva y consciente es el principio mediador entre el camino elevado y el camino bajo, los aspectos positivo y negativo de nuestra existencia. La existencia revela a la luz, que destruye a la obscuridad. La paradoja es que, al resistir la Luz, el regalo que más deseamos, recibimos; pero al aceptarla —como la obscuridad que cubre la luz del sol y no permite ninguna oportunidad para la revelación— también nosotros permanecemos en la obscuridad espiritual, a menos que, y hasta que ejerzamos la resistencia y, con ello, eliminemos el Pan de la Vergüenza.

El camino elevado siempre está ahí, obligándonos silenciosamente a resistir la atracción de las siete inferiores, que es una constante en este finito Mundo de la Restricción, y a elegir en cambio caminar en la Luz de las Primeras Tres Infinitas. Por supuesto, en el sentido Infinito, el camino elevado es el único camino. A largo plazo, es el camino que todos habremos de tomar algún día. No obstante, en el corto plazo, cuando hablamos únicamente de la vida en este mundo finito, el camino bajo es con mucho el que se toma con mayor frecuencia. La elección es nuestra. El camino elevado conduce a la verdad, el camino bajo conduce a la ilusión. El camino elevado conduce a una sublime felicidad, el camino bajo conduce a la penalidad y a las preocupaciones. Quienes eligen el camino elevado caminan en la Luz, quienes eligen el camino bajo tienen a la obscuridad como su constante compañera.

Terminología Cabalística

ACOPLAMIENTO — La inclusión de las 10 Sefirót de la Cabeza en las 10 Sefirót de la Luz Retornante.

ACOPLAMIENTO POR CHOQUE — La acción de la Cortina que repele a la Luz y le impide entrar a la cuarta fase.

AGUAS DE LUZ — La Luz que desciende desde su nivel.

AL PASAR — Cada Sefirá contiene dos clases de Luz, la Luz que le es propia y la Luz que queda ahí cuando la Luz del Infinito pasa a través de ella. De esta última se dice que se queda ahí "al pasar".

ALMA — La Luz cubierta por la Vasija de la Inteligencia.

ALTURA ERECTA — Cuando las Luces de la Cabeza están cubiertas por la Vasija de la Cabeza decimos que el Rostro tiene una "altura erecta".

ASCENSO — Purificación. Lo más puro es más elevado, lo impuro (más denso) es inferior.

ATRAIDO — Se dice que el descenso de la Luz producido por el poder del anhelo (impureza) en la Emanación es "atraído" hacia abajo.

CABEZA — Las nueve Sefirót de la Luz Superior, que se extienden por Acoplamiento por Choque en la Cortina del Reino.

CABEZA — Las tres Sefirót de la Luz Superior.

CAUSA — Aquello que produce la revelación de un nivel.

CERCA — Cercanía de una forma con otra.

CIRCUNDACION — De aquello que produce la revelación de un nivel se dice que rodea o circunda ese nivel.

COMIENZO DE LA EXTENSION — La Raíz de toda extensión de la Luz. También se le llama Corona.

CONCLUSION — La cuarta fase.

CORONA — Keter, el más puro de todos los niveles.

CORPORALIDAD — Cualquier cosa que es percibida por los cinco sentidos.

CORTINA — El poder de la restricción futura (adicional al del Tzimtzúm), que impide que la Luz entre a la cuarta fase.

DE ARRIBA HACIA ABAJO — De la "Luz Recta" que se extiende en las Vasijas desde los niveles superiores a los inferiores (de lo más puro a lo impuro) se dice que desciende "de arriba hacia abajo".

DE ABAJO HACIA ARRIBA — A la "Luz Retornante", que es atraída en orden de niveles desde los inferiores hasta los superiores (de lo impuro a lo más puro), se le describe en ascenso "de abajo hacia arriba".

DESCENSO — Impurificación. Descenso desde un nivel. Densificación.

EL PEQUEÑO ROSTRO — Las Seis Sefirót de la tercera fase, cuya esencia es la Luz de la Misericordia, que contiene iluminación de la Sabiduría sin su esencia.

EL INFINITO — La fuente de las Vasijas de los Círculos.

EL PROPOSITO DE TODO ESTO — La cuarta fase de la cuarta fase.
EL GRAN ROSTRO — El Rostro de la Corona en el Mundo de la Emanación. Su esencia es la luz de la Sabiduría.
ESENCIA — La Luz de la Sabiduría es la Esencia y la "vida" de una Emanación.
ESPIRITU — La Luz cubierta por la Vasija del Pequeño Rostro.
ESPIRITUAL — Desprovisto de atributos materiales, de lugar, de tiempo y de forma.
EXTERIOR — A la parte más pura de cada Vasija se le distingue como la "exterior", que está iluminada desde lejos por la Luz circundante.
HOMBRE PRIMORDIAL — El Primer Mundo. También se le conoce como la Línea Sencilla. La raíz de la fase del hombre en este mundo.
ILUMINACION DESDE LEJOS — La Luz que no puede entrar a las Sefirót, pero que las rodea desde una distancia.
IMPUREZA — Un fuerte Deseo de Recibir. "Densidad."
INDIVIDUAL — La Luz cubierta en la Sefirá de la Corona.
INTELIGENCIA — Reflexión acerca de las formas de causa y efecto con el fin de aclarar el resultado final.
JUNTURA — Equivalencia de forma entre dos Substancias Espirituales.
LAS PRIMERAS TRES — Las primeras tres Sefirót: Corona, Sabiduría e Inteligencia. También se le conoce como la Cabeza del Rostro.
LEJANIA ABSOLUTA — La condición que resulta cuando un cambio de forma es tan grande como para convertirse en una oposición a la forma.
LEJOS — Un cambio extenso en la forma.
LIMITE — En cada nivel, la Cortina se extiende y establece un "Límite".
LINEA — La Luz que se encuentra en las Vasijas de la Rectitud. También denota finitud.
LONGITUD — La distancia entre la fase más pura y la fase más impura.
LUZ RETORNANTE — Luz a la que la Cortina le impide entrar a cualquier mundo.
LUZ INTERIOR — La Luz dentro de cada Sefirá.
LUZ CIRCUNDANTE — La Luz que circunda a cada Sefirá, cuya iluminación se recibe desde el En Sof "a la distancia".
MATERIAL — La impureza en el Rostro desde la cuarta fase del Deseo. Análoga a la materia física.
NO UNIDAS — Los cambios en las formas hacen que ellas "no estén unidas" una con otra.
NULIFICADA — Cuando dos substancias espirituales son iguales en forma regresan a una substancia, y "la más pequeña" queda nulificada por "la más grande".
PASANTE — A la Luz que pasa a través de las Sefirót se le llama Luz "pasante".
PURIFICACION DE LA CORTINA — La purificación de la impureza en la cuarta fase, que se produce en proporción directa al Deseo de Recibir.
RECTO — Al descenso de la Luz Superior a las Vasijas impuras de la cuarta fase se le describe como "recto". Comparen el veloz descenso "recto" de una piedra que cae con el lento descenso serpentino de una pluma al caer. La gravedad de

la Tierra (el Deseo de Recibir) ejerce una influencia más directa sobre la piedra. De manera similar, las Vasijas de la Rectitud, cuyo anhelo es fuerte, hacen que la Luz descienda velozmente en una línea "Recta".

REINO — La última fase. La décima y final sefira desde Keter, en la cual se manifiesta el Deseo de Recibir más grande y donde tiene lugar toda la corrección. Maljút. El mundo físico.

RUEDA — Las Sefirót de los Círculos.

SABIDURIA — El conocimiento de los extremos finales de todos los aspectos de la realidad.

SURGIMIENTO AL EXTERIOR — Un cambio en la forma de la Substancia Espiritual.

TECHO — La Corona de cada nivel, tanto en las Sefirót como en los Mundos.

TERRENO O SUELO — Al Reino de cada nivel o mundo se le llama el terreno o suelo de ese nivel o mundo.

TUBO — A las Vasijas de la Rectitud se les llama "tubos", porque atraen y confinan a la Luz dentro de sí como un tubo confina al agua que pasa a través de él.

UNION — El Reino de una Sefirá Superior se vuelve la Corona de una inferior, por ello cada Reino "une" a una Sefirá Superior con la que está debajo.

UNO DENTRO DEL OTRO — A un Círculo exterior se le define como la causa del Círculo que está dentro de él. La expresión "Uno Dentro del Otro" indica una relación de causa y efecto.

VIDA — A la Luz que se recibe desde el nivel superior más cercano y no desde el Infinito se le llama Luz de Vida o Luz Femenina.

VIVA — La Luz de la Sabiduría.

Z"T, LAS SIETE SEFIRÓT INFERIORES — Las siete Sefirót: Misericordia, Juicio, Belleza, Duración Perdurable, Majestad, Fundamento y Reino, que integran el Cuerpo del Rostro.

ÍNDICE ALFABÉTICO

Abismo de la ilusión 86
Abraham 24
Abundancia infinita 61, 72, 78, 129, 160
Acoplamiento por choque 68, 112, 122, 134, 136
Acuario, Era de xxi, 9, 11
Agujeros negros 53
Ajuste espiritual 167
Aldea global 142, 146
Alivio 25, 198
Alma compasiva 14
Alquimistas 147
Alteración de la conciencia 24
Altruísmo 9
Ambigüedad 82
Ambito negativo 37, 41, 108, 109, 154
América 50, 150
Amnesia 216
Amor 9, 60, 157, 178, 207, 212, 213
Anhelos 78, 153
Animación suspendida 67, 119
Apocalipsis, 12, 13, 17
Arí, el (68-70, 72, 73, 83, 89, 93, 117, 118, 123, 124, 125, 127-131, 141, 158, 169-171, 172
Aristóteles 218
Armonía 4, 9, 146
Arquímedes 50
Ascetismo sensual 56
Ashlag, Rabino Yehudá 84, 177
Aspecto negativo 40, 42, 68, 93, 94, 111, 141, 153, 156, 157, 163-165, 191-193, 211, 212, 214, 216, 217, 221
Auto-privación 56, 88
Belleza 91-93, 102-104, 117, 120, 122, 193
Bendiciones de Jojmá 84
Biblia 16, 17, 218
Biná 67, 70, 71, 81, 86-92, 102, 118, 121, 127, 128, 130, 151, 154
Bohr, Neils 219
Burócratas 40
Búsqueda de la visión 37
Cabalá Luriánica 138, 158
Cabeza de la Línea 122
Caminata en sueños 37
Canales para la Luz 50
Caos 14, 40, 155, 176, 216, 217
Carencia 56, 72, 73, 78, 79, 94, 96, 104, 156, 157, 167, 168, 213-215
Caridad 54, 61, 62
Causa y efecto 27, 74, 82, 83, 85
Ciclo de corrección 11, 12, 20, 204
Ciclos lunares 4
Ciencia moderna 19
Ciencias físicas 73
Científico xx, 5, 19, 21, 22, 26, 27, 45, 46, 147
Circuito de energía 107, 166
Círculo de Keter 122
Círculo del Infinito 6, 61, 148, 149
Círculos, los 6, 67-70, 73, 84, 102, 116-118, 119-121, 123, 127, 137, 169-172, 176, 196, 214, 217
Círculos concéntricos 6, 69, 102, 116, 120
Código cósmico 17
Columna Central 133, 134
Comodidad 22, 54, 55, 154, 155, 191, 195, 222
Compartir 40, 41, 50, 54, 56, 59, 61, 62, 72, 74, 76, 77, 83, 86-88, 90, 91, 102, 111, 137, 139, 154, 155, 157-160, 165, 166, 201, 211, 213, 214, 218, 222
Complacencia 54, 55, 154-156, 195
Comprensión xvii, xix, xxi, 3, 9, 11, 37, 47, 49, 62, 83, 84, 168, 182

Computadora 14, 139
Comunicación xviii, xix, 7, 9, 39, 49, 51, 140, 167
Concepción terrenal 20
Concepto circular 49, 62
Conciencia xix, 7, 10-19, 21, 24-28, 37-40, 42, 49, 51, 55, 56, 61, 62, 71, 73, 87, 8 8, 92, 93, 103, 108-111, 115, 116, 125, 135, 137, 141, 142, 154, 155, 157, 158, 166, 170, 171, 175, 182, 192, 193, 201, 205, 214-216, 219, 222, 223
Conciencia humana 14, 223
Conciencia racional 73, 110
Conciencia superior 37, 40, 154
Condenación eterna 16
Condición circular 6, 62, 137
Conexiones metafísicas 108
Cordón umbilical 104
Corona 50, 81-83, 93, 103, 104, 117, 122, 123
Corrección kármica 52, 141
Corrupción química 29
Cortina, la 52, 68, 71, 78, 95, 112, 116, 119, 121, 122, 123, 135, 158, 214, 217
Creación xviii, 10-12, 25, 52, 56, 61, 62, 86, 87-90, 94-96, 100, 103, 107, 116, 119, 122, 126, 129, 137, 139, 141, 149, 150, 151, 165, 178, 214
Creación física 116, 151
Creador, el 24, 52, 61, 78, 87, 88, 90, 91, 95, 100, 104, 116, 118, 124, 125, 178, 193, 214
Crecimiento xx, 103, 151, 152
Cuarta fase, la 46, 52, 67-69, 85, 86, 88, 89, 94, 102, 122, 144, 158, 159
Cuatro fases, las 102-104, 119, 121, 122, 128, 158
Cuerpo finito 116

Cuerpo humano 54, 153
Cuerpos celestiales xviii, 25, 95
Cultura occidental 15
Cumplimiento de la ley 34
Cura 33
Curie, Pierre and Madame Curie 49
Dar 55, 59, 61, 62, 72, 86, 87, 140, 197
Desastre nuclear 14
Descartes, René 21
Deseo de compartir, el 61, 77, 86, 88, 90, 102
Deseo de recibir, el 12, 40-43, 50, 54-56, 61, 62, 68, 71-73, 76-78, 83, 85-90, 92-95, 100, 102, 103, 107, 111, 118, 122, 128, 137, 139, 141, 140, 152-154, 155-160, 163-167, 174-177, 190, 192, 194, 204, 210, 211, 216, 218, 222
Determinismo 140
Diez Emanaciones Luminosas, las 53, 73
Diez Sefirót, las xix, 102, 104, 112, 119, 121, 122, 123, 128, 151, 217
Diez Sefirót circulares, las 123, 128, 217
Dimensión 4, 5, 68, 73, 85, 86, 167, 211
DNA de la conciencia 12
Dolor 25, 28, 60, 176, 198, 203, 204
Drogadicción 29, 31, 32
Edison, Thomas 49
Einstein, Albert 5, 15, 46-49, 219
Electrón 26, 27
Emanación de la Luz 83, 91, 92, 104
Emanador, el 61, 78, 94, 102, 103, 124, 129, 157, 158, 210, 222
Emocional 16, 94, 104, 108, 136, 182, 211
En Sof 10, 15, 37, 39-41, 56, 61,

Índice Alfabético

75, 76, 91, 94, 101, 107, 108, 110, 111, 115, 116, 124, 125, 129, 137-139, 144-146, 149, 150, 151, 153-155, 158, 165, 168, 172
Energía y materia 82, 83
Energía-inteligencia xix, 42, 49, 55, 56, 76, 77, 86, 88, 89, 91, 95, 107, 110, 116, 129, 134, 146, 164, 165
Enmienda Final, la 13, 15, 144
Entidades físicas 13
Era científica 53
Era de la luz 12
Era mesiánica xxi, 165
Era moderna 51-53, 174, 177
Esclavos 39, 40, 165, 210
Escrituras bíblicas 16
Esencia de la realidad 129
Esencia de todo deseo 78
Esfuerzos 10, 14, 91, 102
Espacio xix, 3-8, 15, 16, 20, 25, 28, 41, 46, 47, 49, 68, 72-74, 78, 83, 85, 86, 94, 107, 108, 111, 116, 119, 126, 127, 143, 151, 152, 153, 155, 170, 176, 193, 214, 216, 217, 223
Espacio exterior 46, 107, 108, 111, 143
Espacio negativo 41, 127
Espacio y dimensión 73
Espacio, tiempo y movimiento 74
Espacio-tiempo 3-5, 7, 85
Especie humana 11, 76
Espejo de redención 77
Espejos 8, 75
Espíritu crudo 117, 118
Espiritual 10, 13, 15, 18, 38, 53, 55, 59, 67, 70-74, 76, 89, 93, 96, 97, 122, 141, 148, 151, 152, 156, 157, 160, 164, 167, 172, 174, 175, 177, 196, 199, 210, 211, 218, 223

Estado de conciencia 15, 38, 157, 192, 205, 214, 216
Estado de despertamiento 102
Estado mental 5, 7, 41
Estados alterados 16, 29, 38, 39, 42, 109
Estados Unidos de Norteamérica 29
Estructura atómica 72
Evolución 13, 53, 86, 87, 103, 128, 144, 151
Evolución biológica 13
Evolución cultural 144
Existencia 3, 5, 7, 10, 11, 13, 14, 19, 24, 37, 38, 41, 47, 48, 52, 55, 57, 62, 63, 76, 78, 82-84, 87, 89, 92, 93, 105, 107, 108, 116, 118, 123-125, 141, 144, 148, 149, 152, 155-158, 163, 164, 168, 170, 172, 174, 179, 193, 194, 213-216, 223
Existencia finita 7, 11, 14, 55, 57, 141, 148, 149
Existencia o no-existencia 5
Experiencia mística 27
Experimento de Michaelson y Explora(dor) 14, 53
Fábula de Dos Hermanos, la 194
Fase del Reino 89
Fases de los círculos, las 67, 69, 121
Fases superiores, las 108, 131
Felicidad 63, 64, 191, 192, 212, 223
"Femeninas" 91, 102
Filamento 116, 128, 133, 137, 140, 156, 157, 191, 194
Filosofía de la Cabalá 3, 53
Fortaleza 102
Fuego infernal 17
Fuente 35, 53, 78, 96, 110, 116, 117, 131, 158, 159, 163
Fuerza xix, 56, 82, 89, 92, 124, 134, 178, 200, 201, 202
Fuerza de energía 82
Fuerzas de la restricción 83

Fuller, R. Buckminster 146
Fundamento 19, 38, 102
Grado de voluntad 88
Gran misterio 14
Gran Rostro 93
Grandes cataclismos sociales 10
Grandes descubrimientos 49, 50, 219
Gravedad 4, 50, 53-56, 73, 122, 149, 153, 155, 175, 176
Guerra contra las drogas 30, 34
Guerra de las galaxias 52, 53
Guevurá 91, 93
Ilusión 3, 4, 6, 8, 13, 15, 37-41, 46, 48, 51, 52, 70-73, 78, 79, 81, 85, 86, 93, 94, 96, 97, 101, 107-111, 115, 116, 119, 126, 128-131, 141, 140, 141, 144-146, 148, 151, 152, 154, 156-160, 164, 165, 166, 168, 174, 175, 177, 179, 190, 191, 192-194, 206, 213-218, 223
Ilusión creativa 40, 148
Ilusión de encubrimiento 70
Ilusión de obscuridad 119, 158
Ilusión material 108-111, 174, 175
Ilusión optica 81
Impresión cósmica 12
Impureza 68, 164
Inclinaciones al mal 42
India 50
Infinito 3, 4, 6, 7, 10, 11, 15, 25, 28, 49, 54, 55, 56, 61, 67, 68, 70, 71, 74, 75, 85, 86, 88, 89, 91, 93, 96, 99, 100, 103, 104, 107, 108, 110, 112, 116, 117, 123, 131, 144-146, 148, 149, 152, 155, 168, 170, 172, 174-176, 178, 192, 213, 214, 215, 217, 218, 222, 223
Influencias astrales 24
Inglaterra 36
Inspiración súbita 160
Insurrección espiritual 10

Inteligencia xvii, xix, 6, 7, 12, 42, 49, 50, 55, 56, 61, 76, 77, 86, 88, 89, 91, 95, 102, 103, 104, 107, 110, 116, 119, 122, 129, 134, 146, 164-166, 176, 221, 222
Inventores 49, 150
Involuntaria 75, 94, 123
Juicio 16, 91, 93, 102, 190
Justicia 5, 9, 59, 203, 205
Keter 71, 81-84, 86, 92, 93, 99-101, 103, 117, 119, 121, 122, 127, 128, 130, 151, 154
Keter o Maljút 99
Klipót 15, 116, 155
Lado obscuro de la cortina 71, 78
Las Primeras Tres 6, 25, 54, 88, 103, 121, 123, 127, 128, 130, 151, 155, 213, 217, 219, 222, 223
Lavado de cerebro 51
Legalización 36
Legisladores 35, 40
Leyes de la ciencia 22, 28
Leyes físicas 72
Leyes hipócritas 34
Libre albedrío 25, 100, 116, 140, 141, 156, 160, 214, 222
Libro de la Formación, el 112
Limitación xx, 3, 7, 52, 116, 145, 216, 218
Limitaciones físicas 24, 176
Línea, la 3, 4, 6, 10, 17, 18, 55, 68-70, 73, 75, 83, 84, 85, 96, 103, 115-119, 121-123, 127, 128, 130, 137, 141, 148, 149, 151, 152, 166, 169, 171, 172, 213-215, 216-218
Línea de Keter 119
Líneas de limitación 116
Luces de la vida y el espíritu 117
Luria, Rabino Isaac xvii, xix, 89, 123, 153, 169

Índice Alfabético

Luz xvii, xviii, xix, 3-5, 10-17, 19, 22, 26, 37, 41-43, 45-50, 52, 55-57, 62, 63, 67, 68, 69-79, 81-83, 85-96, 99-104, 107, 108, 111, 112, 116-125, 127-131, 133, 134, 137-141, 139, 149, 151-153, 156, 157, 158-160, 164-167, 169-172, 175, 176, 177, 178, 185-187, 190-194, 196, 214, 215, 217, 218, 222, 223
Luz de Biná 89, 91
Luz de Jojmá 85, 89-91
Luz de la Línea 69, 117, 118, 169, 171, 172
Luz de la Misericordia 70, 87, 89-93, 102, 128
Luz de la Sabiduría 70, 86, 87, 89, 91-93, 102, 128
Luz de los Círculos 69, 70, 117, 118, 169, 170, 171, 172
Luz de Nefesh 117, 118
Luz del espíritu 69, 117, 118
Luz del Infinito 67, 70, 75, 86, 88, 89, 91, 112
Luz del Rostro 93
Luz Infinita 57, 72, 91, 107, 108, 112, 116, 117, 122, 130, 153, 156, 160, 178
Luz Recta 67, 68, 138
Luz Retornante 68, 112, 129, 134, 138, 139, 159, 160, 191, 193
Luz Superior 111, 112, 158
Macrocosmos social 10
Madre tierra 37
Maimónides 218, 219
Majestad 86, 102, 104
Mal 17, 22, 41-43, 115, 139, 140, 165, 178, 183
Maljút 40, 42, 67-71, 81, 90, 94-96, 99, 100, 101-103, 107, 111, 112, 115, 116, 122, 123, 125, 128, 134, 138, 151, 158, 216, 217, 218
"Masculinas" 102
Materia 15, 19, 23-25, 27, 28, 53, 72, 73, 78, 82, 83, 152, 164, 176
Mecánica cuántica 19, 21, 47-49, 219
Medios 9, 39, 51, 167
Meditación 41, 89, 93, 174
Mente 17, 19, 23, 24, 27, 28, 37, 49, 54, 55, 56, 108, 109, 111, 115, 118, 138, 175, 201, 218, 219
Mente sobre materia 19, 24
Mesías, el 11
Metafísica 11, 23, 84, 86, 87, 89, 116, 122, 156, 170
Metódo científico 19, 21, 22, 26, 27
Miedo de volar 52
Milagros xviii, 22
Mishná Torá 218
Moisés xviii, 153, 171, 175, 177
Morá Nevujím 218
Muerte 7, 10, 12, 17, 23, 25, 30, 151, 152, 175, 176, 177, 182
Muerte de la ilusión 175
Muerte de Moisés 177
Mundo circular 69
Mundo de fantasía 110, 174
Mundo de ilusión 37, 128, 129, 160, 177
Mundo de la Acción 70, 93, 152, 158, 174
Mundo de la Emanación 93
Mundo de la Formación 91
Mundo de la fragmentación 5
Mundo de la limitación 3
Mundo de la resistencia 7, 215
Mundo de la restricción 69, 95, 104, 111, 139, 154, 155, 223
Mundo físico 13-15, 20, 25, 26, 28, 38, 77, 92, 108-110, 136, 155, 176

Mundo ilusorio 56, 74, 129, 145, 170, 175
Mundos superiores 68, 86, 125
Nacimiento del deseo 77
Nacimiento, vida y muerte 7
Naciones unidas 142
Naturaleza xvii, xix, 4, 11, 14, 20, 22, 24, 26, 32, 34, 37, 38, 47, 63, 70, 72, 75, 79, 83, 86, 88, 90, 95, 96, 107, 129, 135, 136, 139, 141-143, 145, 152, 156, 157, 164, 172, 177, 183, 184, 204, 214
Naturaleza de Biná 88
Naturaleza de la enfermedad 34
Naturaleza de la existencia 47, 83
Naturaleza de la luz xvii
Naturaleza finita 145, 156
Nave espacial 46
Negatividad 7, 17, 37, 40, 83, 100, 119, 154, 155, 212, 215, 218
Netzaj 91, 93
Neutrón 53, 133
Newton, Isaac 50, 135
Nirvana 89
Nivel atómico 22, 26
Nivel metafísico 50, 84, 122, 139, 157
Niveles de los círculos 169, 172
Nueva era 9-13, 15-17
Nueve Sefirót superiores, las 112
Obscuridad 11, 12, 14, 17, 36, 71, 76, 79, 96, 116, 119, 129-131, 151, 156, 158, 159, 164-166, 192, 193, 196, 215, 218, 219, 223
Obscuridad espiritual 71, 76, 96, 156, 164, 218, 223
Ojo sensible 14
Opinión pública 13
Or En Sof 15, 37, 39-41, 56, 75, 76, 91, 94, 101, 107, 108, 110, 111, 115, 116, 124, 125, 129, 137, 138, 144-146, 153-155, 158, 165, 168, 172
Oraciones 37, 115, 207, 218
Pan de la Vergüenza 12, 15, 42, 43, 61, 76, 78, 86, 87, 95, 101, 108, 117, 118, 121, 129, 140, 141, 148, 151, 156, 160, 164, 167, 170, 172, 177, 178, 193, 214, 216, 222, 223
Paradigma cartesiano 19-21, 24, 26
Paradoja 6, 24, 63, 76, 83, 101, 110, 115, 129, 134, 138, 157, 174, 191, 214, 215, 223
Parte media 11
Paz 9, 10, 13, 37, 54, 56, 140, 142, 144, 146, 182
Paz infinita 13
Paz mundial 10, 140, 144
Pensamiento de la Creación, el 10-12, 61, 139, 149, 150, 165
Pequeño Rostro, el 91-94, 102
Percepción 16, 84, 87-90, 104, 108, 110, 115, 116, 140, 144, 173, 210, 215, 218
Percepción cósmica 108
Perspectiva infinita 71, 72, 74, 78, 129, 145, 156, 166, 170, 175, 190
Poder de la mente sobre la materia 23, 24, 28
Políticos 31, 35, 36, 40, 140, 144, 145
Porqué, el xxi, 5, 11, 14, 22, 24, 25, 36, 39, 46, 47, 48, 59, 62, 63, 74, 83, 88, 89, 91, 92, 95, 96, 99, 103, 125, 130, 145, 151, 154, 168, 172, 178, 186, 187, 193, 195, 196, 206, 211, 213, 214, 217, 218, 223
Presencia Suprema, la 75
Principio 11, 26, 84, 133, 134, 142, 145, 156, 159, 160, 166, 204, 216, 223

Privación 56, 88, 96, 214, 215
Proceso correctivo 15, 54, 148, 152
Proceso cósmico 15
Proceso creativo 3, 69, 84, 96, 101, 116, 213, 214
Proceso de corrección 11, 13, 149
Progreso 38, 110, 147, 174, 210
Prohibición 31
Propaganda 36
Propósito de la Creación 94, 95, 100, 107, 122
Proyección astral 25, 26
Publicidad 39
Punto medio 68, 74, 95, 96, 159, 217
Pureza 50, 68, 89
Quarks 53
Quasáres 53
¿Quién es sabio? 84
Racionalidad 22, 38, 40
Radio 49
Rayos laser 53
Realidad xvii, xviii, 8, 10, 13-15, 19-24, 26, 38-42, 46-49, 69, 70, 73, 74, 78, 79, 82, 85, 86, 96, 97, 107, 108, 110, 111, 115, 116, 125, 129, 144-146, 154, 155, 163, 165, 166, 168, 170, 172, 174, 175, 182, 190, 192-194, 206, 214, 215, 217, 218
Realidad física xvii, 15, 144, 163
Realidad infinita 24, 79, 111, 144, 154, 155, 217
Realidad positiva 115
Recompensas espirituales 62
Rectificación 15
Redescubrimiento cuántico 14
Reflexión 75, 139
Rehabilitación 33
Reino 71, 88, 89, 91, 92, 94, 102-104, 111, 112, 120, 122, 165, 193

Religión 13, 141, 142, 191
Resistencia 7, 40, 41, 54-56, 62-64, 75-77, 79, 95, 96, 107, 110, 111, 116, 117, 121, 123, 128-130, 133-141, 148, 149, 154, 156, 157, 160, 165, 166, 175, 179, 192-194, 214, 215, 219, 223
Resistencia positiva 40, 54, 56, 107, 110, 156, 214, 219, 223
Restricción 25, 37, 40-43, 61-64, 68-70, 74, 75, 83, 86, 95, 100, 104, 111, 123, 128, 130, 134, 135, 137, 139-141, 154, 155, 156, 157, 160, 164, 168, 179, 189, 190, 191-193, 214, 216-218, 223
Restricción voluntaria 157, 214
Retroceder en el tiempo 5
Revelación de la luz 15, 70, 88, 94, 96, 99, 112, 117, 122, 128, 137, 139
Rey David 9, 11
Ritmo universal 4
Rostros del mal 41, 42
Sabiduría 11, 13, 17, 20, 24, 28, 70, 83, 84, 86, 87, 89-93, 102-104, 107, 117, 118, 119, 121, 122, 128, 135, 152, 163, 170, 174, 175, 195
Sabiduría cabalística 13, 17, 20, 28, 152, 163
Sabiduría de las estrellas 24
Satori 89
Sefer Yetzirá 53
Sefirá 69, 111, 112, 119
Sefirá circular 119
Sefirá de los círculos 69
Sefirót xix, 40, 47, 91, 93, 99, 102, 104, 112, 119, 121-123, 127, 128, 151, 155, 217, 218
Sefirót, las seis 91, 93
Separación ilusoria 69

Shimón bar Yojai 153
Siete Inferiores, las 3-6, 25, 40, 41, 54, 55, 69, 75, 115, 117, 119, 121, 123, 125, 127, 128, 130, 131, 148, 155, 156, 179, 213, 214, 216, 217, 223
Significado de la Biblia 16
Sistema educacional 40, 167
Sociedades occidentales 33, 39, 62
Sol, el xviii, xix, 45, 46, 50, 75-77, 91, 94, 95, 121, 122, 129, 134, 138, 140, 141, 150, 171, 178, 198, 223
Substancia espiritual 10, 13, 67, 70, 72, 73
Techos de los círculos, los 68, 73
Telequinesia 23
Televisión 30, 39, 41, 51, 109, 135, 140
Teorías de la relatividad 48
Terrorismo 14, 177
Tiempo xix, xx, xxi, 3-7, 15, 16, 18, 20, 21, 25, 28, 33, 37, 49, 61, 69, 70, 72, 73, 74, 81-83, 85, 86, 116, 121, 124, 139, 141, 146, 149, 150, 152, 155, 160, 175, 181, 183-185, 190, 194, 196, 201, 215, 217
Tiempo-espacio 5, 28
Tiféret 67, 81, 91-93, 102, 121
Tikún 54, 118, 147-149, 152, 153, 156, 170
Torá, la 197, 218
Trance hipnótico 27
Transformación 12, 24, 26, 28, 73, 87-90, 92, 167, 206
Trascendencia 37, 38, 52, 108, 109
Tres columnas, las 133
Tristeza 96, 183, 213, 216

Tzadík 147, 153-156, 196, 204
Tzadikím 56, 171, 206, 207
Tzimtzúm 56, 57, 62, 63, 78, 95, 104, 118, 127, 135, 141, 152, 160, 168, 193, 214, 217, 222
Un mundo 19, 143, 146, 147, 158
Unificación xix, 6, 7, 37, 123
Universo físico 14, 138, 151, 217
Universos alternos 53
Vacio 35, 48, 78, 151, 206, 213, 217
Valores metafísicos 23
Vasijas, las 37, 38, 47, 55, 69-72, 76, 84, 85, 88, 90, 92-96, 99, 103, 104, 116-118, 119, 120, 127, 128, 130, 137, 141, 145, 149, 151, 159, 170, 178, 214, 222...circulares 96, 117, 118, 127, 128, 130, 149, 151, 170, 214...circundantes 37, 38, 55, 84, 85, 95, 119, 137, 170, 178, 214...circundantes infinitas 85, 214...circundantes internas 95 ...de la Línea Recta 69...de limitación 145...de los Círculos 70, 214...finitas 76, 141
Velocidad de la luz xvii, xix, 4, 5, 45, 46, 48, 49
Veneno 29
Verdad xxi, 10, 13, 52, 59-61, 72, 91, 99, 108, 115, 124, 139, 140, 149, 150, 154, 165, 175, 181, 195, 223
Viajes interplanetarios 52
Vida material 38
Yad haJazaká 218
Yesod 91, 93
Zeir Anpín 93
Zóhar, el 11, 16, 24, 53, 177

Sobre el Centro de Investigación de la Cabalá

La Cabalá es el judaismo místico. Es el significado más profundo y oculto de la Torá, la Biblia. Por medio del conocimiento último y de las prácticas místicas de la Cabalá, es posible alcanzar los niveles espirituales más elevados asequibles. Si bien mucha gente se basa en las creencias, en la fe y en los dogmas en su búsqueda por encontrar el significado de la vida, lo desconocido y lo invisible, los cabalistas establecen una conexión espiritual con el Creador y las fuerzas del Creador; entonces lo extraño se vuelve conocido y la fe se vuelve conocimiento.

A través de la historia, aquellos que conocían el contenido de la Cabalá y ejercían sus prácticas tenían un cuidado extremo con respecto a la difusión de dicho conocimiento — puesto que sabían que las masas aún no estaban preparadas para conocer la verdad última sobre la existencia humana. Hoy, mediante el conocimiento cabalístico, saben que no sólo es adecuado sino necesario hacer a la Cabalá accesible a todos aquellos que se inclinen a buscarla.

El Centro de Investigación de la Cabalá es un instituto independiente, no lucrativo, fundado en Israel en 1922. En el Centro se efectúan investigaciones y se proporciona información y apoyo a todos aquellos que buscan el conocimiento de la Cabalá. El Centro ofrece conferencias públicas, clases, seminarios y excursiones a localidades místicas en las sucursales de Israel — en Jerusalén, Tel Aviv, Haifa, Beer Sheva, Ashod y Askelón — y de los Estados Unidos en Nueva York y Los Angeles. Se inaguraron ya sucursales en la Ciudad de México, Buenos Aires, Toronto y París. Miles de personas se han beneficiado por las actividades del Centro. La publicación del material cabalístico continúa siendo, en su género, la de mayor extensión en el mundo, e incluye traducciones en inglés, hebreo, francés, ruso, alemán, chino (mandarín), farsi, portugués y español.